POUR *L'AMOUR* DU PHỞ

Loan Le

POUR L'AMOUR DU PHỞ

Traduit de l'anglais (États-Unis)
par Diane Durocher

Young Novel

Published by arrangement with Simon & Schuster Books For Young Readers,
An imprint of Simon & Schuster Children's Publishing Division

Traduction : Diane Durocher
Relectures : Isabelle Le Cerf

Dépôt légal : février 2022
I.S.B.N. : 978-2-38212-203-7
Akata – 5, place Georges Bonnet – 87290 Rancon (France) / www.akata.fr

Collection dirigée par Delphine Nguyen
I.S.S.N. collection Young Novel : 2678-6621

Imprimé en France en janvier 2022 par Normandie Roto Impression s.a.s. (2200042)
Diffusion : Interforum

Ce livre est dédié à

mes parents Phung Le et Dong Pham
Je vous aime tellement

ma sœur An Le
Je t'aime et suis fière d'être ta petite sœur

mon frère Dan Le
Je t'aimerai toujours

NOTE DE L'AUTRICE

Avant de fuir le pays, ma famille vivait à Nha Trang, une superbe ville côtière dans le sud du Viêtnam central. Toute mon enfance j'ai parlé le vietnamien du sud, mixé avec quelques éléments propres au dialecte du centre. Par exemple, j'appelle mon père *Ba* et ma mère *Mẹ* alors que certains et certaines parmi vous les appellent *Bố* et *Má*. La nourriture que vous trouverez au fil de ces pages est aussi représentative de ce que l'on mange dans ma famille.

CHAPITRE 1

BẢO

La sauce hoisin n'est pas de la peinture.

On aurait vraiment besoin d'un panneau pour le rappeler, parce que les clients ne le comprennent pas. L'œuvre du jour est une sorte d'étoile ratée sur le mur. Je lui mettrais une note de cinq sur dix, pas plus. Sûrement un parent qui en a trop pris, a arraché la bouteille des mains de son gamin, et est parti avant d'avoir été repéré par Mẹ. Pour être honnête, ce n'est pas comme si ça rendait notre mur moins beau. C'est juste que c'est pénible à retirer, une fois que c'est sec. Mais je fais de mon mieux, la plupart du temps. Souvent. Enfin, je crois.

Les membres de ma famille me jugent depuis leurs portraits tachés, accrochés dans le restaurant.

Je m'assois un instant et contemple les cinq tables qu'il me reste encore à nettoyer. La chaleur est insupportable, et le ventilateur – notre seul bon ventilateur – nous a lâchés la semaine dernière. J'ai besoin d'une pause. J'essuie quelques grains de riz collés à mon tablier. De toute façon, j'en retrouverai certains sous mes chaussettes, comme à chaque fin de service. En face, mon meilleur ami, Việt, avance au même rythme que moi. Il a ses écouteurs enfoncés dans les oreilles, surtout pour faire abstraction des chansons qui auraient pu passer pendant un épisode de *Paris by Night*, et qu'on met en boucle. Elles parlent toujours de la même chose : la guerre du Viêtnam, l'amour, la guerre, la pauvreté, et la guerre.

Việt est la personne la plus chaotiquement neutre que je connaisse. Il peut passer des heures à discuter d'une nouvelle série policière qui le passionne. Je considère ça comme un échange, car il doit, quant à lui, supporter ma fascination pour les mots étranges. Un jour où j'ai, par erreur, commencé à nettoyer une fenêtre qu'il aurait dû faire lui-même – et donc lui ajoutant plus de travail que nécessaire, apparemment – il a calmement menacé de me *défenestrer*, un terme que j'avais déjà employé devant lui.

Ba est à la caisse, où il entre une série de chiffres avant d'empaler les reçus sur le fuseau. Il trouve sans doute une certaine satisfaction à effectuer cette routine.

La porte s'ouvre, une bourrasque de chaleur humide fait sonner le carillon.

La voix de ma mère réveille deux serveuses aussi languides que moi. Je me redresse, torchon en main, et m'affaire à le débarrasser de tout ce qui s'y accroche : pousses de soja, herbes, paille en accordéon. Mẹ traverse la salle comme un ouragan, et lâche deux grands sacs de courses devant les cuisines. Tout le monde sait à quoi s'attendre quand elle est en colère : personne ne reste sur son chemin. Seul Ba reste indifférent. Il a le même air que sur leur photo de mariage qui date des années 2000. Froid. Figé.

Maman claque une feuille de papier sur son bureau.

— Sais-tu ce qu'ils font, Anh, de l'autre côté de la rue ?

Sans même relever le nez de ses tickets, il répond :

— Tu as rapporté la sauce sriracha ?

— Je suis tombée sur ces horribles affiches en rentrant !

— Il y avait une promo sur la sauce sriracha. Tu les as bien achetées en promo ?

Ça a toujours été comme ça. Ils se parlent avec un temps de décalage.

— Collées partout, sur chaque lampadaire, chaque fenêtre de l'avenue Bolsa !

Un fracas de verre brisé retentit dans les cuisines. Les cuistots s'invectivent les uns les autres dans un mélange de vietnamien et d'espagnol. Je parie sur Bình. Ce type est encore plus nul que moi pour faire son boulot.

Mẹ ne relève pas l'incident.

— Deux pour un... Deux phở pour le prix d'un. *Trởi ói.*

Il n'y a qu'une seule famille qui puisse la mettre dans un état pareil.

— Ils essayent de nous voler nos clients ! s'insurge-t-elle. Et Anh ne s'inquiète pas plus que ça !

Ba renifle.

— Leur phở n'est pas bon. Jamais assez salé.

Ça, moi, j'en sais rien. Je n'ai jamais pu mettre un pied dans le restaurant des Mai. Qu'est-ce que je risquerais ? Oh, mes deux jambes coupées par ma mère.

Peut-être qu'ils disent ça parce qu'ils ont demandé à un de nos serveurs de se faire passer pour un client. J'en suis même sûr.

Mẹ opine, ravale son inquiétude.

— Deux phở pour le prix d'un... Qui voudrait de phở *lạt* ?

Elle rit de sa propre blague à propos de leurs bols de phở insipides. Ba s'amuse aussi.

Ces derniers temps, leur obsession avec le restaurant des Mai a atteint des sommets. Sûrement parce qu'ils ne cessent d'entendre qu'il y a des changements dans l'établissement d'en face, directement liés à ceux qui se produisent ici. On vient juste de mettre des volets en bois pour nous protéger du soleil – et surtout parce que, en face aussi, ils ont remplacé leurs vieux volets.

Ma mère se précipite vers moi.

— *Con đang làm gì đó* ? (Elle jette un œil mécontent à mon travail.) Pourquoi les tables sont-elles encore sales ?

— J'ai pas encore terminé...

— Comment ça se fait ? insiste-t-elle. Il a fini, lui.

Je regarde dans la direction qu'elle pointe, vers Việt. Incroyable. Ses tables reluisent, les miroirs sur le mur sont étincelants. Pas une trace de sauce hoisin en vue. Mon pote, c'est le Flash asiatique.

— C'est pas vrai, murmuré-je.

— *Giỏi quà* ! dit-elle au traître.

— *Cảm ơn*, répond-il sans un soupçon d'accent, alors qu'il est né ici.

Ma mère se retourne vers moi.

— Dépêche-toi ! (Elle pointe un doigt sur moi.) Et passe donc un coup de peigne, ça va pas du tout.

Je n'y peux rien, mes cheveux mènent leur propre vie.

L'affiche qu'elle a rapportée s'envole dans son sillon. Je la ramasse en passant près de Việt, non sans lui administrer un coup de coude.

— Fayot.

— Feignasse, rétorque-t-il en m'envoyant un coup dans le bide.

Je ravale ma douleur : il a toujours été bien plus fort que moi.

Ce n'est pas moche, loin de là, ce petit flyer. C'est génial, même. Un collage d'images mêlées, du Viêtnam d'aujourd'hui et d'autrefois. On y voit une femme en robe blanche traditionnelle, avec un chapeau en paille de riz, qui fait un clin d'œil. Derrière elle, le soleil brille au bord de la mer – ce qui me fait penser à Nha Tang, la ville d'où viennent mes parents – et un avion traverse le ciel. Il traîne une banderole qui annonce : « *OH MAI MAI PHỞ* : *deux pour le prix d'un* ! » Ça, c'est de la pub. Mes parents devraient en prendre de la graine. Il faut dire que les Mai ont un atout de taille : Linh.

Je jette un coup d'œil à la fenêtre, et, justement, je la vois débouler de la rue Larkin. Elle s'engouffre dans le restaurant d'un pas décidé du haut de ses longues jambes. Elle passe sous l'entrée en forme de pagode où un drapeau vietnamien, jaune avec trois bandes rouges comme le nôtre, flotte comme s'il voulait la saluer. Linh est toujours floue, toujours en mouvement. Elle va en classe, et, dès les cours terminés, elle se précipite dans les couloirs du lycée La Quinta pour arriver au restaurant à quinze heures trente sonnantes.

Je la vois souvent, mais je ne sais presque rien d'elle. Peut-être est-ce une bonne chose qu'elle soit tout le temps en mouvement : si elle s'arrêtait, on serait obligés de se parler. Et ça ne nous est plus arrivé depuis qu'on était gamins.

Quand on pense temples bouddhistes, on ne pense pas vraiment injures, menaces et bains de sang.

Je n'ai que rarement été dans ces temples, mais, le jour où j'ai rencontré Linh pour la première fois, j'y étais, et j'en garde un vif souvenir. Notamment parce qu'on y a croisé toute sa famille, et qu'on est passés à *ça* d'un bain de sang devant Ông Phật.

Avant de la rencontrer, je n'avais encore jamais vu de gamine de sept ans poignarder, sans s'arrêter, une feuille de papier avec un crayon.

On était dans la pièce où les enfants sont gardés par les bénévoles de *chùa* pendant que leurs parents vont faire leurs prières, ou, du moins, bénéficier de quelques instants de tranquillité. Les miens étaient en grande conversation avec des amis à eux, à l'étage du dessus, et moi j'avais le choix entre plusieurs activités : une table proposait peinture au doigt, macaronis, colle, papier. L'autre table, des crayons de couleur et des feutres. J'ai choisi cette dernière. Probablement parce que ça me semblait plus facile.

Les autres enfants s'étaient regroupés loin de Linh, de peur qu'elle ne s'en prenne à eux. Mais son visage exprimait un calme olympien. Une grande concentration – de la satisfaction, même. Lorsque la dernière mine du dernier crayon fut parfaitement aplatie, elle souleva son œuvre d'un air triomphal. J'étais le plus proche : c'est à moi qu'elle l'a montrée.

Les milliers de petits points formaient un paysage : herbe verte, soleil jaune, ainsi qu'une balançoire rouge et bleue.

— Ouah, ai-je dit, comme n'importe quelle gamin asiatique de six à huit ans affublé d'une coupe au bol.

— C'est ma cour d'école, m'a-t-elle précisé avec fierté.

— Tu peux dessiner Spider-Man ? ai-je demandé, puisque c'était la seule chose qui m'intéressait à cette époque.

— Peut-être. Je ne sais plus à quoi il ressemble. Il me faudrait un modèle.

— J'en ai un ! Je peux aller le chercher !

Mon Spider-Man était dans mon sac à dos, rangé dans un casier avec mes chaussures à l'étage. On a couru dans les couloirs ; les volontaires n'ont même pas essayé de nous retenir. Plus haut, on est tombés sur une distribution de bols de phở *chay*, du phở végétarien qu'une dame aux cheveux blancs nous a invités à tester.

Linh a agrémenté son bol de tout ce que nous, dans notre famille, mettions dedans : sauce hoisin, basilic thaï et pousses de soja. J'ai immédiatement compris qu'elle connaissait le phở. Non : qu'elle était *née* dedans. Ce qui s'est confirmé lorsque l'on a plongé nos baguettes dans nos bols, et, quelques secondes plus tard, lâché un « Berk ! » tonitruant en même temps. Beaucoup trop salé ! On les a vite délaissés pour continuer notre tour.

Je me souviens que nous courions. Je courais après elle, alors que je ne la connaissais même pas. Mais je le voulais tellement, ce dessin de Spider-Man ! Et, alors qu'on approchait de mon sac à dos, j'ai soudain entendu la voix de Mẹ. Sa voix glaçante, celle qui évoque des siècles de mères vietnamiennes en colère. Je me suis immobilisé. Nos deux familles se faisaient face dans la même pièce, autour d'un Bouddha qui acceptait gracieusement les offrandes des visiteurs. Linh et moi étions en plein milieu. Si le Bouddha avait été de chair et d'os, il aurait pu agiter une cloche et déclarer : « *Le combat peut commencer* ! »

Mais ce n'est pas ce qui s'est passé.

La mère de Linh, conquérante, a avancé d'un pas. Sa fille aînée et son mari étaient derrière elle.

— *Đến đây*, m'a dit ma mère.

Je pensais qu'elle était en colère contre moi pour avoir couru dans les couloirs du temple. Je n'ai pas pu désobéir. Une fois près d'elle, elle m'a agrippé la main très fermement. Je me souviens du visage de Ba, habituellement si paisible, qui contenait mal une fureur déroutante.

Ils nous ont séparés et tout le monde est rentré de son côté.

— Alors, ces tables ? me lance Ba.

Ça me sort de mes souvenirs. Je suis toujours debout près de la fenêtre, mais le ciel est plus sombre, et les lampadaires s'allument. Le vacarme ambiant revient remplir mes oreilles.

— Et qu'est-ce que tu fais avec ce flyer dans les mains ?

— Rien, je réponds. Je me disais juste qu'il était vraiment affreux. Mẹ a raison.

Cet épisode de Linh et moi dans les couloirs du temple aurait pu disparaître dans les confins de ma mémoire. Comme la plupart des rencontres que l'on fait : amis pour quelques heures, et non amis pour la vie.

Mais, lorsque la famille de Linh a ouvert son propre restaurant, en face du nôtre, il y a cinq ans maintenant, je me suis souvenu d'elle, de ce moment que nous avions partagé. Elle n'avait jamais cessé de dessiner, et se baladait sans cesse avec son portfolio presque plus grand qu'elle.

Je savais que je ne pourrais jamais l'approcher sans déclencher la colère de ma mère. Elle parlait de ce nouveau restaurant avec un mépris non dissimulé.

« *J'ai entendu dire que ce restaurant sous-payait ses employés.* »

« *Ils sont de mèche avec un gang, dans ce restaurant* ; *c'est pas pour rien qu'ils viennent de San Jose.* »

« *Ce restaurant a opéré un chantage sur Bác Xuân* ; *ils l'ont poussé à la faillite.* »

Cette dernière raison a probablement joué un rôle important dans le manque d'acceptation de leur famille dans le voisinage, à leur arrivée. Bác Xuân avait été à l'initiative du développement économique de notre communauté, permettant aux uns et aux autres de rencontrer les bonnes personnes. Une figure appréciée de tous. Mais je ne crois pas que ma mère et son cercle d'amies – des pointures du business qui tiennent les rênes de différents restaurants, de salons de coiffure, d'ongleries ou même d'agences de voyages – aient fait quoi que ce soit pour accueillir *ce restaurant* non plus ! Leurs paroles valaient comme publicité avant même que cela soit une pratique répandue dans notre communauté. Parmi elles, le mieux que vous puissiez espérer recevoir en termes d'encouragements, c'était un « *cũng được* ». Le pire ? Entendre un « *dở ẹc* » d'une de ces femmes. Ce groupe est dirigé par Nhi Trưng, une vieille dame qui adore rappeler, à qui veut l'entendre, que son nom ressemble à celui d'une rebelle contre la domination chinoise, qui aurait vécu il y a de cela des siècles. D'après ce que m'en a appris Wikipédia, en tout cas. Comme si c'était censé impressionner qui que ce soit de nos jours. Perso, je l'appelle la Générale, même si la figure historique à laquelle elle aime se comparer était en réalité la fille du général.

Nhi Trưng a une raison particulière pour détester les Mai. Elle avait de sérieuses vues sur l'emplacement de leur business, qui selon elle bénéficie d'un bon passage. Je suis sûr qu'elle espérait s'en emparer à la première occasion.

Par bonheur, les rumeurs et les rancœurs ne tiennent pas longtemps avant de trouver de nouvelles cibles ; entre-temps, le restaurant des Mai s'est ancré dans le paysage, tout comme le nôtre. Mais cela n'a pas mis un terme à la fibre compétitive de ma mère.

Mes parents – sous l'influence de ma mère – sont passés maîtres dans l'art de ne pas rencontrer les Mai. Ils connaissent par cœur leur emploi du temps, leurs horaires. Dans un certain sens, leur rythme est devenu le nôtre. Nous sommes devenus chacun le décor de fond de nos histoires respectives.

Tandis que je regarde le prospectus, dans ma main, je me demande s'il est toujours possible, pour nous, de changer nos scénarios. Qu'adviendrait-il si nos familles devaient se rencontrer, comme ce jour-là, au temple ? Qu'aurions-nous à nous dire, Linh et moi ?

— *Tại sao mày đứng đó vậy* ?

— Désolé ! m'écriai-je. Je m'y mets tout de suite !

Sans trop comprendre pourquoi, je plie le prospectus et le fourre dans ma poche.

CHAPITRE 2

LINH

— Franchement, tu sais quoi ? Je devrais laisser tomber les SATs et juste me consacrer à ma carrière de journaliste.

Je me tourne vers Allison, ma meilleure amie, et lui lance un regard censé lui dire : « *Vraiment* ? *Tu vas pas recommencer avec cette histoire* ! » C'est la troisième fois qu'elle m'interrompt dans mon croquis.

— Sérieux, Ali...

— Mais je suis sérieuse ! insiste-t-elle en entortillant ses cheveux bouclés autour de son doigt. Ces examens ne servent à rien. (Elle m'envoie un coup de pied dans la cheville.) Tu empiètes sur mon territoire.

Je replie les jambes au maximum, mais je ne peux pas faire de miracles en la matière.

— Tu vas très bien t'en sortir, dis-je. O.K., tu vas peut-être pas faire des étincelles en maths, mais ça sera bien suffisant. Et tu vas tout défoncer en littérature, Madame l'Éditrice en Chef.

— Et toi, tu vas tout réussir haut la main, parce que tu es Madame Perfection Incarnée.

Elle fait semblant de prendre une grosse gorgée de son *cà phê sữa đá*, qui laisse une trace de condensation sur la table. Le café glacé, on n'a rien trouvé de mieux, depuis le collège, pour nous aider à survivre à nos montagnes de devoirs. La terminale vient juste de commencer, mais j'ai déjà l'impression d'être enterrée.

Je renverse un peu de ma boisson sur la table, et ça imbibe le coin de mon carnet de croquis aux pages crème. Je ne cherche pas à le nettoyer car la voix de Madame Yamamoto résonne immédiatement à mes oreilles : « *Si tu veux devenir une artiste, tu dois être bordélique* ! »

Le restaurant aux heures de fermeture est un endroit privilégié pour dessiner. J'utilise le siège vide à côté de moi pour disposer mes crayons de couleurs Prismacolor et ma gomme, qui a pris une teinte hideuse, mélange de toutes les autres. Mon dessin n'est pas mal. Le sujet : « Dessinez vos souvenirs. » Les instructions : « *Pourquoi ce serait à moi de vous dire quoi faire* ? » En tout cas, c'est ce que Yamamoto répète sans cesse pendant nos cours d'art.

Je dessine une scène qui se passe sur la plage. Ça me rappelle quand Ba m'a appris à flotter sur le dos, et Mẹ à « cuisiner » le *bánh bèo ngọt*, une douceur cuite à la vapeur, en pâtés de sable. Ma sœur aînée, Evelyn, est assise à l'ombre du parasol, plongée dans un livre sur le squelette humain. Devinez qui est en master de biologie à l'UC Davis, aujourd'hui ?

La mine de mon crayon se brise, alors que je tente de colorer l'ombre du parasol.

— Fais voir ?

Ali lève le nez de son manuel de révision pour les SATs et tend une main vers mon dessin. Je la dévie d'une tape.

— T'es vraiment un monstre quand tu dessines !

— C'est pas fini, je proteste, avant de me remettre à dessiner.

Je n'arriverai jamais à terminer si je laisse mon amie me distraire ainsi. Or, c'est un domaine dans lequel elle excelle.

Heureusement, je suis habituée à tout ça.

Ali est un pilier dans le décor de notre restaurant. Depuis des années, c'est elle, Evie et moi qui hantons les tables désertes, et rien n'a changé depuis tout ce temps. Si : désormais Ali chipe toujours le dernier pâté impérial, me décochant un sourire narquois au passage.

Il y a eu cette année, durant laquelle ses parents se séparaient ; et, bien qu'elle soit extraordinairement forte, vivre chez elle était devenu compliqué. Depuis qu'ils sont effectivement divorcés, tout est redevenu plus stable. Elle est redevenue mon Ali, qui aime tellement mes dessins qu'elle ne peut pas s'empêcher d'en avoir la primeur. Elle ne cesse de répéter que, ensemble, on dominera le monde : elle, en tant que journaliste, moi, en tant qu'artiste.

— Qu'est-ce qu'il a ton père, aujourd'hui ?

Je jette un regard en direction de la table où il fait ses comptes. Sous la lumière, ses cheveux poivre et sel semblent blancs. Il ne cesse de jeter des coups d'œil au restaurant des Nguyễn. Il croit probablement les surveiller. Il est comme ça, Ba.

— J'en sais rien.

Les Nguyễn le voient forcément. Mon père est tout sauf discret : tout fait du bruit chez lui, de sa façon de marcher à sa respiration. En comparaison, ma mère est tout en retenue. Elle est capable de s'infiltrer et de s'extirper de toute conversation tel un fantôme, sans que personne ne s'en aperçoive. C'est quand elle cuisine, avec ses épices dans son phở, *bún bò*, et *bún riêu*, qu'elle a sa façon bien à elle de crier au monde qu'elle est là.

D'après Ba, l'initiative « un phở pour deux » combine son génie pour la communication et celui de ma mère pour la cuisine. Moi, ça me fait déjà froid dans le dos en pensant à l'affluence de clients que ça va rameuter. On n'a pas assez de main-d'œuvre : trois de nos serveurs sont partis à l'université, et parmi les nouveaux qu'on a recrutés, un seul semble capable de tenir la distance.

Ba apparaît devant nous avec un plat de pâtés impériaux tout juste préparés par Mẹ, croquants et fumants. Ali lance un « *Ooh* » admiratif, comme si c'était pas la trois cent milliardième fois qu'elle en mangeait depuis qu'on se connaît.

— *Cảm ơn*, Ba.

Il se penche sur mon dessin.

— *Con vẻ này hả* ?

J'acquiesce. Je sais qu'il voit que je dessine bien. Il ne m'aurait pas demandé de faire leur flyer si cela n'était pas le cas.

— Tu as déjà fait tes devoirs ? me demande-t-il d'un ton égal.

— *Dạ*, Ba.

Il approuve, satisfait, et retourne en cuisine.

Il fut un temps où mes parents s'émerveillaient de chacune de mes œuvres, et les accrochaient un peu partout. Un croquis de fleurs dans un vase est toujours visible près de la porte de la cuisine. Je savais qu'ils étaient fiers de moi.

Depuis que je suis au lycée, c'est différent. Les clients ont commencé à raconter à mes parents les succès de leurs enfants : celle-ci est allée à Harvard, celui-là a remporté un prix prestigieux, une autre leur a acheté une maison, un autre a quitté le lycée avec les félicitations de ses professeurs. Mes parents ont alors commencé à s'intéresser à mes notes. À celles qui me permettraient d'intégrer une bonne université.

À la fin de l'année dernière, j'ai eu de super notes en physique. Uniquement parce que j'ai bûché comme une dingue, sans dormir, et en mettant une croix sur un projet d'art qui me tenait à cœur. Je savais que cet exam était capital. Mẹ en a parlé avec une cliente dont la nièce, qui était bonne en physique, était devenue ingénieure. Cette histoire l'a marquée, et depuis, mes parents me poussent sur cette voie.

Je ne les ai jamais vus aussi motivés.

— Tu leur as dit, ou pas encore ? me demande Ali.

Elle fait partie des rares personnes qui peuvent lire en moi comme dans un livre ouvert.

— À propos du café avec Quyền Thành ? Non, c'est arrangé, je vois pas comment je pourrais faire marche arrière désormais...

Mes parents rechignent à demander la moindre faveur, que ce soit auprès d'amis ou de bons clients. Voilà comment cela fonctionne : si quelque chose est cassé, et qu'un ami propose de le réparer, ils protestent énergiquement. Mais, plus tard, ce même ami se pointe avec une boîte à outils, et répare ce qui doit l'être, sous les protestations indignées de mes parents. Puis ces derniers insistent pour le payer, et c'est à l'autre de protester en refusant net.

Alors, une enveloppe contenant de l'argent atterrit mystérieusement sous leur paillasson, ou même dans une poche de leur manteau accroché dans le restaurant.

La seule fois où ils ont demandé un service, c'était lorsque ma sœur hésitait sur la poursuite de ses études : ils ont convoqué un panel d'amis pour l'aider à se décider. Cette fois, c'est pour moi qu'ils ont fait cet effort. Ils ont arrangé une rencontre avec cette nièce ingénieure. C'était une chance pour moi de pouvoir discuter avec elle à propos de « mon futur », m'ont-ils dit.

Comment refuser ?

Ba m'appelle, me fait signe de regarder vers l'entrée. Une famille de quatre personnes attend d'être accueillie. Je rentre dans mon rôle de serveuse – ce que je fais depuis des années maintenant – et vais à leur rencontre. Je me souviens de mes premiers pas en tant que serveuse, toute jeune, carnet et crayon en main, sous les sourires indulgents des clients.

— Une table pour quatre ? Bien sûr, suivez-moi.

Je conduis la famille vers l'une des tables centrales. Puis Jonathan, un de nos plus prometteurs nouveaux employés, prend la relève. Je retourne m'asseoir en face d'Ali, absorbée dans son texte, en train de mâchouiller le bout de son crayon.

Mes parents souffrent de ne plus avoir Evie à la maison. Elle étudie loin, à plus d'une journée de chez nous. Elle a toujours été une serveuse modèle, calme et cool, ordonnée, à qui on n'a jamais besoin de dire de remettre des serviettes ou de remplir les bouteilles de *tương phở*, car, bien sûr, elle l'a déjà fait.

Et puis, comme Ali, elle a toujours dégagé un charisme fou. Les clients l'appréciaient. Personne ne me l'a jamais dit en face, mais je le sais, à la façon dont ils me demandent des nouvelles d'elle : beaucoup déplorent que j'aie pris sa place. Et moi, je serais cent fois plus à mon aise toute seule, ou face à une toile. Ils ne cessent de dire à mes parents à quel point ils doivent être fiers de ma grande sœur.

— Elle sera bientôt docteure ! disent-ils, admiratifs, avant de tourner la tête vers moi. Et toi, tu pourrais faire pareil !

Peut-être que, dans d'autres familles, ça aurait pu fonctionner ainsi. Mais, pour quiconque nous connaît un peu mieux, ma sœur et moi avons beau être séparées de deux ans seulement, nous sommes aussi différentes que la nuit et le jour.

Je ne peux pas dire à mes parents que j'aspire à une carrière créative.

Je venais d'entrer au lycée lorsqu'une de nos clientes régulières, dont la fille était brillante dans tous les domaines, était entrée en catastrophe au restaurant. « *Je voudrais mourir* ! » s'était-elle écriée, en racontant que la jeune fille en question avait décidé de poursuivre une carrière dans la danse. Si j'ai bien compris, la seule raison pour laquelle cette fille est encore en vie, c'est que son père n'était pas totalement contre. « *Elle sera pauvre toute sa vie* ! *Ça ne marchera jamais* ! » s'était lamentée la femme.

Ma mère l'avait consolée comme si cette femme venait de perdre son enfant. Et alors que la mère et sa fille étaient si proches auparavant, elles ne se voient plus guère aujourd'hui. La jeune femme est devenue chorégraphe, et lorsque sa mère entre au restaurant, elle traîne avec elle des vagues de désespoir.

Je lance un regard circulaire à notre restaurant que je connais si bien, depuis des années que j'y vis et y travaille. Je connais par cœur l'autel rouge à l'entrée, et qui rappelle notre propre autel, véritable petit temple que nous avons installé en coulisses, où le plafond est noir de suie à cause de l'encens que nous y brûlons. Je connais les habitués, qui viennent pour les petits-déjeuners, les déjeuners, les dîners. Des gens du passé pour certains, qui me connaissent depuis l'enfance mais dont je n'ai gardé aucun souvenir et que je confonds souvent ; des gens qui ont vécu en camp de réfugiés, avec Ba et Mẹ.

Rien n'est si terrible, ici. Finalement, rien n'est mauvais.

Mais je ne peux pas m'empêcher de ressentir ce besoin d'avoir plus. D'aller plus loin que ce restaurant. Suis-je trop égoïste ?

Ali s'est levée afin de se dégourdir les jambes, et va rejoindre mon père, toujours planté devant la fenêtre. Elle rit ; lui reste sérieux. Ba ne parle que s'il a une bonne raison de le faire. Je les rejoins.

— Je pourrais y aller en espionne ? propose Ali. Et leur piquer leurs recettes.

Ba ne répond pas. Je jurerais qu'il est en train d'évaluer le pour et le contre de cette proposition farfelue. Je lève les yeux au ciel.

Tout ce que font les Nguyễn, on doit le faire mieux. Ils mettent deux *chả giò* pour quatre dollars ; on en propose trois dollars cinquante. S'ils ont cinq *sinh tố* à la carte, on en invente un sixième. Honnêtement, difficile de dire qui gagne à la fin.

Mes parents essaient toujours de sécuriser leur place dans le paysage, et ce n'est pas si facile lorsque l'on reprend un commerce qui était florissant.

Je me souviens de Bác Xuân, le précédent propriétaire. Dès qu'il avait un week-end libre, il venait nous voir dans notre vieil appartement après avoir visité sa fille unique et ses quatre petits-enfants à San Jose. La plus âgée de ses petits-enfants, Fay, va se marier cet automne. Je me souviens du soupir satisfait qu'il a poussé en nous annonçant la nouvelle, lorsqu'il s'est assis avec plaisir dans l'unique fauteuil confortable de la maison. Il nous a expliqué qu'il souhaitait prendre sa retraite, et que sa fille, qui avait travaillé un temps avec ma mère dans un salon de manucure, ne tarissait pas d'éloges sur son phở.

« *Si tu sais faire un bon phở, tu peux ouvrir un restaurant* », avait-il affirmé.

Ensuite, tout est allé très vite. On a déménagé, j'ai changé d'école, et soudain, je me suis retrouvée à vivre à quelques pas de ce garçon à qui j'avais promis de dessiner un Spider-Man, il y a des années de cela. C'était une chouette coïncidence, et on aurait pu devenir amis, mais on m'a bien fait comprendre que je ne devais jamais m'approcher de sa famille.

— *Gia đình đó thì dữ lắm, lại rất là xấu.*

— En quoi est-ce qu'ils sont si terribles ?

— Ils paient leur staff une misère. Ils ont des dettes auprès de leurs fournisseurs, ils…

— Ne t'avise jamais de te rapprocher d'eux, avait coupé ma mère, qui le fait très rarement lorsque Ba parle.

Je sais qu'il est courant, chez les Vietnamiens, de juger une personne d'après sa famille. Mais pour moi, Bảo est un mystère. Il est là, tout près, mais jamais proche. En quatre années de lycée, on n'a jamais suivi le même cours ensemble. Comme si les administrateurs de l'établissement savaient, à propos de nos familles, et tentaient de nous séparer.

Et bientôt, on quittera le lycée, et nos vies prendront des chemins complètement différents.

— Ce serait un honneur pour moi, Monsieur Mai, si vous m'autorisiez à espionner vos rivaux. Si ça peut vous aider dans votre business, je suis toute disposée à vous aider !

Ali revient à notre table pour empaqueter ses affaires.

— Bon, je dois rentrer, on m'attend à la maison.

Elle lance son sac sur son dos, grognant sous le poids des livres. Puis elle se dirige vers la fenêtre qui donne dans la cuisine.

— Madame Phạm ? Je peux avoir un peu de bouillon ? Ma mère est complètement accro à votre phở.

Le meilleur conseil pour s'attirer les bonnes grâces de ma mère ? L'appeler par son nom de jeune fille, qu'elle a conservé malgré son mariage. Ça marche toujours. Et Ali prononce « phở » comme une pro : je le lui ai bien fait répéter.

Mon père marmonne en vietnamien qu'il n'a jamais vu une *mỹ trắng* – une personne blanche – manger autant de phở en une semaine.

— Bien sûr ! s'exclame ma mère, un large sourire dans la voix.

Elle sort de la cuisine, les cheveux en un chignon fixé par un crayon (ne me demandez pas comment cela tient), s'essuie les mains sur son tablier, et tend le fameux bouillon de la maison, dans un Tupperware, à mon amie.

— Fantastique ! Merci infiniment, Madame Phạm !

Nous la regardons s'éloigner par la fenêtre.

— Elle est si *dễ thương* !

Ma mère est fière que mon amie apprécie autant sa cuisine.

Ba secoue la tête.

— *Con đó khùng*.

Il me fait rire. Mes parents trouvent Ali soit mignonne, soit un peu bizarre. Sur ce coup, je suis plutôt d'accord avec mon père.

— Tu ne manges pas ? me demande ma mère en pointant les pâtés impériaux.

Je ne peux pas lui dire que je n'ai pas la tête à ça, sinon elle va s'inquiéter. Je l'assure que je vais y remédier très vite, et m'empresse de ranger mon carnet de dessin dans mon sac. Ce faisant, j'écrase un papier au fond. C'est un prospectus que m'a donné Madame Yamamoto deux jours plus tôt. Une exposition, pour un soir et une matinée seulement, d'un tableau de Chang Dai-Chien au Muséum d'Art Asiatique. C'est l'un des premiers à avoir élevé la peinture à l'encre à un niveau international, la faisant découvrir au monde entier avant de se consacrer à l'art bouddhique. Yamamoto a pensé que je pourrais être intéressée. Elle trouve que mon travail capte plus mes souvenirs que ce qui se trouve sous mes yeux.

J'avais fourré le papier dans mon sac en la remerciant vite fait, déjà prête à courir pour le travail. Mais en y regardant de plus près, plus tard, j'ai compris que je devais absolument y aller.

Mẹ retourne en cuisine et revient avec son propre bol de phở. Elle aime manger calmement avant le rush du soir. Mon estomac gargouille à l'odeur enchanteresse que ce plat dégage. Anis étoilé, cannelle, bouillon d'os. Elle le relève toujours de basilic thaï et de pousses de soja bien frais. Un tourbillon luisant de sauce hoisin vient parachever cette véritable œuvre d'art.

— C'est beau, n'est-ce pas ? s'égaye-t-elle.

Elle est sûre d'elle lorsqu'elle cuisine, et parfaitement heureuse lorsqu'elle mange. Je l'aime tellement pour ça. J'aimerais qu'elle soit toujours comme ça.

Elle est triste, parfois. Il y a des matins où elle ne laisse pas le soleil entrer, où elle laisse les rideaux tirés. Des matins où elle enfonce sa tête dans son oreiller, les tempes ointes de *dàu xanh* pour soulager sa migraine. Je hais cette odeur. Elle me rappelle mes propres maladies, parce que c'est ce que l'on me donnait aussi, quand, gamine, j'avais mal au ventre. Ces jours-là, c'est Ba qui cuisine. On n'a qu'un simple *canh sườn bí* au dîner, jamais assez salé.

C'est encore pire lorsque l'on approche de l'anniversaire de son déracinement en 1983, ou de celui de la mort d'un proche. L'histoire de sa traversée en bateau, afin de fuir aux Philippines, est un véritable cauchemar. J'ai grandi avec ces histoires. Je ne sais pas trop pourquoi on me les a tant racontées. Pour m'en faire une morale, peut-être ? Comme dans : « *Eh, petite, écoute à quel point j'ai souffert pour que tu vives confortablement aujourd'hui...* » Même si j'ai du mal à comprendre en quoi ça peut aider de faire en sorte qu'une gamine de huit ans rêve d'une mer noire comme l'encre sur laquelle vogue un bateau rempli à ras bord de personnes, dont des bébés qui hurlent parce qu'ils meurent de faim.

Je ne crois pas que ma mère soit dépressive. C'est juste que, parfois, elle souffre. C'est tout. Elle se souvient de choses qu'elle voudrait oublier, sans y parvenir.

Dans ces moments-là, ça lui fait du bien d'appeler ma tante, son aînée de six ans, qui est restée au Viêtnam. Celle-ci avait prévu de s'échapper avec ma mère et leurs cousins plus âgés. Mais des officiels du régime ont réussi à la capturer ; alors elle a confié ma mère aux seuls cousins, décidant de leur faire confiance. Ils ont réussi à se frayer un chemin jusqu'à Palawan, aux Philippines. Ma tante n'a pas été retenue très longtemps au Viêtnam, et a probablement dû graisser quelques pattes au passage.

Mais elle a toujours su que la chance ne lui sourirait pas deux fois dans la vie.

Mẹ me dit souvent que je ressemble à Dì Vàng, parce qu'on a le dessin comme passion commune. Elle est venue nous rendre visite, une fois, quand j'avais cinq ans, et que nous habitions à San Jose. J'ai cette image d'elle comme d'un tableau vivant, coloré et mouvant. Lorsque j'ai vu une des *Compositions* de Kandinsky, des années plus tard, je me suis dit : « *C'est exactement ma tante.* » Kandinsky insistait sur le fait que le peintre créait un lien avec son public, qu'il devait parler à son âme. Couleurs et âme, ces deux mots-là définissent parfaitement ma tante.

Lorsqu'elles se parlent au téléphone avec ma mère, je sais que tout va bien se passer. Elles prenaient soin l'une de l'autre au Viêtnam lorsqu'elles étaient petites – mes grands-parents maternels sont morts lorsque ma mère avait onze ans – et elles continuent encore aujourd'hui. Les quelque neuf mille kilomètres qui les séparent sont insignifiants.

Mẹ sourit à un couple qui vient d'entrer. Des Vietnamiens. Ba les conduit à une table. Il s'est mis en mode charisme, et leur tend déjà l'un de mes prospectus avec les menus. Son plan marketing va peut-être porter ses fruits, mais il va devoir travailler comme un fou les prochaines nuits. Car ça ne manquera pas d'attirer une foule de Vietnamiens, durement entraînés par leurs mères armées de baguettes, à manger *tout* ce qui est servi devant eux, et encore un peu plus, même s'ils n'ont plus faim.

Quelque chose me titille.

— C'est quand, déjà ? je demande à ma mère.

— Quoi donc ?

— Le Jour du Phở, ou peu importe comment tu l'appelles.

— Le 13 septembre, tu as oublié ? On aura besoin de toutes les mains.

Jusqu'à il y a trois semaines, on souffrait d'une vraie pénurie de main-d'œuvre. Trois de nos serveurs et serveuses, Julia, Kingston et Huy, sont partis à l'université. On en a réembauché trois, depuis, mais prétendre qu'ils sont à la hauteur serait un mensonge éhonté. Jonathan est juste O.K. Lisa, à l'accueil, s'énerve pour un rien. Et Tài a les mains percées.

Je m'adosse en arrière. L'air qui s'extirpe du rembourrage du dossier joue dans mes cheveux.

Bien sûr que c'est le 13 septembre. Le jour de l'exposition.

— Evie va rentrer ?

Elle m'a envoyé un tas de photos, l'autre jour. Son dortoir, un selfie avec sa coloc, et un lever de soleil sur le campus après son footing matinal.

Si elle revenait, je pourrais envisager de m'esquiver.

Ma mère fronce les sourcils.

— Con, tu sais bien que ta sœur est occupée, avec ses études.

Moi aussi, je suis occupée. Moi aussi j'ai d'autres choses à faire. Moi aussi j'ai une vie.

Je ne peux pas lui dire tout ça.

— Oui, c'est vrai, j'avais oublié.

Mẹ soupire en touillant dans son bol.

— Je sais que ce n'est pas idéal. Je sais que tu préférerais passer ton temps autrement. (J'essaie de protester, mais elle me coupe.) Je le vois bien. Tu n'es pas capable de cacher tes émotions. Je le sais très bien. Mais on veut que ça marche. On a besoin que ça marche. Ba sera en rogne pendant des jours, sinon.

Elle jette un regard à mon père qui emporte les commandes à la cuisine.

Je sais que je ne pourrai pas voir l'expo. Impossible.

Je coince une mèche de cheveux derrière mon oreille, et mords dans un pâté impérial. Il est tout ramolli.

CHAPITRE 3

BẢO

Y a beaucoup de choses que je regrette dans ma vie, et à l'allure où ça va, c'est pas près de s'arranger. Mais ce que je regrette le plus, là, c'est d'avoir choisi journalisme en option facultative. Astronomie, le plus cool des cours qu'on puisse choisir en dernière année, était déjà plein. Việt a eu la chance de pouvoir s'y inscrire. Je croyais que journalisme serait en deuxième place au niveau de la facilité. Dans le *Hawkview*, le journal du lycée, on avait des mots croisés, des grilles de sudoku et des jeux des sept différences. On retrouvait toujours des exemplaires coincés dans les cuvettes des toilettes ou dans les poubelles de la cafétéria.

Mais ça, c'était jusqu'à ce que Allison Dale devienne éditrice en chef. Je vous jure, elle est plus sérieuse que n'importe quel employé du *Los Angeles Times*. Ça a beau être notre première expérience dans le domaine, elle s'attend à nous voir investiguer sur des histoires d'argent détourné au sein du club d'échecs. Ne me demandez même pas comment elle a su ce qui se passait là-bas.

Notre prof, Ben Rowan, devrait intervenir plus souvent, mais sa tâche ressemble plus à celle d'un baby-sitter. Il laisse Allison décider de tout au sein du journal. C'est le genre de type qui s'excuse beaucoup.

Je m'enfonce dans ma chaise. Notre réunion éditoriale n'en finit plus, et j'ai déjà une journée de cours dans les pattes. En plus, je me remets à peine d'avoir été impliqué de force par les nases du club de théâtre, qui ont voulu faire une sorte de happening pendant la pause de midi. Ils essayaient de mettre en place une sorte de jeu en cercle, mais ça m'a surtout fait penser à une tentative de danse démoniaque. J'en suis encore traumatisé. Y a quand même des clubs moins effrayants, comme ce nouveau « Club TikTok » qui vient de se créer, ou l'« Association des étudiants vietnamiens » que j'ai réussi à éviter.

Sa présidente, Kelly Tran, ne m'a toujours pas pardonné d'avoir manqué un événement en première année. Ou trois, d'ailleurs.

La salle dédiée au journalisme était autrefois une salle d'art. Les murs sont couverts de posters sur l'éthique journalistique, et même d'un portrait de Woodward et Bernstein, les deux célèbres reporters à l'origine du Watergate. Dans un coin, un lavabo qui ne cesse jamais de goutter est encore encombré de pots de peinture. On est encerclés de Mac en veille. Moi, je reste silencieux parce que j'ai pas grand-chose à dire. J'ai oublié mon article sur les voyages scolaires à venir.

Enfin, on peut dire ça comme ça.

La vérité, c'est que j'ai commencé à l'écrire. Vraiment. J'ai parlé à toutes les personnes qu'Allison m'a demandé d'interviewer : les chauffeurs de bus, les profs, et des étudiants au hasard. J'ai rassemblé tout ce qu'ils avaient à dire. Rien d'intéressant, évidemment.

À un certain moment, alors que je tapais mon texte un peu plus tôt, les mots ont cessé de faire sens. Je me suis dit « *À quoi bon* ? *Quelqu'un va-t-il lire cela* ? » J'ai eu toutes les peines du monde à rassembler ce ramassis en quoi que ce soit de sensé.

Les autres journalistes en herbe, autour de moi, étaient à fond, tapant comme des robots, intégrant parfaitement la technique de la « pyramide » que Rowan nous avait enseignée lors des premiers cours.

Je lui annonce que j'ai « oublié » mon article, et il soupire.

C'est mon imagination, ou il a inscrit « nul » sur sa tablette ?

Je ne comprends pas d'où Allison tire son énergie. Qu'est-ce qu'elle mange ? Que lui ont fait ses parents ? Elle est debout au centre de nos bureaux disposés en carré. On dirait une lionne qui dévisage les visiteurs d'un zoo. Avec sa natte sur le côté, elle me fait penser à Katniss Everdeen.

Elle plisse les yeux en me dévisageant. Je suis sûr qu'elle a compris que je mens, que je déteste écrire. Pourquoi elle ne dit rien ? Je me tortille sur ma chaise. Elle connaît Linh. Peut-être que cette dernière lui raconte des horreurs sur moi et ma famille. Peut-être qu'elle et sa famille s'amusent à jeter des fléchettes sur nos portraits. Ça expliquerait pourquoi Allison me regarde comme si elle se demandait ce qu'elle fera de mon cadavre après m'avoir supprimé.

— O.K. Dans ce cas, puisque tu n'as rien d'autre à faire, tu vas t'occuper des corrections.

Elle laisse tomber devant moi un épais dictionnaire, à la couverture lisse couverte de traces de doigts.

— Merci, murmuré-je.

Génial. Je n'ai jamais rien relu d'autre que les menus au restau, où les « s » disparaissent souvent des mots au pluriel.

Enfin, Allison se tourne vers Ernie, le type après moi. Il sent toujours la menthe alors qu'il ne mâche jamais de chewing-gum, et ses lunettes rondes tombent sans arrêt au bout de son nez. Ça me rend nerveux de le regarder.

— Tu as deux jours de retard, Ernie. Tu devais me rendre ce papier sur le scandale du recyclage. Il en est où ?

— Monsieur Allen ne m'a pas répondu.

Si je me souviens bien, Monsieur Allen, le professeur de biologie, aurait été aperçu – par Allison en personne – en train de jeter des ordures inadéquates dans les conteneurs de déchets à recycler. C'est ce qu'elle appelle un « scandale ».

Elle soupire.

— Tu es allé le voir ?

— Je lui ai envoyé un e-mail.

— Tu dois le poursuivre, compris ?

— Euh, O.K., compris.

— Attends-le à la sortie d'un de ses cours, et fais-lui bien comprendre que j'ai des preuves compromettantes.

— Allison ? intervient Rowan. Dois-je en déduire que tu as conservé le contenu de la poubelle ?

— Oui, pourquoi ?

C'est une blague.

Rowan se retient tout juste de rire en prétendant une quinte de toux.

— Bien. Une journaliste a toujours besoin de prouver ce qu'elle avance. Bon, et si on terminait cette réunion ? Tiens, Bảo, tu peux commencer par relire ça. Essaie de finir si tu peux.

« Si tu peux » ? Trou de balle.

Il nous reste plus d'une demi-heure de cours, et Rowan pense apparemment que ça ne me suffira pas pour relire un article de cinq cents mots.

Allison bouge une table du coin des hanches pour s'extirper de son enclos, et s'entretient avec Luigi, le chef d'édition. Ils doivent trouver une solution concernant la partie BD. Notre dessinateur a changé d'option après notre premier cours, quand Allison lui a donné un sujet à traiter. Il est en design graphique maintenant.

Je me plonge dans l'article d'Allison sur les maltraitances scolaires. Elle sait écrire. Elle sait quand il faut s'arrêter et quand il faut donner des détails. Elle est douée. Elle cite Hal, l'homme de ménage qui défend une politique plus stricte contre les actes de harcèlement entre les élèves, parce qu'il en voit tout le temps dans les couloirs. Elle le décrit tellement bien qu'on a l'impression de le voir, là, dans la pièce, appuyé sur son balai, le regard alerte.

Je ne retouche que quelques virgules, et coupe un paragraphe trop long en deux. Puis je tombe sur la dernière phrase, et me fige. J'ai beau la relire plusieurs fois, elle me paraît bizarre. Mais je n'arrive pas à mettre le doigt dessus ; je laisse l'encre de mon feutre rouge percer le papier. Bon, ce n'est qu'un mot. Un mauvais choix de mot ne suffira pas à ruiner tout un article. D'ailleurs Allison n'appréciera sûrement pas que je remette son écriture en question.

La cloche retentit et me sauve la mise. Allison envoie des directives à tout le monde. Je lui tends son article lorsqu'elle passe à côté de moi.

— Tiens, c'est vraiment bien.

Ça y est, je suis libre. Enfin, pas vraiment, j'ai du boulot.

— Attends.

Je me retourne.

— Tu mens. (Elle pointe la trace rouge que j'ai laissée sur sa dernière phrase.) Tu as hésité ici. Pourquoi ?

C'est irritant de voir une fille de mon âge me lancer le même regard cinglant que ma mère.

— Je sais pas.

— Ça veut dire quoi, « je sais pas » ?

Bon, elle m'énerve carrément. Je lui arrache la feuille des mains.

— Là, en fait tu devrais virer ce mot et le remplacer par un adjectif. Quelque chose de plus fort. En plus ça éviterait une répétition.

Le silence se fait. Je jure entendre l'horloge tourner.

Mince, j'aurais pas dû lui dire ça.

— Merci.

Elle a l'air de se retenir de faire une grimace.

J'attrape mes affaires. Je suis heureux d'avoir raison pour une fois ; ça me fait une montée d'adrénaline, comme si j'avais couru un cent mètres. Je me précipite à l'extérieur.

Et rentre dans quelqu'un.

— Désolée ! s'exclame la fille.

C'est Linh.

— Euh, non, pas de souci, dis-je.

J'ai l'impression d'avoir la bouche plâtrée. Je n'arrive pas à trouver quoi que ce soit à lui dire à cause de cette façon qu'elle a de me regarder – les yeux écarquillés, complètement perdue. Comme un miroir de mes propres émotions.

Je fais la seule chose qui me vienne à l'esprit.
Je m'enfuis.

CHAPITRE 4

LINH

— Tiens, qu'est-ce que tu fais ici ? me demande Ali en sortant de la salle 436 avec son sac à dos.

Quelques mèches s'échappent de sa tresse ; elle les rattache vivement en arrière. Elle peut rentrer chez elle maintenant, je l'envie tellement. Je donnerais n'importe quoi pour avoir un peu de temps avant d'aller au boulot. Du temps pour moi, sans avoir à parler à quiconque, sans être entourée de personnes, comme je le suis en permanence toute la journée.

— Je viens chercher des trucs pour Yamamoto.

J'avais à peine mis les pieds dans la salle d'art qu'elle m'a crié de retourner en bas chercher des pots de peinture qu'elle avait oubliés dans le déménagement. Je pensais que la classe serait vide à ce moment-là. Et je suis rentrée dans Bảo, les yeux écarquillés.

— Désolée !

Pourquoi j'ai dit ça comme ça ? On aurait dit une gamine de première année. J'avais jamais remarqué qu'il était aussi grand. Il me dépasse d'une bonne tête. Bon, c'est normal, c'est la puberté et tout, mais ça fait bizarre, parce que je l'entrevois souvent dans son restaurant en face, mais c'est la première fois que je remarque ça.

— Euh, non, pas de souci, dit-il en me contournant.

Il s'enfuit presque dans le couloir. Le plus loin possible de moi. Je peux le comprendre, je ferais pareil. Ça ne devrait pas me toucher, mais ça me touche. Je me retourne vers Allison, qui a probablement décelé notre gêne. Elle remarque tout. Mais elle a toujours le regard braqué sur Bảo alors qu'il s'éloigne.

— Je suis pas sûre de pouvoir l'encadrer, celui-là, dit-elle.

— Bảo ?

J'attrape le pot de peinture jaune canari.

— Ouais. Lui. D'un côté, c'est un gros fainéant qui n'en a rien à fiche du journalisme. Mais d'un autre côté, il a trouvé une coquille dans mon article que, même *moi*, j'avais pas vue.

— Oh, il a trouvé une erreur, dis-je d'un air moqueur tandis qu'on se dirige vers la salle d'art plastique.

C'est pas facile, dans cette ambiance chaotique de fin de cours. Je me prends des coups de coude, d'épaule, tandis que des effluves de transpiration, de déodorant sportif et de parfum sucré m'emplissent les narines. Un mélange de pop et de rap s'échappe des écouteurs de mes camarades. Les profs tentent de se frayer un chemin en évitant les danses TikTok qui fleurissent ici et là.

— Non mais je suis sérieuse ! Rowan a relu l'article trois fois. Bảo a l'œil, c'est clair. Mais je crois qu'il ne s'en soucie pas. Ou qu'il ne le sait même pas... Ce qui est vraiment énervant.

— C'est ses parents qui ont le restaurant en face du nôtre, tu sais...

Je lui ai déjà parlé de cette querelle idiote, de tout ce que ça impliquait, mais sans jamais mentionner Bảo. Elle ne sait pas non plus, pour notre aventure au temple bouddhique. Il y a des choses qu'il vaut mieux garder pour soi, car elles ne semblent jamais aussi belles lorsqu'on les dit à haute voix.

— Non, c'est un Nguyễn ? Je comprends mieux pourquoi vous avez paniqué tous les deux !

Je souris. Bien sûr qu'elle l'avait remarqué.

— C'est vraiment dommage, ajoute-t-elle. Il est mignon. Et plus grand que toi, ce qui est un avantage certain.

Un avantage pour quoi ? Elle ne précise pas.

— Tu viens de dire que tu l'aimais pas.

— Tu n'as pas écouté ! me reprend-elle. J'ai dit que je n'étais pas *sûre* de pouvoir l'encadrer. Et cela ne m'empêche pas d'apprécier ses qualités esthétiques.

— Quoi ?

— Allez, avoue : ses cheveux...

J'acquiesce en silence.

La salle d'art est une forêt de chevalets occupés par des toiles de tailles variées présentant des travaux à différents stades d'achèvement. C'est le coin du lycée qui reçoit le plus d'éclairage naturel, ce qui est aussi bon pour nos œuvres que pour les plantes qui bordent les fenêtres. Yamamoto, jambes croisées en équilibre sur un tabouret, réussit à paraître parfaitement détendue.

Son nez touche presque la toile tandis qu'elle la tamponne à l'aide d'une éponge. Un trait de peinture verte marque sa joue.

Être asiatique et tatouée n'est pas un concept avec lequel j'ai grandi. Elle est tellement cool ! Et ce n'est pas juste pour se la raconter. Ses tatouages font partie d'elle-même. C'est le genre de prof qui peut jurer en classe sans que personne ne pense à s'en offusquer.

— Tenez, dis-je en lui tendant la peinture.

— Ah, jaune canari, parfait. (Elle pose le pot par terre.) À quoi ressemble mon ancien repaire ?

— C'est bizarre, plein d'ordinateurs. Ça paraît plus petit.

— J'ai trouvé aussi. Tu sais, j'ai beau m'être plainte l'an dernier, quand j'ai appris qu'on allait devoir déménager, au final, c'est pas plus mal. Regarde l'espace qu'on a !

Je ris parce que j'adore la voir sourire. Non pas qu'elle soit si sérieuse que ça en cours, même si elle a de l'autorité. Mais quand on est seules, toutes les deux, elle se comporte comme une grande sœur avec moi. Sans tous les trucs biologiques déroutants dont Evie adore parler.

Yamamoto tape dans ses mains.

— Allez, fais voir !

Je sors mon devoir de mon sac. Je l'ai fini la veille, après le boulot, aux alentours de minuit. C'est souvent à cette heure que je dessine, à la lumière de ma lampe de bureau, de la musique électronique dans les oreilles. Je me sens en paix, concentrée dans ces moments-là.

— Alors, tu vas y aller, à cette expo ?

Je regarde à côté.

— Hein ? Pourquoi ?

Elle repose mon carnet. La conversation va se focaliser sur moi.

— Je t'ai dit d'y aller... ça serait vraiment bien pour toi.

— Euh, d'accord, je vais voir.

Je me mords les lèvres sur ce mensonge.

— Tes parents ne sont pas au courant, hein.

C'est une affirmation, pas une question. Le flyer que j'ai dessiné vole au vent dans ma mémoire. Ce maudit 13 septembre. Je soupire.

— Non. Je ne leur ai pas encore dit.

Yamamoto connaît un peu mon histoire, et sait ce que c'est de travailler dans un restaurant, car elle a vécu ça un temps. Sa mère tenait un restaurant japonais pendant toute la première partie de son enfance. Cependant, ses deux parents étaient aussi artistes. Il y a donc des choses qu'elle ne peut pas comprendre.

Je m'assois et l'écoute parler de mon dessin. Elle et moi partageons le même langage. Personne d'autre dans ma vie ne peut me parler des ombres et de la façon dont elles tombent sur les objets. Ba ne resterait jamais immobile assez longtemps pour remarquer le jeu du clair-obscur. Il penserait que c'est du temps perdu. « *Ba không có thì giờ* », ce qui est son excuse habituelle pour tout ce qu'il préfère éviter de faire, comme réparer quelque chose à la maison, ou sortir faire une course pour le restaurant. Ma mère *adore* faire tout ça.

Les quelques fois où j'ai tenté de discuter art avec ma mère, j'ai trouvé qu'il me manquait des mots et des émotions que je n'arrivais pas à traduire en vietnamien. L'orange par exemple, se dit « *màu cam* ». Mais il y a aussi l'orange brûlé, le roux ou encore le tanné. Une traduction littérale ne fonctionnerait pas.

Mon téléphone se met à vibrer, éclatant la bulle autour de Yamamoto et moi.

— Désolée, je dois y aller, je suis en retard pour le boulot.

— D'accord, mais avant ça...

Elle traverse la pièce et ouvre un tiroir d'où elle tire un petit paquet qu'elle me tend.

— Je sais que je t'en ai déjà parlé, mais je voulais être sûre que tu n'oublierais pas.

Les Césars Lycéens. Tous les ans, les étudiants qui participent y envoient leurs plus belles œuvres en art visuel ou en écriture. Il y a les Césars locaux, mais aussi la compétition nationale, la Gold Key, où les élèves sont jugés par des maîtres en la matière. Les meilleurs sont exposés au Carnegie Hall, à New York, et reçoivent des bourses.

— Penses-y. Tu as tes chances, je te promets.

— Vraiment ?

Elle sourit.

— Absolument. Et, sait-on jamais, ça pourrait aider tes parents à comprendre la valeur de ce que tu fais. Ils ne pourront pas dire non à l'argent. Mais commence par aller à l'expo, O.K. ? Je sais que tu as beaucoup de choses sur tes épaules, mais je ne veux pas que ça te fasse oublier qui tu es. Ce que tu *veux*. C'est *ton* année.

— Oui. Bien sûr.

Je sens une boule se former dans mon estomac tandis que je m'éloigne dans le couloir, le regard de Yamamoto pesant dans mon dos.

CHAPITRE 5

BẢO

« *Con ăn giống như mèo* », dit Mẹ. Je mange comme un chat, donc. Je baisse les yeux sur mon plat. Un *bánh xèo* quasi terminé qui flotte dans un bol de *nước mắm* – c'est mon cinquième en vingt minutes. D'autres fois, Mẹ m'accuse de manger comme Ba.

Il y a trois heures, mes parents étaient dans la cuisine, en train de vérifier les numéros du Powerball, aussi concentrés que des scientifiques sur le point de découvrir un médicament inespéré. Chaque ticket non gagnant termine dans le « tiroir à tout ». *Tout* est dans ce tiroir. Des clés qui ne rentrent dans aucune serrure, des coupe-ongles, des médicaments pour leur cholestérol (qu'ils s'échangent entre eux, et je suis quasi sûr qu'ils ne sont pas censés faire ça), et des photos de moi à tous les âges. Mẹ avait jeté un coup d'œil à travers les stores. « *Oh, il pleut. C'est un bon jour pour manger du bánh xèo.* » Ba avait acquiescé en jetant un nouveau ticket perdant.

Et nous voici donc.

J'ai souvent demandé à mes parents pour quelle raison le *bánh xèo* est si bon lorsqu'il pleut. À chaque fois qu'ils commencent à m'expliquer, quelque chose d'autre finit par capter leur attention. Du coup, j'ai mis au point ma propre explication. Je ne suis pas sûr qu'il y ait une base scientifique à ça, mais ce que j'en sais, c'est que le *bánh xèo* vous fait l'effet d'un bon feu brûlant lorsque, dehors, le pavé est détrempé, et l'air est lourd d'une odeur de terre et de ciment humide. J'ai découvert qu'il y avait un mot pour décrire cette odeur : pétrichor. Dans ces conditions, rien n'est meilleur que la farine de riz, jaune par le curcuma, cuisinée pour être croustillante, et remplie de lard, de crevettes et de pousses de soja… le tout en une immense bouchée.

Mẹ sort avec son anorak et nous apporte une nouvelle fournée de *bánh xèo* frétillant sur le plateau. Il y a trente minutes encore, j'aurais crié « *Oui* ! » Mais maintenant ? Je n'ai plus faim. Elle nous fait signe d'approcher nos bols remplis de *nước mắm* bien salé et y plonge ces merveilles.

Ba fait de grands gestes, comme pour dire « *Nourris-moi, femme* ! »

— Comment ça se passe au lycée ? me demande Mẹ. Et tes demandes d'entrée à l'université ?

Point mort, répond mon cerveau.

— Super.

On a fait quelques portes ouvertes l'an dernier, surtout autour des établissements publics, qui sont moins chers. Mes notes pourraient me faire entrer dans quelques-uns de ceux-là, mais rien de garanti. Au moins, mes parents en sont conscients.

— Assure-toi seulement que tes notes ne baissent pas.

— Pas de souci.

Elle soupire.

— Con, as-tu une idée de ce que tu voudras choisir comme matière principale ?

— C'est dans un an, Mẹ.

— Mais c'est toujours mieux de savoir en avance, non ?

— La plupart des étudiants vont à la fac sans savoir en quoi ils vont se spécialiser, c'est tout à fait normal.

— Dì Nhi a raconté que son fils savait qu'il voulait étudier la médecine bien avant d'entrer à Stanford.

La Générale et ses histoires…

— Médecine n'est pas une option à la fac.

— Je sais ! Ce que je veux dire, c'est qu'il savait ce qu'il voulait faire.

Je prends conscience que je suis assis exactement comme elle, une jambe repliée sous mes fesses. Je change de position, tends les jambes et croise les bras. Et soupire : c'est exactement comme ça que se tient Ba.

— Une année, ça passe vite, insiste-t-elle.

— Je pense à plein de choses.

Bizarrement, le cours de journalisme me revient en mémoire. Le sentiment de tenir un stylo, d'apporter des modifications à un texte, de faire taire Allison, pour une fois… Je n'avais encore jamais ressenti ça.

— Penser et faire, ce n'est pas pareil ! (Elle se tourne vers Ba.) Anh, dis-lui.

— *Ừ*, consent-il à dire.

Elle lui lance un regard furibard, espérant que ça le motiverait à se fendre de mots plus inspirants.

Elle lâche un long, douloureux soupir.

— Je me demande ce que Việt veut faire, lui.

Étant donné son obsession pour les polars télévisés et son entêtement à suivre le cours d'expertises médico-légales, je dirais que c'est évident. Cela dit, il n'en a jamais parlé. De toute façon, rien ne sera compliqué pour lui. Việt n'a jamais eu à travailler : le gars absorbe tous les savoirs sans effort.

— Je ne sais pas. Demande-lui quand tu le verras.

— Việt est très intelligent, dit ma mère.

— Brillant, même, approuve mon père.

— Ses parents doivent être tellement fiers !

Ce n'est pas la première fois que j'entends cette ritournelle, et que je me demande s'ils ne seraient pas plus heureux de l'avoir eu comme fils, à la place de moi. Leurs yeux sont pleins d'étoiles lorsqu'ils parlent de lui.

— Vous avez qu'à l'adopter.

— Voyons, con… (Sa voix devient terriblement mielleuse.) On pense seulement que tu peux tout faire. Et puis, tu dois *cố gắng*.

Elle marque une pause pour prendre sa respiration.

Et c'est reparti.

— Tu sais, con, quand nous mourrons…

— Mẹ !

— Quand nous mourrons…

— C'est dans au moins cinquante ans !

Elle hausse le ton.

— On veut juste savoir que tu peux te prendre en charge. Mais pour cela, tu dois faire des efforts.

Elle fait des gestes vers Ba, qui acquiesce, comme pour dire : « *Eh oui mon fils, je vais mourir* ! »

— Con, tu ne sais pas la chance que tu as, reprend-elle. Quand je suis arrivée dans ce pays, en 1982, j'avais trois ans de moins que toi. Rien que *mười bốn tuổi* ! *Không biết* ce qui allait se passer. Mais j'ai appris, je me suis adaptée. Ba a fait pareil. On a tout misé sur l'éducation, et on a bien fait.

Je baisse la tête, avale les derniers bouts de *bánh xèo*, et me sens comme le dernier des imbéciles.

N'empêche, c'est un coup bas de me resservir l'histoire de leur arrivée. Je ne peux rien répondre à ça. Comment le pourrais-je, sachant tout ce qu'elle a perdu ? Sa maison et beaucoup de membres de sa famille… Comme son grand frère, Cậu Cam, qui est mort en tentant de s'échapper avant elle.

Parfois, elle me dit que je lui ressemble. Que j'ai les mêmes cheveux que lui. Je sais que ça lui fait mal de repenser à lui, car ensuite elle reste silencieuse pour un long moment, ou bien passe immédiatement à un autre sujet. Et moi, je ne sais jamais quoi lui répondre.

Avant que ma mère ne se lance dans le récit de sa nuit de l'évasion – la dernière récitation a duré une heure et quarante minutes – je tente de la rassurer.

— D'accord. D'accord. Je vais me concentrer, je te le promets. (Je prends une grande inspiration.) Je ferai de mon mieux.

Mẹ s'illumine et échange un regard avec Ba. Son marchandage affectif est un succès. C'est comme si je venais de résoudre tous ses problèmes, passés, présents et futurs.

— Tu peux être ce que tu veux !

— Peut-être docteur ? avance Ba, qui trouve enfin quelque chose à dire.

... Le docteur avec le plus de procès pour erreurs professionnelles de tout le pays.

Je termine et emporte mes assiettes à la vaisselle. Ma mère s'active à nettoyer tout le reste ; elle a déjà bientôt fini et s'apprête à assurer la tâche suivante sur sa liste qui ne termine jamais. Elle me demande si je veux emporter des restes demain, au lycée.

— Pourquoi non ? C'était pas assez bon ?

— O.K. alors, juste un peu, sans la sauce.

Elle se tourne vers mon père, occupé à se curer les dents, et lui rappelle qu'il doit mettre le réveil à cinq heures, pour recevoir la livraison des parents de Việt.

— *Bà nói điếc lỗ tai*, il rétorque, pour qu'elle arrête de le lui rappeler.

Elle continuera, rien que pour l'énerver. C'est sa manière de se venger.

Je les laisse, avec la promesse que je leur ai faite – *je ferai de mon mieux* – qui résonne douloureusement à mes oreilles.

CHAPITRE 6

LINH

Un de mes premiers souvenirs de l'apprentissage du vietnamien, à la maison ou au temple avec les autres enfants, est lié aux poèmes traditionnels. Il suffit que je ferme les yeux pour me retrouver dans cette pièce en sous-sol, entourée des voix chantantes de nos professeurs, qui tentaient de couvrir le vrombissement des ventilateurs du plafond censés nous protéger de la chaleur impitoyable de juillet : « *Công cha như núi Thái Sơn. Nghĩa mẹ như nước trong nguồn chảy ra…* »

J'étais bien plus captivée par les images qui accompagnaient ces poèmes : une montagne majestueuse drapée dans son délicat manteau de brume. Un lac brillant où glissait l'eau d'une cascade qui courrait le long de cette même montagne. *Mères*. Le texte parlait d'honorer leur travail et leur amour. Le message était clair : tout ce que je fais est le reflet de ma mère.

Seule dans ma chambre, allongée sur le dos, je fixe le ventilateur du plafond qui persiste à tourner à une allure excessivement lente même lorsque je pousse le bouton à fond. Je pensais que la pièce me semblerait plus grande, après le départ d'Evie, avec qui je l'ai partagée pendant seize ans. Que je pourrais tout redécorer, tout réarranger ou même tout mettre en bazar. Mais je n'en ai rien fait. Je m'étais habituée à cette autre présence dans ma chambre.

Quiconque entrerait ici verrait immédiatement deux personnalités très différentes. Il y a un mur parfaitement décoré avec goût de belles choses trouvées dans les magasins de seconde main – Evie a toujours eu un don pour dénicher les bonnes affaires. De mon côté c'est tout aussi parfaitement rangé, mais le mur croule sous des années de dessins et de peintures accrochés pêle-mêle, sans ordre, mes chèvres et lamas de mes premières heures côtoyant mes plus récentes œuvres.

Sur l'agenda Picasso qui trône sur mon bureau, j'ai entouré le 13 septembre, mais je n'ai pas marqué « Jour du Phở ». Je fais mine de le noter du bout du doigt. C'est pas un drame si je n'y vais pas. Je le sais bien. Mais est-ce que je ne sacrifie pas une partie de moi-même ? Est-ce que je ne vais pas manquer quelque chose ?

Je me redresse trop vite, ma tête tourne. Ça m'arrive parfois, quand je réfléchis trop, ce qui n'aide pas à y voir plus clair. Dans ces moments-là, c'est dans l'art que je trouve mon refuge, que je peux oublier ce genre de problèmes, que j'ai l'impression de regagner un peu de contrôle sur ma vie alors qu'elle ne cesse de me ballotter comme une bouée sur la mer. Lorsque je dessine, c'est magique. Durant quelques heures, le monde disparaît. Je n'ai plus à écouter les clients qui me comparent à Evie. Je n'ai plus à m'inquiéter pour les examens ou les heures de travail au restaurant. Tout passe en arrière-plan. Mon attention se focalise sur une image ou une idée qui n'existe pas encore, et qui doit passer par moi pour venir au monde.

La première fois que j'ai vu une activité artistique, c'était lors d'un voyage à Huntington Beach avec mes parents. On marchait le long de la plage. J'étais très jeune, car je me souviens que je tenais encore la main de ma mère quand c'est arrivé. Il y avait cette foule amassée autour d'un artiste assis devant son chevalet. Devant lui, son modèle, un petit garçon, était assis sur une chaise, les pieds dansant dans le vide. Le gamin essayait de conserver un air sérieux, sans grand succès parce qu'il souriait sans cesse à ses parents, tandis que l'homme, en quelques traits, captait sa personnalité. C'était cinq dollars le portrait, seulement, et pourtant l'artiste traitait son sujet comme la plus belle chose qu'il eut jamais vue.

Je suis restée là, à compter le nombre de traits du dessinateur. Ma mère attendait patiemment, prête à repartir à tout moment. Elle aurait probablement insisté pour continuer si nous n'étions pas déjà arrivées à la fin de la promenade.

L'artiste est toujours là-bas de nos jours, même si ses mains sont frippées et tachées par le soleil.

J'expire et laisse tous ces souvenirs s'éloigner. Je les remplace par la réalité, et tente de la tourner de manière positive.

Peut-être que personne ne se pointera, et que je pourrai m'éclipser pour la soirée. Peut-être que mes parents seront de si bonne humeur qu'ils me laisseront partir avec joie. Leur humeur, c'est souvent un bon indicateur pour savoir s'ils vont me laisser un peu de liberté. « *C'est* ton *année* », m'a dit Yamamoto.

Je décide d'y croire.

Notre maison n'a qu'un seul étage, avec un long couloir qui dessert toutes les pièces. Je me faufile discrètement en passant devant la chambre de Ba et Mẹ.

J'entends des murmures au niveau de leur porte. On faisait ça quand j'avais sept ans peut-être, avec Evie. « *Qu'est-ce qu'ils disent* ? » me demandait-elle tout bas. Elle n'a jamais été du genre discret et son ouïe n'est pas très fine. Par l'entrebâillement de la porte, je vois mon père allongé sur le ventre, torse nu. Il se promène souvent ainsi le matin, ouvrant les volets avant que la maisonnée ne se réveille.

Mẹ est assise à côté de lui, un tube de Bengay dans ses mains gantées de plastique. Elle le sermonne en vietnamien. Je me colle contre le mur pour ne pas être vue.

— Tu aurais dû laisser quelqu'un d'autre porter ça ! Tu n'es plus tout jeune, Anh.

— Et qui ? Un de nos cuisiniers ? Ils sont à peine assez costauds pour soulever une casserole. Je suis le seul à pouvoir le faire ici.

— Vraiment ? rétorque-t-elle d'un air narquois. Tu es sûr ?

— Oui, répond-il, buté, avant de gesticuler tandis qu'elle applique la crème sur son dos.

Elle lui explique calmement que, s'il continue à se plaindre, elle lui cassera le dos personnellement. Je me retiens de sourire même s'ils ne peuvent pas me voir. Ba ravale ses protestations, et Mẹ enlève ses gants. Elle va à la salle de bain et range le Bengay dans l'armoire à glace que j'entends grincer.

— Tu crois qu'on va avoir besoin d'embaucher quelqu'un, pour la journée ? demande-t-elle. Je peux demander à la cousine de Duy-Loan de venir.

Il ne répond pas tout de suite. Puis :

— On a Linh.

Il prononce mon nom comme si j'étais la solution à tout. Je sens la colère me monter au nez. Pourquoi est-ce que je devrais toujours être la solution à tout ?

— Tu sais qu'on ne peut pas se permettre d'embaucher quelqu'un d'autre, continue-t-il. Tout ira bien. Je peux toujours aider.

Hein ? *Qu'est-ce qu'il veut dire* ?

— Si tu le dis...

Ils ne m'ont jamais parlé de problèmes financiers. Je me souviens soudain de l'intensité dans la voix de ma mère, hier, lorsqu'elle disait qu'elle espérait que le Jour du Phở serait un succès. Bien sûr... Et puis, je me souviens aussi qu'ils ne m'auraient jamais parlé de soucis de ce genre. Parce qu'ils ne veulent pas que je m'inquiète pour des choses qu'ils sont censés régler eux-mêmes. Typique.

Plus tard, au dîner, je peux encore sentir le Bengay tandis que Ba s'assoit à table en grimaçant. Je lui passe son bol, que Mẹ vient juste de remplir de riz. Le mien est plein, celui de ma mère, à moitié seulement. Elle mange plus d'accompagnements que de riz.

— *Mời Ba ăn cơm. Mời Mẹ ăn cơm*, dis-je avant de commencer à manger.

Le silence se fait, car nous sommes tous perdus dans nos pensées. On peut entendre les baguettes tinter contre les bols. Des volutes de fumée s'échappent du *canh chua*, immédiatement dispersées par le ventilateur. C'est un de mes plats préférés. Une soupe douce et acidulée, mais pas du genre qu'on trouve dans les restaurants asiatiques. C'est un mélange d'ananas, de tomates et de tamarin qui lui donne ce goût particulier. Mẹ me demande si je reprends du poisson-chat ; je fais oui de la tête.

J'avale une bouchée de riz et je finis par dire, du ton le plus enjoué que je puisse trouver :

— Le Jour du Phở sera une réussite !

Ce samedi, le dos de Ba ne s'est pas arrangé, c'est même devenu pire. Il peut à peine bouger. Mẹ et moi partons dès midi au restaurant pour commencer à tout préparer avant l'affluence. Elle incite Ba à ne rien faire de trop fatigant. Il est allongé sur le canapé, la télécommande à la main. C'est son état préféré lorsqu'il est au repos ; mais il veut travailler ce soir. Il a beau être en piteux état, il ne pense qu'au restaurant.

Ma mère ne l'entend pas de cette façon.

Il proteste.

— Tu as besoin de moi ce soir. Qui sera à l'accueil ?

— Lisa.

— Pff ! Elle est incapable de faire quoi que ce soit !

Cela ne fait que trois semaines qu'elle bosse pour nous.

— Tu dis ça tout le temps. À propos d'elle, et de Jonathan, et...

— Et de tout le monde, murmuré-je. Alors que c'est toi qui les as choisis.

Il se contente de fixer le plafond d'un air renfrogné.

— Et si quelque chose se passe mal ?

J'ai passé la matinée à m'angoisser à propos de ce soir. L'entendre se plaindre n'est pas rassurant.

Pour autant, je comprends qu'il soit si inquiet. C'est son plan, qu'il a mis au point lui-même ; il espère que ça marchera.

Mẹ lui caresse la tête en attrapant les clés.

— *Đừng lo*, lui lance-t-elle.

Nous savons tous les trois qu'il ne peut même pas se lever. Il reste silencieux. Ou en tout cas, Mẹ l'empêche de nous répondre quoi que ce soit en refermant prestement la porte derrière nous.

* * *

Ce que les clients oublient, quand ils rouspètent après les serveurs ou prétendent que la nourriture est trop chère, c'est à quel point le menu a demandé de travail de préparation. Des heures et des heures de réflexion. Je l'ai appris à mes dépens lorsque j'étais plus petite et que je traînais dans la cuisine en attendant que ma mère s'occupe de moi. « *Je fais juste le menu* », disait-elle. « Juste » ? Tu parles… ça prenait la journée entière. Mais c'était rigolo à l'époque. J'avais toujours des crayons de couleur, les serveurs et les serveuses s'occupaient de moi à tour de rôle, on me cuisinait des douceurs. Les bananes plantain caramélisées sont devenues ma drogue. Evie remplissait elle-même toutes les bouteilles de sauce hoisin.

Là, dans la cuisine, Mẹ surveille deux énormes marmites de bouillon sur le feu. Sur la table, six plus petites sont déjà prêtes : il n'y aura plus qu'à les réchauffer. Mẹ se déplace d'un bout à l'autre de la cuisine pour chercher ceci ou cela, tandis que les cuisiniers s'activent à couper des oignons, du citron, des poivrons jalapeño, ou à laver des pousses de soja ou des feuilles de basilic thaï, qui font ressortir le goût anisé du phở. C'est comme un orchestre : tout le monde suit le rythme imposé par Mẹ. Elle a beau être extrêmement méthodique, sa méthode ne saurait être expliquée. Tout est fait par instinct. Quand je dessine, c'est la même chose que quand elle cuisine, en fait. Nos mains bougent avant que notre cerveau leur dise quoi faire. Je ne le lui ai jamais dit, parce que je sais ce qu'elle me répondrait : « *Et ça peut te faire vivre* ? »

— Comment ça se passe en salle ? me demande-t-elle.

— Tout est en place.

Je lace mon tablier et attache mes cheveux en queue-de-cheval haute. Les serveurs finissent de préparer les tables.

— Parfait, dit-elle en s'essuyant le front.

J'ai l'impression qu'elle essaie de s'en persuader. Exactement ce que je suis en train de faire.

La première vague de clients débarque. Ce sont surtout des étudiants. Lisa les accueille et leur tend le menu avec un manque de tact évident. J'espère qu'elle va tenir jusqu'au bout.

En trente minutes, toutes nos tables sont prises, et une file d'attente se forme. Une vision qui suffirait à rendre Ba tout joyeux, enfin, à sa façon discrète. Moi, ça me rend nerveuse. Je sers un plat de pâtés impériaux à la table six, tandis que Jonathan, qui suit un groupe de trois personnes très bavardes, me lance un « *help* ! » muet. Les trois s'installent sur la table huit, mais je suis sûre qu'elle est réservée.

Je me rue sur le système d'organisation des tables ; et en effet, j'ai raison. Lisa revient de l'installation d'une autre tablée en se tortillant les doigts.

— Tu as vérifié les tables, Lisa ?

— Pourquoi ?

— Table huit. Quelqu'un avait réservé.

Lisa baisse les yeux sur l'écran et pâlit.

— Je suis *tellement* désolée ! J'avais pas vu...

— Essaie de réparer ça, dis-je en essayant de contrôler ma respiration.

Je dois réprimer mon instinct pour ne pas l'engueuler comme Ba l'aurait fait. Mais elle va devoir s'en sortir toute seule : mon job c'est de servir, pas de placer.

Je passe devant la table quatre, où un gamin s'empare d'une bouteille de sauce hoisin pendant que sa mère bavarde avec son amie. Je lui lance un regard dissuasif et il la repose. Comme il le devrait.

Les bruits de plats et de couverts dans la cuisine me tapent sur les nerfs, menacent de me vriller le crâne avec une migraine. Mais je n'y peux rien, alors je continue de faire la navette entre les tables et la cuisine, m'assurant que Lisa ne commet pas d'autres erreurs.

J'ai l'impression que la queue, dehors, s'est encore allongée, même si ça semble impossible. Plus d'étudiants, de familles, de couples. Tous se tournent vers moi alors que je passe la tête à l'extérieur. Une marée d'yeux. Surréaliste.

— Excusez-moi, mademoiselle ? m'accoste un jeune homme en pantacourt, troisième dans la file. Ça va durer combien de temps ?

— Environ trente minutes.

— Trente minutes ? Ouah…

Il échange un regard avec son pote derrière lui.

— Comme vous pouvez le voir, il y a une forte affluence.

— C'est ridicule, murmure-t-il à son copain.

— Je suis désolée, mais je ne peux rien faire de plus, dis-je en me retenant d'exploser.

— Mais qu'est-ce qui prend autant de temps ?

J'explose.

— On a un menu spécial, donc forcément il y a de l'attente !

Le type recule d'un pas, ne moufte plus, trop choqué pour être en colère. Avant que des excuses mortifiées sortent de ma bouche, Lisa me relaie en douceur et prend les choses en main. Elle me dit quelques mots que je ne comprends pas en me jetant un regard inquiet. Ça m'énerve encore plus que ce soit elle qui me sorte de cette situation.

Je retourne en cuisine. Je m'imagine au musée, en compagnie des artistes. À chaque fois que j'y suis et que j'admire les travaux des génies d'autrefois, je sens comme un paisible nuage de respect m'envelopper. Je suis entourée de personnes qui sont là, elles aussi, pour trouver des réponses, pour *ressentir* quelque chose.

Un jour, je veux être cette artiste qui sait que son travail a rendu son public parfaitement heureux, en comblant un vide qu'il avait en lui alors qu'il ne le savait même pas.

Young Novel

J'aimerais y être.

Mais je suis ici. Le ronronnement de la caisse enregistreuse me ramène à la réalité. Ses cliquetis imprégneront mes cauchemars jusqu'à la fin de mes jours. Des rires en anglais, vietnamien, espagnol et autres langues, en provenance de la salle m'engloutissent comme un raz-de-marée. J'ai l'impression que le sas entre la cuisine et la salle est un sauna.

— Con ?

C'est ma mère. Elle a passé la tête par la porte en remarquant que personne n'avait emporté les trois bols de phở qu'elle avait déposés sur la desserte.

— J'ai besoin d'air.

— Mais...

— Juste une minute ! dis-je en me ruant à l'extérieur.

Je me précipite dans l'allée. Je me fiche que ça sente le poisson, les égouts et que ce soit couvert de détritus. C'est le meilleur sanctuaire que je puisse trouver. Je m'accroupis, pose la tête sur mes genoux et me force à respirer calmement.

Je ne suis pas sûre du temps que je passe ici. Au moins, je suis seule. Au moins, personne n'est là pour constater mon effondrement.

— Euh... salut ?

Je relève la tête et aperçois des Converse rouges devant moi.

Oh non.

CHAPITRE 7

BẢO

C'est toujours une épreuve de travailler alors que votre meilleur ami vous résume un épisode de *New York, police criminelle*. L'éloignement ne lui fait pas peur. Quand je suis à l'autre bout de la salle, il se met à crier pour être sûr que je n'en perds pas une miette.

— C'est toujours le type beau et séduisant, le coupable.

— Ah bon...

— J'aimerais bien que, pour une fois, ce soit un type louche et moche.

— Je vois.

— Franchement, au moment même où John Stamos est apparu à l'écran, j'étais genre : « *Eh oh, c'est lui, le méchant* ! »

On passe en revue toutes les tâches qu'il nous reste à accomplir avant la fermeture, à dix heures, soit dans quelques minutes. Les ingrédients frais au frigo. Planches à découper lavées et posées à l'envers. Chaque bouteille de sauce remplie. Eduardo, un de nos cuistots, cogne son poing contre le mien avant de rentrer chez lui. C'est toujours le dernier à partir, et le premier à arriver le matin. Il me lance un regard de compassion : lui aussi a déjà été victime des résumés de Việt.

Việt a ses bizarreries. La principale étant cette obsession pour les séries policières et la police scientifique, et sa capacité à réciter au mot près des passages entiers de dialogues. Mais sans ça, Việt ne serait pas Việt. Il fait partie de ma vie depuis la nuit des temps. Nos parents se retrouvent souvent autour d'une table après le boulot. Les siens livrent des fournitures aux restaurants. Ils échangent des points de vue, des ragots à propos d'autres établissements. Au bout d'un moment, la Heineken commence à couler. Petits, pendant qu'ils discutaient, Việt et moi on jouait sous les tables, on s'inventait des histoires, on échangeait nos jouets. Parfois, on n'avait même pas besoin de parler.

Quand j'ai su qu'il allait s'inscrire au club de cross en arrivant au lycée y'a deux ans, j'ai cru que ce serait la fin de notre amitié. Qu'il trouverait d'autres potes, moins maladroits et capables de trottiner dix secondes sans être hors d'haleine. Mais on est restés meilleurs amis.

Pour le meilleur ou pour le pire, me dis-je, alors qu'il se lance dans le résumé de l'épisode suivant.

La soirée se déroule sans encombre : on a un rythme bien établi avec les autres serveurs. Mẹ a chargé la mère de Trần, l'un de nos cuistots, de boucler la cuisine pour qu'elle puisse rentrer plus tôt. Si Việt et moi on est souvent en équipe, c'est qu'elle lui fait confiance pour faire son job ainsi que pour surveiller que je m'acquitte du mien. Ce concept n'est pas parfait. On a le même âge : c'est un peu comme de croire qu'un cheval peut diriger un poney. Et pourtant, ça fonctionne à peu près.

La mère de Trần part avant nous. Je m'assure que la porte d'entrée est bien fermée, et baisse les stores. Tiens, le restau de la famille de Linh est bondé. Exceptionnellement, pour leur menu spécial, ils ferment à minuit. La queue s'étend jusqu'au coin de la rue. Je suis presque sûr que ça ne nous est encore jamais arrivé. Heureusement que Mẹ est rentrée plus tôt ; elle les aurait épiés à la fenêtre toute la soirée, effrayant leurs clients mais aussi les nôtres.

— C'est fou ce que les gens sont capables de faire pour un phở gratuit, remarque Việt par-dessus mon épaule. On doit faire encore mieux !

— Comment ?

— Proposer un truc spécial sur le menu.

— Qu'est-ce qu'on pourrait mettre de plus ?

Il hausse les épaules.

— Ma mère dit toujours que la tienne fait le meilleur *bánh xèo*, ça peut être une bonne idée. Un genre de crêpe fourrée à tout ce qu'on veut. Ma mère envisage même d'empoisonner la tienne pour lui voler sa recette. Ce qui pourrait être faisable, vu que ta mère doit goûter à tout en cuisine.

Je lui lance un regard incrédule. O.K., sa mère est ultra-compétitive – on ne devient pas l'une des sociétés de fournisseurs les plus demandées en faisant des faveurs – mais de là à empoisonner…

— Non mais, c'était pour rire, précise-t-il.

Je dois le croire sur parole, même si j'ai du mal à imaginer ses parents faire la moindre blague.

— O.K., super alors.

J'allais rabaisser le store quand je vois une silhouette sortir en trombe par la porte arrière des cuisines, en face.

C'est Linh, qui s'enfuit dans l'allée.

C'est quoi ce délire ?

Quelques clients lui accordent un regard avant de se concentrer à nouveau sur les personnes devant eux. Việt est déjà retourné à la cuisine, et remarque qu'on a oublié de remettre des boissons au frais.

— Ah… je lui réponds, distrait. C'est probablement la faute de Trần.

C'est une impasse, cette allée. Où compte-t-elle aller ? *Et pourquoi elle court* ?

— Ouais, sûrement, dit-il en allant chercher un carton de sodas.

Mon attention se partage entre lui et ce qui se passe dans cette allée.

— Tu comptes me laisser faire tout le boulot ?

Ça fait bien trois minutes qu'elle est là-dedans.

J'ai jamais travaillé aussi vite. On met les emballages au recyclage, on éteint les lumières, et on sort. Pendant que Việt ferme à clé, je fixe l'entrée de la petite impasse.

C'est comme quand j'ai relu l'article d'Ali. Je sentais que quelque chose n'allait pas, sans réussir à le cerner, sans vouloir m'y confronter, jusqu'à ce que la rédac'cheffe m'y force.

Cette fois aussi, peut-être que je peux rétablir un détail qui ne va pas… Quoi que ce soit.

Ba m'envoie son traditionnel message de dix heures – qui lui est dicté par Mẹ.

Je demande à Việt de prendre le chemin le plus long pour rentrer.

— Hein ? Pourquoi ?

— J'ai besoin d'un peu de temps, je vais arriver en retard et je veux pas que ma mère s'inquiète.

— Et pourquoi tu vas arriver en retard ?

— Je peux pas trop te le dire…

Surtout parce que je ne le sais pas moi-même. Việt me regarde en silence, avec la même intensité qui se trouve dans le regard de sa mère. Il ne va pas accepter. Il va me demander pourquoi, et Linh ne sortira jamais de cette impasse.

— Dis-lui que tu t'es arrêté chez moi pour avoir une copie des devoirs, répond-il enfin. Je te couvre.

— T'es sérieux ?

— Ouais.

Je n'ai jamais été aussi reconnaissant pour son attitude laxiste.

— Mais tu devras me dire ce que t'as fait. Allez, à plus.

Il s'éloigne. J'envoie un rapide message à Ba, qui me répond lui-même, j'en suis sûr : c'est un « O.K. », simple et efficace.

J'hésite à retourner sur mes pas avant d'atteindre le trottoir d'en face. *Qu'est-ce que je fabrique ? C'est peut-être une très mauvaise idée…* J'ai l'impression d'avoir passé les frontières ennemies, et que le terrain est truffé de mines.

Mais alors que je m'approche, je peux l'entendre murmurer :

— Reprends-toi, Linh ! C'est pas la fin du monde !

Elle est accroupie, le front contre ses genoux.

Je me racle la gorge en arrivant devant elle.

— Euh... salut. Tout va bien ?

— Euh, ouais.

On dirait qu'elle se retient de pleurer.

— Je ne voulais pas te déranger, lui dis-je. Je suis Bảo, du restau d'en face. Je sais pas si tu te souviens de moi, quand on s'est rencontrés...

Je me tais. C'était il y a une éternité. Elle m'a forcément oublié. Je n'ai représenté qu'une poussière dans son enfance.

— Je me souviens de toi, me dit-elle simplement.

Quant à la raison pour laquelle elle se trouve dans cette position peu enviable, elle reste en suspens entre nous.

— Dure soirée ? je lui demande.

J'ai vraiment l'impression d'être un type dans une comédie romantique. Je vais sûrement lui dire, ensuite : « *Tu veux en parler* ? »

— Ça a l'air agité chez vous.

— Oui, c'est la folie. Mon père s'est fait mal au dos, il nous manque du personnel. J'étais à bout, j'ai même crié sur un client. Pff... J'ai tellement l'impression d'être inutile.

Elle a clairement l'air au bout du rouleau. J'ai pas besoin de la connaître pour le comprendre.

Je m'accroupis pour me mettre à son niveau. Elle s'écarte instinctivement de quelques centimètres, mais ne s'en va pas. J'essaie de trouver des mots pour la réconforter, mais j'ai du mal. Après tout, je ne suis qu'un étranger pour elle.

Elle inspire profondément.

— Fais pas attention, dit-elle en effaçant rageusement ses larmes. Je dois y retourner.

C'était comme au temple, quand on était petits. J'aurais pu aller à n'importe quelle table, parler à n'importe quel gamin. Mais je me suis retrouvé avec elle. Ce n'était pas seulement l'activité qui m'attirait, mais elle, Linh, concentrée, dans son élément. Sûre d'elle, alors que les enfants autour ne faisaient que jouer et passer le temps.

Ce n'est pas ainsi que je me souviens d'elle.

La porte que je vois derrière doit sûrement mener à une cuisine, où sa mère, exactement comme la mienne, donne des ordres à toute une équipe de cuisiniers. C'est son domaine, et à moins qu'il y ait un problème, elle y reste pendant tout le service. La mère de Linh ne devrait pas avoir de raison d'aller en salle. Un plan impossible s'échafaude dans ma tête.

— Je peux aider ? Je veux dire : je peux aider. Avec les clients et tout. Juste pour ce soir.

— Mais ton restau...

— On vient juste de fermer.

— Je sais pas si ma mère... (Je sais très bien ce qu'elle n'ose pas dire.) Je sais pas.

— C'est gagnant-gagnant. Je suis déjà formé, dis-je pour plaisanter.

Elle sourit brièvement.

— Mes parents penseraient que c'est pour nous espionner.

Ça paraît logique, mes parents penseraient pareil. Ma mère et ses amies, sous la houlette de la Générale, adorent raconter ce genre d'histoires. C'est évident.

Mon plan ne l'intéresse pas. Je n'aurais pas dû venir. Je suis énervé. Contre elle, parce qu'elle n'avait pas à mentionner le conflit entre nos familles alors que je voulais juste aider. Contre moi, parce que j'avais pas à me mêler de ce qui ne me regarde pas. Pour une raison qui m'échappe encore, qui plus est. Je devrais faire demi-tour, pour que chacun se retrouve être un personnage secondaire, loin dans le fond de l'histoire de l'autre.

— Je n'essaie pas de vous espionner. Et je ne suis ni ma mère ni mon père. Je suis juste... Bảo. (J'enfonce mes mains dans mes poches.) Bon, ben je vais y aller alors. Désolé de t'avoir dérangée. Bonne chance.

Demain, quand Việt me demandera ce que j'ai fait, je lui tricoterai une excuse à la noix. On va effacer cette rencontre de nos mémoires.

— Bảo, attends... Tu étais sérieux ? Pour m'aider ?

Sa voix, encore un peu suspicieuse, n'allège pas vraiment mon abattement. Mais ça suffit pour me retenir. Je reviens sur mes pas et lui tends ma main, tout en sueur.

— Ce soir, je ne suis que Bảo Nguyễn, juste un gars qui vient donner un coup de main pour ce qui semble être une soirée difficile.

Elle garde son regard braqué sur moi, avant de secouer la tête. Peut-être qu'elle réalise à quel point cette situation, dans cette allée, est ridicule. Pourtant, elle accepte, tend sa main où résistent des traces de peinture, et se relève.

Elle s'essuie ensuite contre son jean.

Sympa.

— C'est quoi, le plan ? demande-t-elle.

— Je peux faire le service en salle. Ta mère est en cuisine, non ? Elle ne me verra même pas. Et les serveurs et serveuses...

Je m'arrête. *Merde. J'ai pas pensé à ça*. Chez nous, Binh et les autres ont dû supporter des heures et des heures d'endoctrinement colérique de ma mère, à propos d'eux, des clients et des autres restaurants – en particulier celui des Mai. Je parie que leurs employés sont passés par les mêmes étapes, et qu'ils me reconnaîtront.

— On a une nouvelle équipe, me dit-elle. Ça peut nous aider.

Elle coiffe ses cheveux, étonnament longs, en un chignon dont s'échappent quelques mèches. À la faveur d'un rayon de lune, j'aperçois la détermination et le courage qui l'habitent.

C'est elle, la Linh du temple.

Elle roule les épaules, comme avant un match de boxe.

— O.K., on y va.

On va le faire ! On va vraiment le faire !

J'espère que ça va marcher !

L'odeur du phở règne partout. Je n'ai qu'à fermer les yeux pour me croire dans mon propre restaurant. Linh m'entraîne dans un vestiaire étroit. À droite, la cuisine, qui tinte de tous ses couverts, chante l'eau qui coule à flots et bruisse des cris des cuistots. Linh me fait signe de m'accroupir tandis qu'on passe devant la fenêtre de desserte. Soudain, elle me repousse en arrière alors qu'une voix de femme l'appelle.

Je manque de m'étaler dans l'allée.

— Bon sang, je me dis tout bas, est-ce que tout le monde est plus fort que moi ? Va falloir que je me muscle un peu.

— *Dạ*, Mẹ ! C'est bon. Désolée, c'était un peu...

La porte se referme, coupant la fin de sa phrase.

J'attends. L'espace d'un instant terrifiant, j'imagine sa mère sortant en furie de la cuisine, braquant les yeux sur moi, me reconnaissant aussitôt.

Et armée d'une paire de baguettes.

Je sais ce que les mères vietnamiennes sont capables de faire avec des baguettes. Mon derrière se souvient encore du jour où j'ai bu de la limonade au gingembre sans demander l'autorisation à mes parents.

Linh réapparaît quelques secondes plus tard et m'attire à l'intérieur en me prenant par la main. Je ne réfléchis plus à rien, je ne peux que me concentrer sur le contact de sa peau contre la mienne. Elle pose les yeux dessus et retire la sienne précipitamment.

— J'suis prêt ! je m'exclame pour cacher mon embarras. Dis-moi juste ce que tu veux que je fasse.

— Suis-moi. Fais comme si tout était normal.

Je me baisse pour repasser devant la fenêtre de desserte. Au moment où j'entre dans la salle, je regrette chaque étape qui m'a conduit ici. Si le staff du service ne me connaît pas encore, ça va forcément leur sembler louche qu'un type débarque pile quand ils en ont besoin.

Mais je m'inquiète pour rien : ils sont trop accaparés par leurs tables. L'un d'entre eux me passe devant en marmonnant qu'il a oublié les boissons. Linh m'emmène devant l'écran des réservations et m'apprend à m'en servir. On utilise exactement le même système chez moi : je reconnais ce langage et m'y mets sur-le-champ. C'est simple, en fait : leur restaurant est quasiment le reflet du nôtre.

Les insinuations d'espionnage dont m'a parlé Linh, en écho aux obsessions de ma mère, tentent de m'obstruer l'esprit, mais j'essaye de ne pas y penser.

Ce qu'il y a de différent, ici, c'est que les murs sont moins vieux. L'un d'entre eux est orné de miroirs et avec un dessin fait par Linh, j'imagine. Je ressens une pointe de jalousie. Linh revient vers moi, me ramène à la réalité.

— Je reste en arrière pour m'occuper des plats qui arrivent. Si tu ne me vois pas, c'est que je suis à la desserte, et que des commandes doivent être servies. Si tu entends la cloche et que personne n'est là pour venir chercher les plats, viens me chercher.

— Entendu.

— Linh ? demande une jeune fille de notre âge qui se tortille les mains. Je suis vraiment désolée pour tout à l'heure. J'aurais dû me souvenir de vérifier les réservations, mais tout est rentré dans l'ordre, je crois.

— T'inquiète pas. Ça arrive de faire des erreurs, mais merci d'avoir résolu ça, Lisa.

— Tiens, dit celle-ci en me dévisageant. Tu étais là toute la soirée ?

— Oui, j'étais... En prépa en cuisine. La mère de Linh a vu que c'était la folie ici, alors elle m'a demandé de vous aider.

— Merci mon Dieu ! s'exclame-t-elle, comme si je venais lui sauver la vie.

Un client entre et demande une table, et Linh et moi nous esquivons.

— Bien joué, murmure-t-elle en me montrant une table de quatre contre le mur artistique, où un couple choisit son dessert.

Travailler dans un restau toutes ces années m'a appris qu'il existe plusieurs types de clients, dont certains avec des problèmes et des demandes qu'il faut apprendre à gérer. Je reconnais immédiatement les « Faisons Quelque chose de Différent ce Soir », des groupes de dames qui croient partir à l'aventure en changeant de leur petit restaurant chic habituel. Elles vous demandent toujours votre opinion : qu'est-ce qui est le plus populaire ? Qu'est-ce que je leur suggère ? Qu'est-ce qu'il y a de très *authentique* ? Si je daigne leur répondre, elles ne suivent jamais mes conseils. L'ignorance est la même, quel que soit le lieu où l'on mange.

Je peux aussi vous parler de ces crétins qui viennent à huit et qui veulent être assis en cinq minutes. Des femmes vietnamiennes qui viennent habillées bien trop chic pour notre établissement, comme Bà An ou, comme le dit ma mère d'un ton hargneux, *Bà ngu*. Ou encore des gens qui n'ont pas appris à se servir de baguettes assez jeunes mais qui veulent à tout prix essayer, pour ensuite supplier qu'on leur apporte une fourchette.

Il y a aussi ces clients qui n'ont même pas besoin de commander, ceux qui rentrent comme la marée monte, une vague de cheveux poivre et sel, et mes parents savent toujours ce dont ils ont besoin. Ils les connaissent depuis des lustres, certains depuis l'époque où ils étaient réfugiés. Ce sont des clients agréables, qui ne font jamais de scandale.

Ils sont absents, ceux-là, ce soir. Ils doivent préférer éviter les foules.

Ça fait une heure que je suis là, et dès que j'ai une commande qui arrive, Linh va me la chercher. Elle est à la desserte, discute avec quelqu'un en cuisine. Je m'approche un peu trop : elle me fait les gros yeux.

— Encore une commande de *gỏi cuốn* ?

— Eh oui, la troisième de la même table ! répond Linh à sa mère.

— La troisième ! (Sa fierté s'entend.) Eh les gars, on fait du beau boulot, hein ! (Elle se retourne vers sa fille.) Comment ça se passe ?

— Super bien, Mẹ !

Son regard croise le mien à nouveau.

Vu qu'on sert les mêmes plats, je suis capable de répondre aux questions des clients. On me demande combien de milk-shake on vend, je réponds cinq et… Oups, les Mai en proposent six, il me semble.

— Excusez-moi, est-ce que je pourrais avoir une autre portion de *chả giò* ?

— Bien sûr ! Laissez-moi juste…

Mince ! *Oh, mince* !

C'est Frank. Il a cinq ans de plus que moi. Sa mère fait partie des amies de la mienne et travaille dans un salon de manucure. On a passé des heures à jouer à la Nintendo en les écoutant échanger des ragots. Ça fait longtemps que je ne l'ai pas vu, depuis qu'il a déménagé.

On se fige, conscients de se retrouver tous les deux dans le restaurant ennemi. Et on parle en même temps.

— J'aide juste une amie…

— Ne le dis pas à ta mère…

— C'est rien de spécial…

— Je voulais juste un *chả giò*…

Je me détends en constatant qu'il fait de même. Son groupe d'amis a suivi l'échange avec amusement.

— Bon, je sais que ta mère me chaufferait les oreilles si elle apprenait que je suis venu ici, et pareil pour ma mère. Et je ne sais pas du tout ce que tu fais ici, mais si tu dis rien, personne n'a besoin de le savoir !

Si c'était pas aussi stressant, ça m'aurait fait rire de constater qu'un adulte a toujours peur de sa mère vietnamienne. Mais je n'ai pas la tête aux plaisanteries, je suis super sérieux.

— Marché conclu.

— Merveilleux ! Ces pâtés impériaux, j'en suis fan, c'est les meilleurs. Enfin, sans vouloir offenser ta mère.

Mieux vaut ne pas l'offenser, en effet.

Linh se rapproche de moi quelques secondes plus tard.

— Tout va bien ? demande-t-elle en me prenant le coude.

C'est bien la troisième fois qu'elle me touche, et je me rends compte que ça ne me dérange pas plus que ça.

— Je crois, oui.

Le temps passe vite. La file d'attente se fait de moins en moins longue. À en juger par l'air satisfait des clients qui s'en vont, le phở des Mai n'est pas aussi ridicule que ma mère le prétend.

Il ne nous reste que cinq réservations ; le restaurant va bientôt fermer. À minuit, je rentrerai chez moi, et peut-être que nous ne nous rencontrerons plus jamais. Comme si cette soirée n'avait été qu'un sursaut du destin. N'empêche, on forme une super équipe, elle et moi.

Je lève les yeux et croise les siens, à l'autre bout de la salle pleine de conversations et de rires.

On se comprend.

Je m'esquive alors que le serveur dit au revoir aux derniers clients. Linh me fait signe qu'elle me rejoint juste après. J'attends dans l'allée pendant que le ménage a lieu. La porte s'ouvre de temps en temps alors qu'un jeune sort les poubelles au fur et à mesure. Ça n'a pas l'air de les déranger plus que ça, qu'un type attende là, dans la pénombre.

Linh sort enfin, avec un sac à bandoulière.

— Ma mère nettoie encore des trucs, tout va bien.

On fait quelques pas pour tourner au coin de la rue et, lorsque personne ne peut nous voir du restaurant, on s'assoit sans un mot. Je regarde ses épaules se soulever en même temps qu'elle respire, et finis par me rendre compte que j'ai calé ma propre respiration sur la sienne.

— Ce soir, c'était… pff !

Elle sourit. Je n'ai plus que de la bouillie à la place du cerveau. De nouvelles mèches folles barrent sa figure, et je dois résister à l'envie de les repousser derrière ses oreilles. Ses cheveux brillent comme les cordes d'un violon.

Ma main se lève d'elle-même. Linh se fige.

MAIS QU'EST-CE QUE TU FOUS ? me hurle mon cerveau. Ma main dévie et… se pose sur son épaule.

CHAPITRE 8

LINH

Il est en train de me tapoter l'épaule ou je rêve ?

CHAPITRE 9

BẢO

— On a été formidables ce soir ! m'écrié-je avec plus d'entrain que nécessaire.

Puis je baisse les yeux sur mes genoux, le visage en feu. Pour ne rien arranger, je suis presque sûr que je me suis assis sur un chewing-gum. Comme elle ne répond rien, je risque un regard vers elle. Elle me sourit, et je me sens en lévitation comme à chaque fois. Un fou rire nous prend, qui résonne sur les murs des maisons, se mêle aux bruits de la nuit.

Moment d'extase.

CHAPITRE 10

LINH

Bon, ce truc sur mon épaule, c'était bizarre, mais je l'oublie bien vite.

— C'était un truc de dingue !

Bảo éclate de rire, un rire sonore et rauque. Qu'est-ce que j'aime l'entendre !

— J'ai cru que j'étais fini quand ta mère t'a appelée…

— Et quand Lisa t'a regardé…

— Et Frank !

On est comme des gosses qui ont mangé trop de sucre. Comme les gosses que nous étions, au temple. Sauf que, cette fois, on ne nous a pas attrapés.

— J'aurais jamais cru que ça pourrait marcher, dis-je une fois que j'ai retrouvé mon souffle. Mais on a fait un super boulot.

Une discrète odeur de pluie se répand dans la rue. J'ai parfaitement conscience des parties de nous qui sont en contact, nos cuisses et nos épaules.

Dire que ma première réaction aura été de me renfermer, au point qu'il allait repartir… Je regrette d'avoir réagi comme ça. De l'avoir repoussé alors qu'il voulait juste m'aider. Il aurait pu faire comme s'il ne m'avait pas vue et rentrer chez lui. Mais il ne m'a pas tourné le dos.

Je glisse un regard vers lui. Il regarde dans la direction opposée, la tête posée sur ses genoux. Il est… canon. Sa coupe au bol appartient définitivement au passé. Et il a quelque chose de serein en lui, qui me rappelle ma mère quand elle se concentre sur une nouvelle recette. Une énergie opposée à celle de Ba ou d'Ali. Je me sens soudain désarmée face à cette vague de sentiments inattendus. On ne se connaît pas. On ne doit pas se connaître.

— Merci pour ce soir. Tu sais, je ne suis pas comme ça d'habitude, dis-je en désignant l'allée. Pas du genre à péter un câble…

— C'est rien. J'aurais fait pareil si notre restau avait été aussi bondé.

— Il n'y avait pas que ça. J'avais une expo à aller voir, qui ne durait qu'un soir, et c'était ce soir.

— Oh.

— Ouais. (Je frotte la bosse qui s'est créée sur mon doigt à force de tenir le pinceau. Je ne comprends pas pourquoi j'ai envie de tout lui expliquer.) J'allais demander à mes parents la permission d'y aller, mais mon père s'est blessé… et comme je te l'ai dit, on manque de personnel.

— Tu te sens comment, là ?

Je voulais m'enfuir. Partir n'importe où, loin du restaurant. C'est alors qu'il est arrivé. Bảo. Fort, honnête, parfaitement ancré dans l'instant présent ; il m'y a ramenée d'un contact.

— Ça va mieux. Maintenant.

— Tant mieux. C'était vraiment dur ce soir, et tu sais, il y aura d'autres expos. C'était un truc d'avant-garde ?

— Avant-garde ? Ouah, la plupart des gens ne connaissent pas ce terme et s'en sortent avec le cubisme, et Picasso.

— Pica-qui ? (Il me sourit et hausse une épaule, me faisant oublier tout ce que j'étais en train de penser pendant une seconde.) J'y connais rien en art, mais je trouvais que « avant-garde » faisait très cultivé.

— Tu as presque réussi à m'avoir.

On se sourit sans savoir que dire après ça. C'est normal, on n'a pas encore eu le temps de trouver un rythme de conversation entre nous.

— Mince, je crois que je viens d'apercevoir ma mère par la fenêtre.

Il se relève et s'essuie le derrière. Je me souviens alors que tout ceci n'est pas censé se produire.

— C'est le moment pour moi de disparaître, dit-il en s'éloignant dans la rue Lemare.

— On se revoit ? crié-je.

Est-ce que je viens juste de...

Il manque de se prendre les pieds dans le trottoir, se retourne et m'envoie un sourire penaud qui me fait fondre.

— J'espère bien ! Mais n'attendons pas six ans, cette fois !

Et il est parti. J'entends le carillon de la porte alors que ma mère sort du restaurant, et la ferme à clé derrière elle.

— C'était qui ?

— Quelqu'un qui demandait son chemin.

Mẹ me sourit. Elle a l'air plus jeune que jamais ce soir. D'ordinaire, elle aurait insisté pour me rappeler que je ne devrais pas parler à n'importe qui, mais elle est trop heureuse. Elle me montre un sac en plastique.

— J'ai rapporté du *chè Thái*. Pour tous les trois.

— Géant !

Je la serre dans mes bras. Elle presse son nez contre ma joue, et me serre encore plus fort, comme quand j'étais petite et qu'elle disait qu'elle voulait me manger.

Tout s'est bien passé. Je voudrais faire un portrait de nous, enlacées ainsi.

— Allez, viens. On va voir si Ba est toujours vivant !

Ba oublie son dos dès qu'il entend la poignée tourner. Il éteint la télé. Ma mère fait danser le sac sous ses yeux, comme s'il n'allait pas avoir droit à son contenu. Il le lui prend des mains d'un air faussement ronchon et l'ouvre. Ce n'est pas la première fois qu'on mange du dessert à minuit. Quand Evie et moi étions plus jeunes – probablement trop jeunes pour rester à la maison toutes seules – on s'endormait roulées en boule sur le canapé. Quand ils rentraient du restaurant, ils nous rapportaient des douceurs à déguster.

Nous ne sommes plus que trois, ce soir, mais on n'a pas oublié ce rituel ; on va ensemble à la cuisine.

— Alors ? demande Ba, angoissé. Ça a marché ?

Ma mère le fait poireauter encore un peu. Elle trouve des cuillères dans le tiroir qu'elle referme d'un mouvement de la hanche, s'empare de glace dans le freezer qu'elle pile dans un sac Ziploc. Puis elle verse la glace dans des coupes, et la recouvre de *chè* : lait de coco, sucre, morceaux de longan, cubes de gelée d'herbe qui craquent sous la dent, perles de tapioca rouges faites à base de châtaignes d'eau. Un de mes desserts estivaux favoris, qu'on peut consommer sans hésiter, même à minuit.

Ba n'en peut plus, il claque la langue de dépit.

— *Bà này.*

Il veut juste savoir comment ça s'est passé.

— C'était un succès, répond ma mère en lui tendant sa cuillère.

Il l'accepte en hochant simplement la tête. Il essaie de le cacher, mais on voit bien qu'il est rassuré, rien qu'à la façon dont il se tient.

— Évidemment, dit-il enfin. C'est grâce à moi.

Ma mère frappe son épaule.

— *Ông quỷ* ! Ça n'aurait pas été possible si la cuisine n'était pas bonne, et ça, c'est grâce à moi. Et je ne parle même pas de Linh, grâce à qui tout a fonctionné en salle !

— Bien sûr : on parle de Linh !

Je souris timidement. Si seulement ils savaient tout ce qui s'était passé, ils ne me féliciteraient pas. Je ne pourrais pas leur dire à quel point je ne voulais pas travailler ce soir. À quel point je voulais juste laisser tomber. Je ne peux tout simplement pas. Ça gâcherait tout.

CHAPITRE 11

BẢO

« Infestation »

Ce mot réfère d'ordinaire à une invasion d'insectes ou autres choses plutôt négatives, mais il décrit parfaitement bien comment les pensées concernant Linh ont envahi mon esprit ces derniers temps. Hier, je nettoyais les tables, et soudain, j'ai eu des réminiscences de ce qui s'était passé la semaine dernière. Jusqu'à ce que Mẹ s'aperçoive que je n'en fichais pas une et me lance une pichenette à l'arrière du crâne, effaçant cette image de Linh avec ses cheveux relevés et ce sourire à se damner… Việt trouve ça marrant. Il sait exactement ce qui me distrait, parce que je lui ai tout raconté en classe de sciences criminelles.

— Linh Mai.

— Oui.

— Tu as parlé à Linh Mai.

— Oui.

— Linh.

— O.K., arrête de répéter son nom s'il te plaît.

— C'est trop dingue… Tu as aidé l'ennemi !

— Tu la vois comme une ennemie, toi ?

— Oui, mais c'est ce que ta mère *voudrait* que je te réponde. La question c'est : est-ce que *toi*, tu la vois comme une ennemie ?

— Je ne l'ai jamais considérée ainsi, ai-je répondu, époustouflé par la merveilleuse simplicité de cette réalité.

Việt a soulevé un sourcil, ce que je le voyais faire pour la première fois.

— J'arrive toujours pas à croire que tu lui as parlé. J'aurais jamais cru ça possible... Tu te rends compte ?

Son enthousiasme m'a fait du bien, ça m'a regonflé, j'avais l'impression qu'il m'encourageait.

— Content que ça te rende aussi heureux, ai-je dit. Et un peu surpris aussi. Quoi qu'il en soit, si ma mère l'apprend, je suis mort.

— Je ne sais pas, c'est juste que tu prends un risque. Tu sors de ta zone de confort. Et c'est rare.

Ce qui est vrai, mais je ne m'attendais pas à entendre ça de la bouche de mon meilleur ami.

Je suis presque sûr que mon emploi du temps est fait de manière à ce que je ne croise jamais Linh au bahut. Quand je la « vois », c'est juste un éclat de ses mèches alors qu'elle tourne au bout du couloir. Je ne la vois jamais durant mes heures libres ni même à midi.

Une pensée lancinante me vient : et si elle cherchait à m'éviter ? Et si quelque chose était arrivé après qu'on s'est séparés ? Peut-être que sa mère nous a vus, peut-être que Linh lui a promis de ne plus me voir. Je n'ai même pas envie de savoir ce qu'elle a pu entendre à mon sujet, et celui de ma famille, depuis toutes ces années.

Un peu avant ma sixième heure de cours – journalisme – je retourne à mon casier. Allison nous a fait comprendre qu'elle était *légèrement* déçue par la qualité de nos récents articles : je dois donc m'attendre à une longue et pénible leçon sur la façon de bien écrire. J'aimerais que Rowan se souvienne que c'est lui le prof, et qu'il lui rappelle qu'elle-même n'est qu'une élève, mais j'ai peu d'espoir. Je me prépare mentalement et émotionnellement. Je referme mon casier.

Finalement, ma journée n'est pas complètement fichue.

— Linh ? Salut !

L'épaule appuyée contre les casiers, elle me tend une brique de lait chocolaté.

Ses cheveux lui arrivent aux omoplates, encore plus longs que dans mon souvenir. C'est bien la Linh que je voyais de loin, pas celle du Jour du Phở, recroquevillée dans l'allée. Ma gorge s'assèche.

— Euh, c'est pour quoi ?

— Je ne vais pas le boire, et je n'ai pas envie de le jeter. Considère que c'est un petit remerciement pour ton aide.

— Tu t'adresses directement à mon cœur !

O.K., Bảo, c'était ridicule. Je crois.

On commence à marcher et j'ai toutes les peines du monde à savoir si on va dans le sens de ma classe ou pas.

— Comment ça va ? lui demandé-je.

Oui. La question de fou, après une SEMAINE à n'avoir rien fait d'autre que penser à elle.

— Ça va. Contente que la semaine se termine, j'ai l'impression d'enchaîner les heures de cours… Surtout avec les options.

— Tu en as combien ?

— Trois.

Trois ? Et elle est encore vivante ?

— Plus le travail le soir.

— Oui, comme moi… Peut-être qu'on se verra ?

J'ai sorti ça le plus naturellement du monde, comme s'il s'agissait juste de se *voir*.

— Bien sûr. Et peut-être que cette fois, je te donnerai un coup de main, répond-elle avec un sourire malicieux.

Qui me fait un effet déroutant. Peut-être à cause de l'éclairage. Comme quand je me réveille après une très bonne, et très longue sieste.

— C'est impossible qu'on réussisse une deuxième fois, dis-je sur le ton de la plaisanterie, avant de me rendre compte que ce n'était pas une blague.

C'est vrai. Ça a super bien marché entre nous dans son restau, mais on ne peut pas espérer que ça se reproduise.

Le rire s'évade de ses yeux, et on continue de marcher tandis que nos corps se souviennent qu'ils ne sont pas aussi familiers. Ce sentiment de dépit, comme lorsqu'elle m'a repoussé la première fois dans l'allée, me reprend. C'est alors qu'elle me dit, si calmement que je me demande si je n'ai pas rêvé :

— C'est dommage. Parce qu'on travaille super bien ensemble. Comme de véritables partenaires.

Partenaires ?

Ouais, ça me plaît.

Désireux de l'entendre parler tant que je le peux, je lui demande des détails à propos de ses cours. Elle me pose des questions sur Allison, et comment se passent nos séances de journalisme. Je n'ose pas lui dire que son amie me terrifie.

On arrive au seuil de ma classe où, sans surprise, Allison occupe la place de Rowan, aux côtés de la plus grande tasse de café glacé que j'aie jamais vue. Elle sourit à Linh. Je n'ai pas l'habitude de lui voir cette expression.

— *Hello, girl* ! (Elle me regarde, et regarde son amie à nouveau.) Je ne m'attendais pas à vous voir tous les deux !

Linh s'éclaircit la gorge.

— Je t'ai pourtant raconté qu'il m'a aidé, la semaine dernière.

— En effet ! C'était très gentil de sa part. Et c'est très bien que tu sois là, parce que j'ai une chouette idée.

Elle fait pivoter son fauteuil de bureau avant de se lever, telle une méchante de dessins animés qui complote pour diriger le monde.

— Oh non, soupire Linh, ce qui lui vaut un regard meurtrier et amusé d'Ali.

— Voilà : j'ai entendu une fille se plaindre que son copain l'emmenait que dans des endroits nases. Trop chers, trop ennuyeux, etc... Alors j'ai décidé d'ajouter une nouvelle section dans notre journal : un guide des endroits accessibles pour des lycéens, et ce qu'on en a réellement pensé.

— Tu crois que les restaurants vont nous laisser faire ça ? On n'est pas le *Los Angeles Times*.

— Je vais trouver un moyen de les motiver. C'est quasiment de la publicité gratuite.

— C'est vrai, accorde Linh, ce n'est pas une mauvaise idée. Qui vas-tu mettre sur le coup ?

— Bonne question ! s'exclame-t-elle en me désignant des deux mains. Bảo !

Franchement, je ne sais pas en quoi cette décision pourra aider le journal. Moi qui suis tout juste bon à relire les articles des autres, et ne récolte que des B sur mes devoirs de littérature anglaise.

— Pourquoi moi ?

— Parce que tu es meilleur que tu ne le crois, même si ça me fait mal de l'admettre.

Je décèle une lueur d'amusement dans ses pupilles. Elle adore me déstabiliser avec ses compliments.

— Oh, et Linh, tu peux aider aussi !

— Euh...

— Écoute : Bảo met des mots sur l'expérience, évalue la nourriture, décrit l'endroit. Puisqu'il a grandi dans un restaurant, comme toi, ça devrait être à sa portée.

— Hé !

— Pendant ce temps, toi, tu fais un croquis. Ou une peinture. Linh, ça fait des années que je te vois dessiner, et tu serais parfaite pour ce job. Notre journal a besoin de toi : on a désespérément besoin de renouveau.

Pour une fois, on sent la sincérité dans son discours. Elle parle plus calmement, et me donne un aperçu de son véritable caractère et de leur amitié à toutes les deux.

Linh détourne le regard. Elle vient de me dire qu'elle avait trois options, plus le travail du soir au restau. Je me souviens de cette image d'elle, seule, abattue, débordée, au fond de cette allée. Quelque chose m'avait attiré à elle. J'avais besoin de m'assurer qu'elle allait bien.

Ce sentiment refait surface, et les mots s'échappent de ma bouche :

— J'accepte.

Les filles me dévisagent. Ali avec un air de triomphe et d'approbation, Linh avec effarement.

Je sais que ça paraît idiot de ma part. Ça va me prendre une bonne partie de mon temps libre. Mais tant que mes parents ne savent pas avec *qui* je travaille, ça peut très bien marcher.

— Et pour ce que ça vaut, je pense aussi que tu serais parfaite pour le job, Linh.

— Je ne sais pas si je peux le faire. Ce n'est pas seulement la masse de travail, c'est aussi que je n'ai jamais fait ça ! Je n'ai jamais été publiée dans un journal. Peut-être que je *crois* que je suis douée, mais qu'en fait je ne le suis pas ?

— Impossible, répond Ali. Je sais ce dont tu es capable, et personne ne pensera que tu n'es pas douée.

— Et les dépliants que tu as dessinés ! ajouté-je. Ils sont vraiment réussis : c'est juste une chance de plus pour toi de montrer à quel point tu es douée.

— Linh, on est deux à te supplier de le faire.

— Mais comment…

Elle ne termine pas sa question, qui m'est destinée. Je la comprends. Nous partageons la même histoire, et même si elle ne nous concerne pas personnellement, nos familles sont rivales.

— On peut y arriver, lui réponds-je.

On l'a déjà fait ce soir-là, et ça a marché, parce que ce n'était plus une histoire de famille contre une autre. C'était une histoire entre elle et moi. Et j'ai envie que ça se reproduise.

Elle détourne le regard.

— J'ai besoin d'y réfléchir.

— Elle n'a pas dit non, trop bien ! s'exclame Ali en applaudissant.

Elle saute au cou de son amie, puis du mien. Linh a toujours l'air incertain, épuisée par ses réflexions contradictoires, mais un timide sourire s'étire sur ses lèvres.

Quand nous sommes seuls, Linh m'apprend que c'est rare qu'Ali demande un service, que j'ai gagné des points auprès de l'éditrice en chef. Ce qui tombe bien, car je ne partais pas gagnant.

Linh s'éloigne pour rejoindre sa classe. Je rentre en dernier dans la mienne, et Ali ferme la porte, l'air investi. Les lumières se tamisent soudain à l'intérieur… C'est Rowan qui, complice d'Ali, se prépare à nous torturer pour l'heure qui suit. Et je n'en ai rien à faire. Linh et moi allons devenir partenaires.

J'ouvre mon carton de lait au chocolat et le sirote.

Partenaires.

CHAPITRE 12

LINH

Bien sûr, je n'avais jamais eu l'intention de lui offrir mon lait chocolaté. Je ne l'avais pas bu à midi et je me sentais bien trop coupable de le jeter. Je l'ai donc pris avec moi. Puis j'ai vu Bảo, devant son casier. Mes jambes m'ont portée vers lui, et soudain il avait la boîte en carton entre les mains. Si Ali avait vu la scène…

Je trempe mon pinceau dans l'eau, vaguement consciente des remarques de Yamamoto qui papillonne dans la classe d'un élève à l'autre.

Bảo s'est incrusté au premier plan de mes pensées ces derniers jours. Je me décompose à chaque fois que je le vois, ce qui est étrangement souvent. On a eu un cours de psychologie qui parlait du « syndrome de la voiture rouge ». Si vous entendez ou voyez quelque chose une fois, comme une voiture rouge, vous allez vous mettre à en remarquer partout. Je ne me souviens pas avoir vu Bảo aussi souvent dans les couloirs – ou peut-être que je m'empêchais de le voir – mais à chaque fois, j'ai fait demi-tour pour m'en aller dans la direction opposée. L'autre jour, alors que mon père passait en revue la préparation de ma rencontre avec Quyền Thành (qui aura lieu ce soir d'ailleurs), j'étais sans arrêt attirée par la fenêtre, dans l'espoir d'apercevoir Bảo. Ma mère, quant à elle, se demandait si je devais m'habiller spécialement pour cette rencontre.

— Linh…

Est-ce qu'on peut vraiment travailler ensemble ?

Est-ce qu'Ali a pensé à ce stratagème à l'instant où elle nous l'a dit, ou est-ce qu'elle l'avait planifié depuis le jour où je lui ai raconté notre aventure de l'autre soir ? Il faudra que je lui pose la question.

— Linh ?

La question, c'est : comment on va s'en sortir ?

— Linh ! crie Yamamoto dans mon oreille.

Je sursaute, mon pinceau tombe par terre. Mes camarades rangent leurs affaires. Yamamoto se campe devant moi, les bras croisés. Mais loin d'être en colère, on voit qu'elle est amusée : elle se pose probablement un millier de questions.

— Tu sais, ce n'est pas la première fois que je te vois partir dans tes pensées. Mais *là*, tu étais vraiment loin !

Je rosis et m'empresse de rassembler mes pinceaux et de couvrir ma toile – juste des fruits dans un panier – d'un tissu. Je nettoie mes pinceaux avec du dissolvant, les sèche, les passe sous l'eau avec du savon à l'huile de lin. Puis, je me rince vite fait les mains. Ça fait longtemps que je ne cherche plus la perfection à ce niveau : les traces colorées resteront quoi que je fasse.

Mon téléphone vibre. Il me reste une demi-heure avant ma rencontre avec le monde *délicieux* de l'ingénierie.

— *Hello, girl*, me lance ma meilleure amie devant mon casier.

Je sais ce qu'elle veut. Parler de Bảo. Je l'ai rarement vue aussi enthousiaste que le jour où je lui ai raconté la soirée du Jour du Phở. « *Ouah, je ne l'en aurais pas cru capable* », avait-elle dit d'un ton moqueur.

— C'était comment, ton cours d'art ?

— C'est vraiment ce que tu veux savoir ?

— Non, mais je suis journaliste : je dois t'échauffer avec des questions banales avant d'aborder le vif du sujet. Mais si tu y tiens… Alors ? Tu vas travailler avec Bảo ?

— Ali…

— Allez ! Ça va être marrant !

— C'est pas l'adjectif que j'aurais choisi.

— Et tu aurais choisi lequel ?

— Terrifiant. Troublant. Déconcertant.

— C'est un synonyme.

— Comment ça pourrait avoir une chance de fonctionner ? Nos familles se détestent ! On ne se connaît même pas. J'ai l'impression de briser tellement de règles en acceptant ça.

Elle lève la main pour me couper la parole.

— Ne t'inquiète pas. J'ai déjà prévu de choisir des restaurants plus éloignés que ceux de votre secteur. D'ailleurs, tu m'as déjà dit que tes parents et vos connaissances n'allaient jamais au restaurant, parce que...

— Parce qu'il n'y a rien que ma mère ne puisse cuisiner elle-même.

C'était la rengaine qu'on nous servait, à chaque fois qu'Evie et moi implorions d'aller au McDo.

— Voilà. Ensuite, je suis au courant de cette querelle. Je ne la comprends pas, et ce n'est pas mon affaire. Ce que je sais, c'est que c'est l'histoire de vos parents. Pas la vôtre. Oublie tout ça, oublie le contexte : si tu voyais Bảo, juste lui, en face de toi, tu penses que tu l'aimerais bien ?

— Ce serait facile de bien l'aimer, je pense.

Je comprends le sens de mes paroles quelques secondes après les avoir dites, et mes joues deviennent cramoisies.

— On dirait que tu l'aimes déjà, dit-elle avec un sourire entendu. Et peut-être même... plus que ça !

Je ne réponds rien et me contente de fermer la porte de mon casier. Le chahut de la fin des cours est moins prégnant que d'ordinaire, il me semble. La foule glisse autour de nous.

Je l'aime bien.

Mon téléphone vibre encore. Plus que quinze minutes.

Je n'ai pas le temps pour ça.

Ali acquiesce, comme si elle lisait dans mes pensées.

— Ces choses-là ne se préparent pas, et n'attendent pas que tu les comprennes. Comme quand tu te laisses emporter par ton crayon, et que tu te retrouves avec un dessin que tu n'imaginais même pas au départ. Dis-moi, quand tu *aimes* une œuvre d'art, c'est parce que tu la penses, ou parce que tu la ressens ?

Il y a des artistes et des amateurs d'art qui apprécient les œuvres de manière intellectuelle. Ils s'intéressent au message de la pièce, l'intention de l'auteur, les connotations de l'époque et du lieu de sa création. Yamamoto est ainsi, ce qui fait qu'elle est passionnante à écouter. Mais moi, je suis différente. Dans ce que j'aime ou dans ce que je produis, il y a toujours une sensation, un souvenir au départ. Ali le sait très bien.

— Tu emploies bien trop de métaphores aujourd'hui.

— Et comment je pourrais t'atteindre autrement ?

Bras dessus, bras dessous, on se dirige vers sa voiture. Elle m'a promis de me déposer au Starbucks. On me bouscule sur le parking, les jeunes sur le départ sont en ébullition. Tout est en mouvement autour de moi, et pourtant j'ai l'impression d'être immobile.

— Essaie juste de ressentir les choses, dit-elle en déverrouillant sa Nissan. Tu ne peux pas tout contrôler, tu sais. Prends ça comme une occasion de faire quelque chose pour toi. Toi seule. Pas pour ta famille, ni pour Bảo. Agis selon tes propres règles.

Mon téléphone m'alerte : le rendez-vous est dans dix minutes.

— Je pensais vraiment que tu n'appréciais pas Bảo, lui dis-je.

— Je n'en suis toujours pas sûre. Par contre, il a une véritable facilité pour l'écriture, bien plus qu'il ne le pense. (Elle prend un virage un peu trop large et se rajuste sur la voie.) J'aimerais tellement faire un reportage sur vous, vos familles...

— Je désapprouve fermement.

— Imagine le titre ! (À ma grande horreur, elle écarte les mains et lâche le volant.) *Les Roméo et Juliette des restaurants* !

On nous klaxonne.

— Contente-toi de conduire !

Je rentre au restaurant en essayant de trouver un moyen de convaincre mes parents qu'ils n'ont pas utilisé une faveur pour rien – même si c'est le cas. Cet entretien avec l'ingénieure m'a épuisée.

Quyền Thành est arrivée en avance. Elle était assise parfaitement droite sur un tabouret, occupée à envoyer des mails les uns après les autres. Elle était vêtue d'un costume gris – ce que je ne vais pas raconter à ma mère, qui se désespérerait de ne pas m'avoir forcée à en mettre un – avec un badge de sa boîte fièrement piqué sur la poitrine. C'est une petite femme menue, mais qui m'a surprise par la force de sa poignée de main. J'avais préparé quelques questions la veille, en cherchant sur des sites d'orientation, et elle m'a répondu clairement, sans la moindre hésitation. Je me suis demandé si elle n'avait pas l'habitude de rendre ce genre de services.

Elle est ingénieure mécanique et savait que j'étais intéressée par l'art. Elle a des amis dont c'est le cas, mais, elle, ce n'est pas son truc.

La rencontre a été interrompue par de multiples silences gênés durant lesquels on buvait notre café froid. J'essayais de ne pas la regarder dans les yeux pour cacher le peu d'intérêt que j'avais envers l'ingénierie.

À la fin, elle m'a souri avec gentillesse et m'a même serrée dans ses bras. Je l'ai remerciée pour le temps qu'elle m'avait consacré.

— Je sais que je t'ai assommée, a-t-elle dit.

— Non, pas du tout ! Je...

— Tu es plutôt facile à déchiffrer.

Je hais ma figure. Elle a éclaté de rire.

— Crois-moi : tu n'es pas la première à avoir dû supporter mon exposé. J'adore mon job, mais ce n'est pas pour tout le monde.

Elle était si sympa que j'ai regretté ne pas avoir réussi à lui montrer plus d'intérêt. Mais comme Ali l'a dit, je fonctionne au *feeling*.

La plupart du temps.

— J'ai quelques conseils pour toi. Tout d'abord, je ne pense pas que j'aurais autant apprécié cette carrière si elle n'avait pas été la mienne. Quelque chose à moi, que j'ai voulu. Si mes parents m'avaient forcée, je ne me sentirais pas bien. Et toi, tu as quelque chose à toi ?

Je n'ai pas réussi à répondre, mais elle a dû lire quelque chose en moi, car elle a répondu :

— Parfait. Prends-en soin alors.

Elle m'a promis de ne rien raconter à ses parents.

Mes parents ne me sautent pas dessus quand je rentre. Mẹ se bat avec un carton couvert de ruban adhésif, et Ba est assigné à une table dans un coin ; son dos va mieux mais il semble plus misérable que jamais avec sa ceinture lombaire. On dirait un chien avec une collerette. Mẹ parvient enfin à ouvrir le paquet : il contient un vase bleu turquoise avec des éclats de jade, assorti aux bracelets qu'elle et toutes les autres femmes de ma famille portent. Un objet artisanal, ça se voit tout de suite.

— Ouah ! m'exclamé-je. C'est super beau ! D'où ça vient ?

— Dì Vàng me l'a envoyé, répond-elle en soupirant.

Ma tante lui inspire toujours le même genre de soupir. Mẹ me tend le vase et je le fais jouer entre mes mains, parcours ses aspérités des doigts. J'ai suivi un cours de poterie l'an dernier mais je n'ai jamais réussi à contrôler le tour de potier. Ma tante est céramiste de métier, ce qui est fou, quand j'y pense. Quelle maîtrise de son art !

Elle aime envoyer des choses à ma mère, qui adore les recevoir, même si elle n'approuve pas la carrière de sa sœur. On trouve des poteries un peu partout dans la maison, sur le linteau de la cheminée et jusque sur les tables de nuit. Moi-même, je possède une tirelire éléphant que ma tante m'a offerte en mains propres quand j'avais cinq ans, la dernière fois qu'elle est venue aux États-Unis.

Depuis la guerre du Viêtnam et la chute de Saigon, qui a précipité l'éclatement de notre famille, la plupart d'entre nous se sont exilés à Washington, en Louisiane, en Floride ou au Texas. Ce n'était pas donné, un tel voyage, et le gouvernement avait des lois strictes ; Dì Vàng devait connaître les bonnes personnes pour pouvoir entreprendre cette visite. Ce serait formidable si elle habitait près de chez nous.

J'ai souvent demandé à ma mère pourquoi elle ne venait pas s'installer ici. Elle a toujours fait ce mouvement évasif de la main avant de répondre quelque chose comme : « Oh, ce n'est pas faute d'avoir tenté de la convaincre. Elle prétend qu'elle est bien là-bas. »

Puis elle s'intéresse à autre chose, et la discussion est close. Mẹ et Ba racontent tout le temps des histoires de leur enfance au Viêtnam, qui sont souvent porteuses d'émotions contradictoires. Mẹ qui courait librement sur les plages avec ses amis dans le soleil couchant. Ba qui jouait au foot avec les soldats américains en détachement sur place. Mais il y a aussi les jours sombres, les funérailles, les adieux à la famille, la perte de tout ce qu'on possédait. Des émotions que je ne pourrais jamais réellement connaître.

— Vous devriez vous mettre au travail, bougonne Ba de sa table.

Mẹ et moi haussons les épaules tandis qu'elle range le vase dans son carton avec mille précautions.

— Au fait ! s'écrie-t-elle. Ton rendez-vous s'est bien passé ?

— Très bien. Quyền Thành a été très gentille. J'ai appris beaucoup de choses.

Je me demande si elle peut déceler le vide dans ma voix.

— Parfait. Ça a bien marché, alors.

C'est comme le Jour du Phở. Comme tout ce qui ne les inquiète pas trop.

Je m'attache les cheveux en me préparant pour le travail du soir et me souviens des mots d'Ali.

Quelque chose rien que pour moi.

J'attrape mon téléphone et lui envoie un message.

CHAPITRE 13

BẢO

Je grommelle en arrivant au restaurant. Ma mère et son groupe d'amies bavardent à une table au fond de la salle. La Générale régale les autres avec ses histoires, la face hilare. Je me demande si elle a déjà fini de se vanter à propos de ses fils, tous deux dans de prestigieuses écoles. Et qui rentrent rarement à la maison.

— Leur viande n'est jamais fraîche ! Un jour, c'est sûr, ils vont empoisonner quelqu'un.

— Tu ne devrais pas dire ça, dit une autre femme en éclatant de rire.

— Mais c'est vrai ! Je vous jure, je ne comprends même pas comment *ce restaurant* est toujours en activité !

Bien sûr, c'est de ça qu'elles parlent. Je ravale mon dégoût et me dirige vers les vestiaires. C'est alors que j'entends ma mère rire. Moins fort que la Générale. Je me demande, en me souvenant de toutes les histoires ridicules qu'elle rapporte à mon père, si elle souhaite vraiment que l'établissement de la famille de Linh s'effondre.

Je lance un signe de tête à l'un de nos cuistots, Trần, qui se met à tousser en aplatissant des boîtes en carton. Eddie est occupé à débiter des légumes à la vitesse de l'éclair. Une pile d'oignons reste à peler à côté d'un tablier propre.

Autrefois, je n'aurais pas réagi à ces commérages. J'y étais habitué. Maintenant, je me souviens de Linh, effondrée dans cette allée. Je me souviens de la fierté dans la voix de sa mère en apprenant que les clients complimentaient sa cuisine.

Peut-être que les Mai ont de bonnes raisons de nous haïr, après tout.

— Que Dieu nous protège ! s'exclame Việt en entrant en cuisine, sac à dos à moitié pendu à une épaule. La voix de Bà Nhi me file une de ces migraines !

Je ricane. « Bà Nhi », c'est ainsi qu'il surnomme la Générale, et c'est une appellation qu'on réserve d'habitude aux anciens. *Bà Nhi, bà quỷ.*

— Au moins, elle va bientôt partir.

— Comment tu le sais ? lui demandé-je.

— Ma mère m'a dit qu'elle avait un rendez-vous pour se faire refaire le nez. Elle l'a entendu de l'oncle du cousin de Tracy.

Je prends quelques secondes pour essayer de comprendre la connexion.

— L'oncle à Star Nails.

Je ne vois toujours pas de qui il s'agit, mais si la mère de Việt le dit, je la crois.

Trần, toujours occupé à ses cartons, tousse si fort que des gouttes de salive s'envolent de sa bouche.

— Ça va, mec ? lui demandé-je.

— Euh non, j'suis malade à crever… mais je peux pas manquer un jour… J'ai des factures.

Ma mère entre dans la cuisine.

— *Mày bệnh hả* ? lui demande-t-elle.

Le mot « *mày* » a toujours l'air aussi menaçant. Mais sans attendre sa réponse, elle plaque la main sur son front.

— Qu'est-ce que tu fais ici ? Tu es brûlant, rentre chez toi !

— Mais…

— Rentre. Dors.

— Je sais, mais j'ai besoin de l'argent alors…

— Rentre. Tu auras l'argent.

Elle se dirige vers les feux où deux marmites de bouillon mijotent.

— Tiens, prends-en pour chez toi, ce sera bon pour ta gorge. *Bệnh mà còn đi làm.*

Il essaie encore de protester, mais ma mère est intraitable. Il abandonne et s'en va en la remerciant.

Quelques années auparavant, Trần a eu son premier enfant, mais sa femme ne bénéficiant pas de congés maternité, Mẹ l'a laissé emmener le bébé au restaurant quand il n'avait personne pour le garder. Les autres serveurs et moi, on se relayait pour garder un œil sur le petit. Ba se promenait avec un talkie-walkie de bébé accroché à la ceinture comme si c'était le dernier accessoire à la mode. Ma mère passait beaucoup de temps à prendre le bébé dans ses bras, lui parlant d'une voix gaga que je ne lui connaissais pas.

Je l'observe tandis qu'elle expose la liste des choses à faire à Việt d'un ton imposant. C'est ma mère, celle que je vois tout le temps. Mais c'est aussi une personne qui va donner du bouillon à un homme malade et jouer les baby-sitters dans un restaurant bondé.

Ma mère est une bonne personne, même si elle traîne avec la Générale et rit à ses histoires sur les Mai. J'ai besoin d'y croire.

Il est huit heures du soir et je m'apprête à rentrer pour enchaîner avec les devoirs. Mẹ insiste pour que je rentre avant la fermeture lorsque j'en ai à faire.

Je vois que, en face, Linh sort de son restaurant. *Ah, c'est vrai, elle aussi termine à cette heure.* Elle est trop occupée à fourrer quelque chose dans son sac pour noter ma présence. Une semaine plus tôt, j'aurais compté les secondes en attendant qu'elle s'éloigne. Mais ce soir…

Prendre un risque. Maintenant que j'y pense, je ne prends jamais de risque. Aujourd'hui, j'en prends un. Saisi par une émotion que je ne discerne pas tout à fait, je me rue à l'extérieur.

— Eh, Linh ! crié-je.

Elle redresse la tête avec précipitation avant de me reconnaître. Elle me lance quelques mots que le moteur d'une moto me dérobe. Je me rends alors compte que nous sommes possiblement dans le champ de vision de nos parents. Elle me fait signe de nous éloigner des fenêtres, et je la suis. Ses cheveux sont relevés en deux chignons hauts, qui dégagent son visage et me laissent apercevoir une fossette sur sa joue gauche quand elle sourit. Comme maintenant. Mon estomac fait des loopings. J'essaie de me reprendre.

— Il y a ce bar à *bubble tea* pas trop loin, dit-elle comme si on continuait une conversation, 7 Leaves.

— Ah ouais !

Retiens-toi mon pote.

— Je veux dire, ouais, j'y vais souvent.

— Tu veux qu'on y aille ? On pourrait discuter d'un plan, si on doit travailler ensemble.

— Ah bon ? Tu es d'accord, alors ?

— Oui. Je me suis dit que ça pourrait être marrant.

Mon cœur s'emballe d'excitation.

— Super. Un plan. C'est trop cool. (Mon vocabulaire semble avoir disparu aux oubliettes.) Ce que je veux dire, c'est que ça a l'air pas mal. Formidable, même.

Je grimace. *Est-ce que je viens vraiment d'utiliser ce mot* ?

Mais Linh rit.

— On s'y retrouve dans une heure ? me propose-t-elle. Je dois me changer. Je sens la sauce au poisson.

O.K., j'ai donc une heure pour me préparer, moi aussi. Car je dois probablement sentir le poisson.

Je me renifle.

Carrément.

Une fois Linh disparue à l'angle de la rue, je me précipite chez moi.

Je serai donc en train de « réviser chez Việt ». En général, cela signifie qu'on passe juste le temps à jouer aux jeux vidéo.

Maintenant, c'est différent. Mon meilleur ami m'écrit que je devrais le payer à chaque fois qu'il me sert de couverture. Je lui envoie un gif avec un certain doigt levé, à quoi il riposte par un smiley bisou. En vérité, n'importe quelle activité en présence de Việt est acceptée par mes parents, qui me remarquent à peine quand je sors de la maison. Mẹ est absorbée par sa série coréenne du moment, Ba me fait un petit signe avant de reporter son attention sur le bol de *chè xôi nước* bien chaud et sucré devant lui.

Linh m'attend devant 7 Leaves, vêtue d'un jean et d'un T-shirt blanc, les cheveux dénoués.

Je n'avais encore jamais pensé que se présenter à une caisse pouvait être aussi terrifiant, mais c'est le cas. Je commande un thé, et Linh un shake à la fraise.

Je paie ou pas ? Je dois payer, non ?

Le caissier, un type dans la vingtaine qui s'ennuie comme c'est pas permis, nous lance un regard plein de commisération. « *Pauvres ados tout timides* », doit-il penser. Il soupire, maintenant. Ouais, il doit vraiment penser à nous. Presque pour accélérer les choses et nous éloigner de son regard lourdingue, je pose mon portefeuille sur le comptoir et règle l'addition. Il me regarde d'un air appréciateur, comme s'il me félicitait.

— Tu n'avais pas à payer pour moi, me dit Linh.

— C'est en remerciement de ton lait chocolaté.

On prend nos commandes et on va s'asseoir à une table entre deux autres, l'une occupée par un couple chinois, à ce qu'il me semble, l'autre par un vieux bonhomme endormi sur un tabouret – impressionnant – qui porte un chapeau de pêcheur. Un pêcheur qui ne pêche pas. Le type à la caisse lui dit quelque chose, mais le vieux ne réagit pas. C'est sûrement le propriétaire, ou le père du propriétaire.

Ce qui me plaît le plus dans ce petit bar, c'est qu'on voit immédiatement tous ceux qui y sont, et ceux qui n'y sont pas. Comme Mẹ, la Générale ou n'importe qui dans leur cercle de connaissances.

Le dossier de mon siège est glacé. Je me sens tout mou lorsqu'on s'assoit tous les deux. On n'entend presque seulement le ronronnement du réfrigérateur, tant la salle est calme, ce qui accentue la sensation de proximité entre elle et moi. Nos chevilles se touchent, et soudain, mon corps *entier* se réveille.

Linh sort un cahier et un stylo : elle est vraiment sérieuse quand elle parle de planifier. Si ça se trouve, c'est la seule raison pour laquelle elle m'a proposé de venir ici. Juste une tâche de plus à accomplir pour elle. J'essaie de me persuader que ça me va très bien, si elle ne veut me parler que de notre nouvelle mission.

Mais c'est faux.

— C'est un peu stressant, avoué-je en lui lançant un petit regard.

Elle a les yeux rivés sur son cahier, dont elle écorne les pages. J'aurais dû préparer mon rôle, me la jouer cool, comme les mecs des films, genre Chris Pine, Will Smith ou Henry Golding. Moi, je suis plutôt un second rôle.

— C'est vrai, dit-elle. Je n'arrête pas de me dire que quelqu'un qu'on connaît peut entrer à tout moment, nous voir et répandre la rumeur.

— Des espions. Avec des lunettes de soleil.

L'image de ma mère, affublée de lunettes teintées et d'un chapeau ridicule, cachée derrière le comptoir, manque de me faire recracher mon thé.

— Je pense qu'on est à l'abri, dis-je.

— C'est pour ça que j'ai choisi cet endroit.

On se sourit.

— Tu sais, reprend-elle. Tu n'es pas obligé de le faire. Je sais qu'Ali peut se montrer insistante parfois. Si tu regrettes d'avoir accepté, si c'est pas ton truc, je peux le lui dire.

— Non. Je pense que ça peut-être mon *truc*. Peut-être même mon truc favori au monde !

— Fais attention alors, elle est capable de t'enrôler pour d'autres trucs !

— On n'a qu'à pas lui dire… Moi, je sais pourquoi je suis ici. Mais au fait, et toi ? Tu regrettes de t'être lancée dans cette aventure ?

Elle redresse le menton, comme par défi.

— Non. Plus maintenant. Pourquoi tu es là, alors ?

— Parce que je pense que c'est ridicule qu'on ait grandi séparés, sans jamais nous rencontrer ou presque. Parce que le soir où on a travaillé ensemble, j'ai su que tu n'étais pas du tout comme on m'avait dit. Enfin, comme on m'avait dit que ta famille était.

— Qu'est-ce qu'on t'a dit à notre sujet ?

J'hésite. Ça pourrait faire tourner notre conversation au vinaigre.

— Tu veux vraiment savoir ?

Elle acquiesce.

— Vous feriez partie d'un gang.

— *Hein* ? Mais c'est ce que mes parents disent de vous !

J'essaie d'imaginer mes parents en chefs de gang. O.K., ma mère pourrait faire une bonne meneuse, mais ça, je le garde pour moi.

— Ils disent aussi que vous avez poussé Bác Xuân à la porte.

Elle en reste bouche bée, l'air vraiment offensé. J'aurais pas dû dire ça…

— Ce ne sont que des histoires, je sais que c'est pas vrai…

— On n'a jamais fait ça ! C'est un ami de la famille. J'étais là quand il a dit à mes parents qu'il voulait prendre sa retraite, parce qu'il voulait passer plus de temps avec ses petits-enfants ! Ta mère a vraiment dit ça ? (La réponse doit se lire sur mon visage.) Ça, c'est vraiment cruel !

Je me renfrogne. C'est jamais agréable d'entendre dire du mal de ses proches.

— En termes de cruauté… Tu connais Nhi Trưng ? Elle, c'est la pire !

Sur ça, au moins, on pourrait tomber d'accord. Je ne suis plus sûr de vouloir savoir ce qu'on dit de nous.

— Oh, oui, je la connais. Elle voulait notre emplacement, à tel point qu'elle a essayé maintes fois de nous écarter. Elle n'a probablement pas laissé tomber à l'heure qu'il est.

Je hausse les épaules, parce que je ne peux rien répondre : c'est vrai.

— Désolé, dis-je.

J'ai tellement peur d'avoir tout fichu en l'air, avant même d'avoir pu commencer ces articles de journaux. Cet exercice est comme un numéro d'équilibriste, une traversée sur un pont en bois pourri au-dessus de gorges en furie. Un seul faux pas, et on tombe.

— Je ne t'en veux pas, dit-elle. Mais je réalise que tout ce qu'on nous a dit n'est peut-être que du vent, des rumeurs sans fondement.

Je me penche vers elle, marchant sur des œufs.

— Je pense qu'on peut s'accorder à dire que nos parents sont soucieux de protéger leur affaire. C'est peut-être ce qui les pousse à être comme ça. Pour mes parents, ce restaurant, c'est tout ce qu'ils ont. Je ne pourrais même pas te dire le nombre de fois où ils ont passé des nuits blanches, juste pour joindre les deux bouts.

— Je sais, dit-elle en faisant la grimace. Des nuits où ils nous ont laissés seuls, plus souvent qu'il aurait fallu.

— Alors qu'on était trop jeunes pour rester seuls à la maison.

— C'est l'un des secrets les mieux gardés de notre communauté.

Le pont a retrouvé une certaine stabilité.

— Ça s'est passé comment, pour toi, de grandir dans un restaurant ? Tous mes souvenirs d'enfance s'y déroulent.

Ses yeux s'illuminent.

— Laisse-moi deviner : c'est là que tu as vu tous les épisodes de *Paris by Night* ? Que tu as joué à ne pas marcher sur le carrelage ?

— Mais oui ! Et les clients qui me regardaient quand je sautais de table en table...

— Tu avais une salle de sieste, toi aussi ?

— Bien sûr ! Là où on entrepose le riz !

C'est fou. On a vraiment vécu des vies parallèles. Cette salle de stockage, ça peut paraître idiot, mais encore aujourd'hui, je m'y sens bien quand je vais y chercher quelque chose. Je me souviens de ces après-midi à dormir sur un matelas tandis qu'il faisait chaud dehors. Je n'étais pas encore à l'école. Un ventilateur rose, en bout de course, me lançait un peu d'air frais. Il y avait un petit dictionnaire, au cas où mes parents auraient eu besoin de vérifier un mot avec un client. Je le parcourais quand je m'ennuyais. Un petit tabouret enfin, où Mẹ s'asseyait pour me nourrir, une fois la sieste terminée.

— Grandir dans cet environnement ? Finalement, ce n'était pas si mal. Parfois je préférerais dessiner plutôt que travailler, mais bon... ce restaurant, il fait partie de moi et je ne peux pas m'en détacher, même si j'essaie.

Je remarque un carnet de croquis sous son cahier, et je le prends. Je reconnais le style du dépliant publicitaire, mais cette fois le sujet est un couple qui déambule le long d'une avenue. On s'y croirait.

— C'est beau, dis-je en lui rendant son carnet. On dirait New York.

— Je n'y suis jamais allée, dit-elle piteusement. C'est une image que j'ai prise sur Google.

— Tu voudrais y aller ?

— Je ne sais pas trop. J'ai l'impression que c'est un passage obligé pour les artistes, et ça se comprend. Ça doit être génial de voir les buildings, se balader à Times Square, voir tous ces gens, toutes ces cultures. Mais je ne peux pas y penser pour l'instant. Je dois d'abord trouver le moyen de dire à mes parents que je ne veux pas être ingénieure.

Je grimace. Ingénieure ? Rien ne lui irait plus mal. Où iraient ses couleurs ?

— Tu as donc des parents asiatiques typiques.

Elle fait « oui » de la tête.

— Je pense que tu devrais être une artiste.

Elle émet un petit rire, relâche un peu de tension.

— Super, merci, voilà qui résout tout.

— Tu es tellement sérieuse avec tout ce qui touche à l'art ! Même ce jour où on s'est rencontrés, où tu étais en train de t'acharner sur ce bout de papier.

— Tu avais une coupe au bol et une obsession pour Spider-Man, si je me souviens bien.

Je brandis mes mains devant moi, comme pour me protéger.

— J'étais jeune, hein... Je suis sûr que, toi aussi, tu avais des obsessions. Ne serait-ce que pour la torture des crayons.

— C'était du pointillisme !

Il y a quelque chose qui s'illumine chez les gens, lorsqu'ils parlent de ce qui les anime. Việt quand il parle d'un épisode de *New York Unité Spéciale*. Mẹ lorsqu'elle cuisine. Ba lorsqu'il parle de bonne nourriture. Ali lorsqu'il est question de scoop. Et Linh, juste en face de moi. J'aimerais bien savoir ce qui pourrait m'animer de la sorte.

— Tu peux m'en dire plus ? lui demandé-je. Qu'est-ce que ça te fait, quand tu dessines ?

Elle s'appuie contre son siège en mâchonnant une bille de tapioca.

— J'ai l'impression de quitter mon corps. Je veux dire, pas complètement, je ne me vois pas flotter, par exemple. Mais je suis hyper concentrée. Ma mère se plaint toujours que je ne l'entends pas quand elle m'appelle à table alors que je dessine.

L'étincelle quitte ses yeux. Je sais à quoi elle pense. L'image de ses parents a dû s'imposer à elle.

— Et toi ? demande-t-elle. Qu'est-ce que tu aimes faire ? Tes parents aussi te poussent dans une direction qui ne te convient pas ?

— Oh, moi, je suis un raté. Mes parents seront juste contents si je réussis à trouver quelque chose à faire.

Autant être honnête dès le départ.

— Sérieusement ?

— Je suis cent pour cent sérieux. Je ne suis rien comparé à Linh Mai, de la famille du restaurant Oh Mai Mai.

— Allez...

Je gigote sur ma chaise. Elle croit que je plaisante. Comment lui dire que ce n'est pas le cas ?

— Je ne suis bon à rien, et c'est pas près de changer.

— Il y a forcément quelque chose. La cuisine ?

— On ne m'a pas interdit de mettre les pieds en cuisine pour rien.

— Le chant ?

— Je pourrais chanter, mais j'ai pas envie de te traumatiser.

— Le sport ?

Elle éclate de rire en voyant ma tête.

— Bon, on s'en fiche de ce à quoi tu es bon. Qu'est-ce que tu *aimes* faire ? Il y a forcément une chose sans laquelle tu ne peux pas vivre.

Je réfléchis en sirotant mon thé, mais vraiment, je ne vois pas.

— En fait, je me plais très bien dans la médiocrité.

— Tu n'es pas sérieux.

— La médiocrité m'a permis de m'en sortir sans trop de pression ni de jugement. Être médiocre à l'école, c'est le top ! Personne ne s'intéresse à toi. Personne ne te voit.

— Tu mens. Ça te touche.

Elle est sûre d'elle, et elle a raison.

— Comment tu peux le savoir ?

— Ta voix. Elle est montée dans les aigus.

C'est une observation à la Việt.

— Ma voix ?

Elle porte sa boisson à ses lèvres et me lance un regard amusé. Ses beaux yeux... Elle me distrait.

— Oui, ta voix.

Je me souviens de cette soirée au dîner, quand mes parents ont fait preuve de tant de confiance en moi. Je n'ai jamais rien fait pour mériter cette confiance. Je ne leur ai jamais rien donné pour leur permettre de frimer devant ces clients qui n'en finissent pas de se vanter avec leurs génies de gosses.

Je vais lui dire ce que je pense.

— Le truc, c'est que je vois mes parents. Je sais tout ce qu'ils ont dû faire pour en arriver là. Ça n'a jamais été facile pour eux. Moi, j'ai l'impression de ne pas être à la hauteur. Je n'ai pas des notes fantastiques, et je ne suis même pas athlétique, au contraire de mon ami Việt.

— Oh, le coureur de cross.

— Euh oui... Comment tu le connais ?

— Ça se voit que tu n'es pas obligé d'écouter Ali relire ses articles.

— Je préférerais encore courir un cross ! En tout cas, cette année, notre dernière au lycée, je ressens la pression encore plus fort. Et... (J'hésite : dois-je vraiment lui avouer ça ?) J'ai l'impression que j'ai gâché toutes mes chances, qu'il ne m'en reste plus vraiment.

— C'est faux ! s'écrie-t-elle en se penchant vers moi. On parlait avec Ali tout à l'heure et...

— Oh, vous parliez de moi ?

Je ne vais pas mentir : mon estime de soi grimpe de manière exponentielle.

— Elle me disait qu'elle ne savait pas encore si elle te détestait ou pas.

Mon estime redescend en flèche.

— Non mais, sérieusement, elle a dit que tu avais un talent pour l'écriture. Tu sais, pas tous les garçons que je connais utilisent le mot « formidable » comme tu le fais. Et si c'est elle qui le dit, je la crois. En fait, il ne te manque peut-être qu'une occasion d'écrire à propos de quelque chose qui te passionne vraiment. Et peut-être que ça... (Elle nous désigne tous les deux.) C'est ta chance de briller.

Le futur. Ça me fait froid dans le dos.

Linh a dû le remarquer car elle rit et passe à un autre sujet.

On termine nos boissons. Le vieux s'est réveillé, il nous regarde d'un œil suspicieux. Le bar va fermer. On se lève.

— Combien je te dois, pour ce discours motivateur ? lui demandé-je.

Elle me lance ce sourire irrésistible.

— Quelques *bubble tea* devraient faire l'affaire !

CHAPITRE 14

LINH

Quand on sort du 7 Leaves, le temps est chaleureux et réconfortant, comme un bon bol de wonton un jour de pluie. Je sens la chaleur de Bảo à côté de moi, sa main à un battement de cœur de la mienne. L'été, au milieu des touristes, le quartier se peuple de vieilles dames vietnamiennes vêtues à la campagnarde qui vendent des fruits exotiques : jackfruit, rambutan ou longan, et, si elles sont vraiment convaincantes, même des durians. Je me demande souvent ce qu'elles font de leurs fruits, lorsqu'elles ne vendent pas toute leur marchandise.

La vue de Bảo, passant sous un réverbère, me coupe le souffle. C'est un tableau digne du Caravage. La moitié de son corps est plongée dans l'obscurité, ses traits sont accentués.

— Qu'est-ce qu'il y a ? me demande-t-il. J'ai quelque chose sur la figure ?

— Rien, c'est juste l'éclairage, qui était parfait.

— Tu fais attention à ce genre de choses ?

Je hausse les épaules, un peu embarrassée. Il saute sur un muret en béton, fait quelques pas en hauteur et saute pour revenir à côté de moi.

— Tu te souviens de ce bol de phở ? À quel point il était raté ? Je suis sûr qu'ils l'avaient commandé au…

— Au restaurant Phở Bác Hồ. Mes parents détestaient cet endroit.

— Pareil pour les miens.

Ça leur fait un point commun : avoir en horreur tout ce qui se réfère à Hồ Chí Minh. Ça leur rappelle trop la guerre. Les propriétaires ont donné une excuse bidon quand ils ont ouvert, à savoir que c'était le nom d'un membre de leur famille, mais il faut être complètement ignorant pour ne pas comprendre ce que ça peut évoquer.

— Finalement, je n'ai jamais eu mon Spider-Man en dessin.

— Oui, c'est la faute de nos parents.

Quelque chose passe dans ses yeux et ça me fait frissonner.

— Tu t'es jamais demandé ce qui aurait pu arriver si nos restaurants n'avaient pas été en compétition ?

— J'ai toujours eu conscience que tu existais, tu sais. Mais tu es différent, en vrai.

— Ah, ne t'inquiète pas, c'est mon vernis de super-mec, il disparaît au bout de la quatrième rencontre.

— D'accord ! Je me disais aussi…

Il me semble qu'on met une heure à rejoindre la rue Ward, où nos chemins se séparent. Je le regarde disparaître peu à peu dans le noir.

Seul Ba est encore réveillé quand j'arrive à la maison. Sûrement ses problèmes de dos. Je peux sentir le Bengay d'ici. Il est assis dans le salon, en train de fixer la télé allumée, mais non câblée : c'est juste un écran lumineux.

— Tiens, con *về rồi* ? me lance-t-il d'une voix ensommeillée. Tu as bien travaillé ?

— *Dạ*, pas mal.

Le mensonge est sorti avec naturel, mais il me pèse sur l'estomac. Je retire mes chaussures.

— J'aurai l'examen les doigts dans le nez. Tu peux aller dormir.

— Hum.

Je sais qu'il va encore rester là au moins deux heures avant de se coucher. Et il se lèvera le premier pour recommencer sa routine matinale.

Ma mère toque à la porte et me réveille ce matin. J'ai la bouche sèche, et la lumière m'aveugle. Je me souviens que je n'ai pas bu d'eau après mon milk-shake. Peut-on avoir la gueule de bois après ce genre de boisson ?

Je l'entends traverser ma chambre. L'odeur de son shampoing – qu'elle partage avec Ba – me chatouille le nez. Le lit s'affaisse à peine lorsqu'elle s'assoit à côté de moi en me caressant le dos. C'était toujours ainsi qu'elle nous réveillait, Evie et moi, avant une longue journée au restaurant.

— Con, *dậy đi. Chín giờ rồi*, murmure-t-elle d'une voix mielleuse, aussi douce que la glissade d'un pinceau sur une toile neuve.

Je tourne la tête pour vérifier l'horloge. Huit heures, une de moins que ce qu'elle vient de m'annoncer.

— Encore cinq minutes.

— Je viens de préparer des *bánh patê sô*, tout juste sortis du four. Ça se mange chaud.

Je respire en pensant à ce que ça veut dire. Une pâte feuilletée beurrée. Une garniture pleine de saveurs. Et mon café préféré, vietnamien, qui n'attend que d'être mêlé à une rasade de lait concentré.

O.K., je me lève.

Mẹ sait qu'elle m'a eue.

— À tout de suite, lance-t-elle en partant.

Une fois à la cuisine, je découvre que ce n'est pas seulement du café et des feuilletés qu'elle a préparés ; elle doit être en train d'expérimenter de nouvelles recettes. Plusieurs marmites bouillonnent sur le gaz, et deux autres mijotent dans la véranda, car leur contenu risque probablement d'enfumer toute la maison. Au moins cinq bouteilles de *gia vị* sont ouvertes sur la table. Mẹ a beau être extrêmement méthodique au travail, c'est tout le contraire à la maison.

Et pourtant, j'aime ces matins-là.

Les feuilletés m'attendent. Je plonge les dents dans la pâte croustillante ; une pluie de miettes tombe sur mes genoux.

Mẹ ajoute de la glace pilée à mon café crème et, pendant qu'elle s'affaire en cuisine, je tiens mon téléphone où Evie, en visioconférence, se plaint que mes parents ne lui ont pas envoyé de boîte de spécialités.

— Mais c'est quoi, ça ? crie ma mère pour couvrir le bruit du blender.

Evie lui explique le concept.

— Mais la nourriture vietnamienne, la bonne, ne s'envoie pas par la poste ! réplique ma mère.

Je me fatigue le bras à porter le téléphone pour qu'elles puissent se voir en continuant la conversation.

— Pourquoi pas des *bánh tai heo* ? J'en rêve la nuit.

Ma sœur adore les oreilles de cochon. Pas les vraies, des biscuits sucrés en forme de triangle.

— Entendu. Si tu en veux, je vais en préparer.

— Seulement si tu n'es pas trop occupée. Tu ne devrais pas travailler le week-end. C'est pour s'amuser, faire des activités qu'on aime.

— Comme du jardinage, dis-je.

— Nan, tout sauf ça, Mẹ tue toutes les plantes dont elle s'approche.

— C'est pas de ma faute ! proteste-t-elle. Notre terre est de mauvaise qualité !

Evie et moi échangeons un regard de connivence. Comme si nous n'étions pas séparées par des heures de transport. Notre petit jardin est un cimetière de tout ce que Mẹ a essayé de planter : tomates, concombres et poivrons. Seul un petit nombre d'herbes aromatiques ont survécu.

— Oui, Mẹ, c'est sûrement ça le problème.

Evie nous annonce qu'elle part courir, qu'elle nous écrira plus tard avant de raccrocher.

— Est-ce que tu la trouves heureuse ? Tu ne trouves pas qu'elle a maigri ? A-t-elle assez à manger ?

Quand on a accompagné Evie à son dortoir, elle avait des réserves de nourriture pour tenir un siège. Heureusement, sa coloc étant Philippine, ses parents nous ont simplement félicités pour notre clairvoyance. C'est lorsque les nôtres les ont invités à passer au restaurant que ma sœur a décrété qu'il était temps pour nous de rentrer.

— Ne t'en fais pas, elle va très bien. Elle a l'air très heureuse.

— *Mà Mẹ là Mẹ. Mẹ phải lo.*

Je me lève et viens l'enlacer.

— Inutile de t'inquiéter. Tu connais Evie, elle est largement capable de prendre soin d'elle.

Mẹ soupire profondément ; mon corps suit le mouvement.

— Elle te manque ? me demande-t-elle.

— Parfois.

C'est vrai que je m'attendais à ressentir son absence plus fortement. Trouver plus étrange de rentrer dans une chambre à moitié vide. En réalité, je m'y suis vite habituée. Les paquets que ma tante envoie à ma mère me reviennent en mémoire. J'observe Mẹ tandis qu'elle regarde pensivement par la fenêtre. Je remarque quelques nouveaux cheveux gris.

— Est-ce que Dì Vàng te manque ? lui demandé-je.

— Parfois, répond-elle calmement.

Elle ne poursuit pas. Je me demande si elle ne retombe pas dans une de ses humeurs particulières. Je me sépare d'elle.

— Je peux t'aider ?

— Non, il y a trop à faire ! Et c'est à moi de le faire. Toi, tu as seulement tes devoirs à faire, et puis, tu peux faire ton *passe-temps*.

Je me mords la langue. C'est toujours ainsi qu'elle verra ma peinture. Je sais qu'elle ne pense pas à mal, qu'elle ne fait que répéter ce mot qu'Evie vient de lui apprendre. Mais ça fait peser le *patê sô* sur mon estomac.

— Tu devrais vraiment te trouver une activité pour toi, Mẹ. Tu travailles trop.

— Et le travail, c'est bon. Ça rapporte de l'argent, affirme-t-elle en reniflant la mixture dans le bol du blender. J'ai arrêté les passe-temps quand j'ai eu ton âge à peu près.

— Qu'est-ce que tu aimais faire ?

Son regard se fait mélancolique.

— Voyager. Quand je n'étais pas à l'école ou à aider à la maison, je visitais des endroits où je n'étais jamais allée. J'ai voyagé à Saigon, à Đà Lạt. Cette ville est si belle, si romantique ! (Elle rit.) Oh, quand on s'est enfuis, j'ai espéré qu'on finisse en Europe, tu sais !

— Tu n'as jamais voyagé, depuis ?

— Non ! Avec quel argent ? *Đời sống đã rất là khó*. J'ai dû travailler à l'usine, au salon de manucure, partout où il y avait du travail ! L'école n'était pas une priorité car l'argent manquait tellement... Voyager ? C'était une idée ridicule. Impossible.

Elle secoue la tête.

— C'est pourquoi je suis contente de voir Evie trouver sa voie. Elle aura une vie qui ne sera pas *khó*. Pas comme moi. (Sa voix devient un peu moins approbative.) Et toi aussi, bientôt, tu auras une bonne vie.

Une bonne vie. C'est-à-dire, une vie avec la sécurité financière. C'est ce qu'elle vient de m'expliquer. Tout ce qui ne concerne pas cet objectif n'est qu'une utopie.

CHAPITRE 15

BẢO

Mon téléphone vibre, me prévient de l'arrivée d'un message. J'émerge du lit et me rends compte qu'il est huit heures et demie. Qui peut bien m'écrire à cette heure-là ? Việt a la capacité innée de se lever incroyablement tôt – probablement parce que ses parents l'emmenaient aux livraisons matinales – mais il n'est jamais le premier à m'écrire. Il ne fait que répondre à mes messages, avec la plupart du temps trois jours de retard. La seule personne qui m'écrit assez régulièrement c'est ma mère, à travers mon père, mais si elle avait voulu me réveiller, elle ne l'aurait pas fait de manière aussi subtile. Rien n'est plus efficace pour vous tirer de vos rêves (et vous tirer un cri strident) qu'une mère vietnamienne qui entre en trombe dans votre chambre.

> Salut, c'est Linh. Ali m'a donné ton numéro.

Le souvenir de notre soirée d'hier me revient en mémoire, et je me redresse illico. *Bubble tea*. Marcher ensemble. Partenaires.

> Pardon de te déranger si tôt.

Je devrais peut-être lui dire que rien ne me dérange, à part le fait que je n'ai pas le souvenir d'avoir donné mon numéro à Ali, et qu'il faudra que je me renseigne sur la façon dont elle a mis la main dessus.

Pas de souci, j'étais déjà debout.

!

Tu te lèves tôt, toi aussi ?

Je commence à taper un « Ouais » mais je l'efface : pourquoi voudrais-je mentir ?

Seulement quand ma mère me menace de mort 😊

La tienne non plus ne frappe pas à la porte ?

Je crois pas que ça lui soit jamais venu à l'idée ! Tu te lèves toujours aussi tôt les week-ends ?

Parfois c'est le seul moment où je peux dessiner ! 💪

Je t'admire !

En tout cas, je voulais juste te dire que notre adorable cheffe a trouvé notre premier restaurant. Les propriétaires ont immédiatement dit oui. Kami, un restau japonais à Santa Ana. Je pourrais y aller le week-end prochain, si ça te va ?

Je suis de plus en plus réveillé.

Nickel ! J'ai trop hâte !

Les trois petits points m'indiquent qu'elle m'écrit une réponse. Maudits petits points !

😊

Maintenant, je peux me recoucher.

Il est près de dix heures quand je descends. Bizarrement, ma mère n'est pas venue me réveiller, et je les trouve attablés au salon, comme en pleine réunion. Ils sont déjà habillés.

— Vous ne travaillez pas ?

— Seulement cet après-midi. On a pensé aller déjeuner dehors.

On ne mange jamais dehors. Ce qui ne peut vouloir dire qu'une chose : nous partons en mission d'espionnage.

Je ne sais plus quand ça a commencé, mais c'est devenu une tradition chez nous : lorsqu'un nouveau restaurant s'installe, on part en reconnaissance, afin d'évaluer s'il peut ou non nous faire de la concurrence. Y'a que mes parents pour faire ça, franchement. Ils sont bizarres et ils aiment m'attirer dans leur étrange obsession. C'est peut-être aussi pour eux une manière de faire des compromis : j'ai toujours voulu manger dehors, au McDo par exemple. Mais ma mère me répondait toujours qu'elle pouvait tout cuisiner, et bien mieux.

Pour l'instant, on ne s'est pas perdus ; mes parents ont réussi à écouter le GPS. Ba a probablement étudié la route avant de partir.

— Va doucement, Anh, lui demande ma mère, agrippée à la portière.

Je jette un œil au compteur. On plafonne à soixante-dix kilomètres-heure.

— Comment vous avez entendu parler de ce restau ?

— C'est un de nos clients qui l'a mentionné. Mais ne t'inquiète pas : c'est *notre* client fidèle.

Oh, j'étais tellement *inquiet.*

On se gare sur un immense parking et je repère le restaurant, coincé entre des bijouteries, salons de manucure et autres boutiques rutilantes. J'ai déjà mon idée : cet établissement n'est pas authentique. Tout est trop… neuf, trop brillant. Où sont les sacs abandonnés, poussés par le vent, qui contenaient des clémentines ou des lychees avant d'être jetés ?

On entre dans « photastic », le nom du restaurant, sans majuscule.

— *Trời Đất,* murmure ma mère.

Ce qui serait l'équivalent de « Oh mon Dieu », mais qui dans cette situation veut plutôt dire « *Qu'est-ce que c'est que cette horreur* ? »

Tout est blanc ici : les murs, le carrelage, les tables, les chaises. Même le serveur est blanc. Il est vêtu d'un T-shirt où est très mal dessiné un *bánh mì*.

Où est l'autel à l'entrée ? Quel genre de restaurant vietnamien n'a pas d'autel ? Où est le rouge ? Le jaune ? Où sont les fausses fleurs ? Le carrelage qui a vu de meilleurs jours ?

— *Chao, Bac* ! nous salue le jeune homme avec un accent complètement raté. Une table pour trois ?

Interloqués, mes parents se sont contentés d'acquiescer. Le serveur a beau me sortir par les yeux, voir mes parents sans voix, pour une fois, me ferait presque rire. Ça ne dure pas longtemps.

— Un serveur blanc ? s'indigne ma mère.

On est assis à une table ronde que mon père secoue légèrement pour vérifier si elle est bien stable. Elle l'est. Ce qui conforte mon impression d'inauthenticité.

— Et son vietnamien est affreux !

— On peut toujours rentrer, je propose.

— Non, affirme Ba en me tendant le menu. C'est un concurrent.

— À peine ! rétorque Mẹ.

— Et que t'a dit notre client à propos de cet endroit ?

On redevient silencieux quand le serveur (John, de son prénom) revient prendre nos commandes. Ba lui énumère une liste de plats, et le visage du serveur devient livide. J'ai mal pour lui.

— Pardonnez-moi Monsieur, pouvez-vous répéter ?

Il me lance un regard plein d'attente, comme si j'allais lui traduire ce que Ba vient de dire. Je détourne le regard, décidé à ne pas abréger ses souffrances. Ça nous arrive souvent lorsque l'on va manger à des restaurants non vietnamiens. C'est sûrement une des raisons pour lesquelles on ne sort pas souvent. L'anglais de mon père est loin d'être parfait. Il n'est pas né ici comme moi. Je le comprends très bien, mais parfois, ça l'angoisse de voir son interlocuteur perdu, et il se met à parler trop vite. Quand j'étais petit, ça me gênait. Peut-être que cette gêne était causée par le regard des autres. Ou peut-être parce que je voyais bien que mes parents étaient eux-mêmes gênés.

Maintenant, ce sont les autres, comme ce John, qui m'énervent.

Ba se racle la gorge et se redresse.

— Café. Pour tous les trois.

— Ah, bien sûr, pardon ! s'exclame John, rouge jusqu'aux oreilles.

Le temps que nos boissons arrivent, Mẹ et Ba continuent d'énumérer tout ce qui ne va pas dans ce restaurant. Nous sommes apparemment les seuls Vietnamiens ici. L'éclairage est trop fort. Le *cà phê sữa đá*, « bio », est servi avec la glace déjà dedans. Les vrais restaurants laissent le client le faire lui-même. Le seul bon point est un des serveurs qui serait, selon ma mère, beau comme une star de K-pop.

Puis la nourriture arrive. Et même un enfant qui ne serait pas né dans un restaurant vietnamien pourrait confirmer que ça n'a rien de traditionnel. Ce n'est qu'une pâle imitation de cuisine vietnamienne. Le *cơm chiên* n'a pas de saucisses chinoises. Quel genre de riz frit est-ce ? En plus, leur phở est bien trop salé.

— *Dở ẹc* ! s'exclame ma mère, clairement dégoûtée par un poisson mou censé être frit.

Les arêtes s'en échappent bien trop facilement, ce qui est mauvais signe : on devrait se battre avec les mains et les baguettes pour y parvenir.

— Ce restaurant va fermer en quelques mois, prédit Ba en repoussant son assiette, qu'il n'a pas finie.

Oui, oui, je dis bien : qu'il n'a pas finie.

Je me souviens alors des messages de Linh, et demande à mes parents si je peux avoir une journée libre le week-end prochain. Aussitôt, les questions pleuvent.

— Pourquoi ?

— Je dois écrire un article.

— Un article ? Depuis quand ?

— J'ai choisi l'option journalisme cette année. J'écris des critiques gastronomiques.

— Toi ? s'exclament-ils en même temps.

— Oui.

— Tu... écris à propos de nourriture ? veut confirmer Ba.

— Il mange comme toi, murmure Mẹ en ne me quittant pas des yeux. Mais *pourquoi* ?

Parce que Linh le fait avec moi, suis-je tenté de répondre.

— Ça s'est fait comme ça. Je pensais que vous seriez plus enthousiastes à l'idée que je commence un nouveau projet !

Je pique un peu de riz entre mes baguettes, et l'enfourne en tâchant de paraître naturel. Trop *ngảo*. Trop pâteux.

— Écrire... Tu n'as jamais dit que tu aimais ça, dit ma mère.

— Ce n'est pas parce que je n'en ai jamais parlé que je n'aime pas ça.

— Tu lisais le dictionnaire quand tu étais petit, concède Ba. (Puis, il se tourne vers Mẹ et lance sur le ton de la plaisanterie :) En fait, il va voir sa petite amie.

— Oh ! Ça devait bien finir par arriver !

— Très drôle, dis-je. C'est vrai que les filles m'adorent. J'ai des fans dans toutes les classes : Kelly Tran, Cindy Jackson, Fiona Su.

Mes parents rient avec moi. Je suis bien la dernière personne à fréquenter pour ces filles très sérieuses. Puis je ne sais pas ce qui m'arrive. Je pense que ma langue a fourché, que les mots sont sortis trop vite de ma bouche. Juste après le nom de Fiona Su, je prononce celui de Linh.

Ma mère s'assombrit immédiatement.

— Linh Mai ? demande-t-elle d'un air suspicieux.

Je bats en retraite.

— C'est une plaisanterie. Je ne lui ai jamais parlé. Pff, ha, ha, Linh ! Non, elle est super bizarre. Vraiment, vraiment chelou. Personne n'est comme elle au lycée. Et puis elle sent mauvais !

Je devrais me souvenir que je suis extrêmement mauvais acteur. Mes parents ne rient plus du tout.

— Non mais, sérieusement, je ne vois personne. C'est vraiment pour mon journal.

Ma mère se détend un peu.

Un autre serveur vient vers nous, il semble métis. Son sourire s'efface lorsqu'il voit l'expression sur le visage de ma mère.

— Désirez-vous autre chose, *cô* ?

Ma mère se radoucit et parvient à lui adresser un sourire, probablement consolée de voir un autre Vietnamien dans la salle. Elle ouvre le menu.

— On va essayer les desserts.

* * *

Tous les mecs ont des coiffures stylées.

C'est la première chose qui me frappe quand j'entre dans le premier restaurant qu'Ali nous a désigné. L'hôte à l'accueil me désarme avec un sourire éclatant. Il est de taille moyenne, mais derrière le comptoir massif, il semble tout petit. La plupart d'entre eux sont affublés d'un chignon très *hypster* ; je serais ridicule si j'essayais ça.

Linh n'est pas encore arrivée. Je fais signe à l'hôte que je vais l'attendre. J'observe le plafond, peint de manière à évoquer le feuillage d'un conifère japonais, le pruche. J'ai fait quelques recherches sur le propriétaire des lieux, qui est de Fukuoka, dans le sud du Japon. Peut-être que cet art lui rappelle l'île de Kyûshû.

Je me tourne vers les miroirs et me désespère de voir encore des mèches rebelles malgré tout le gel que je m'étale sur les cheveux. Et ne remarque même pas que Linh m'a rejoint.

— Tout va bien ? s'enquiert-elle.

— Bof. Mes cheveux…

Elle semble se battre contre ce qu'elle s'apprête à dire.

— Ils… sont bien, dit-elle finalement, avec ce qui ressemble à un sourire.

Nous sommes attendus. Ken, notre serveur, nous emmène à notre table. La salle principale est abaissée par rapport à l'entrée, ce qui donne une impression de stabilité. Les couleurs sont froides et simples, rappellent celles de la ville, et des calligraphies ornent les murs, apportant une touche de poésie. De la musique pop japonaise est diffusée en fond, ce qui ajoute à l'atmosphère calme de la pièce ; j'ai l'impression d'être à cet instant du soir où le dernier client s'en va, et où je vais bientôt pouvoir aller dormir.

Les autres clients sont en majorité des Asiatiques, ce qui est un bon signe, et sont plutôt jeunes. On ne reconnaît personne, comme si on était dans une autre ville. Je lance un regard à Linh, qui sourit et opine en direction de la serveuse. Elle lui pose des questions sur les choix artistiques, ce qui illumine aussitôt le regard de son interlocutrice. Peut-être est-elle une artiste elle-même. Apparemment, c'est la nièce du chef, et oui, il désirait que le décor rappelle son île natale.

— Dans la famille, explique-t-elle, on est persuadés que l'art peut raconter énormément de choses sur notre histoire.

— Je comprends tout à fait ! C'est aussi ainsi que j'envisage mon travail.

J'aimerais en savoir plus, mais dès que la serveuse s'éloigne, nous laissant seuls, je me retrouve à court de mots. Ce moment magique, au 7 Leaves, n'a peut-être été qu'un rêve. Je résiste à l'envie de déplacer la bouteille de sauce soja entre nous, juste histoire de m'occuper.

— Tu as déjà pris des notes ? me demande Linh en montrant le carnet qu'Ali m'a forcé à emporter pour avoir l'air plus pro.

Elle tire le sien de son sac à dos, et je remarque que ses mains gardent quelques traces de peinture. Une constante chez elle. Consciente de mon regard, elle baisse les yeux.

— Ah, désolée, j'ai voulu peindre un peu ce matin, j'aurais dû mieux me laver les mains.

— Non, ne t'en fais pas ! C'est tellement... toi. Ton côté artiste, tu sais... (Je vois qu'elle ne sait plus comment interpréter ce que je dis, alors je change de sujet.) Oui, j'ai déjà pris quelques notes. J'ai tellement pas confiance en moi que j'ai fait une recherche Google « comment écrire des commentaires gastronomiques ».

Elle rit.

— Je peux te dire, de mon expérience en lecture de critiques d'art, que ce qui compte plus que décider si c'est « bon » ou « mauvais », c'est de comprendre comment ça peut influencer les personnes à qui c'est adressé.

— Bon à savoir.

— Et tu n'auras aucun mal à évaluer la qualité de la nourriture : on a grandi dans ce milieu, on sait ce qu'est la bonne cuisine, pas vrai ?

Ça me rappelle notre première rencontre – notre première critique gastronomique ensemble aussi, dans un sens. Je souris, un peu plus détendu. On commande un assortiment de tempura à partager, et deux bols de ramen, *tonkatsu* pour moi et miso épicé pour elle.

— Bon, dit-elle en attendant nos plats. Peut-être que tu pourrais aussi te demander quel genre d'endroit serait parfait pour un rendez-vous galant.

Ce qui ne m'aide pas du tout, car je n'ai jamais vécu cette expérience. Sauf si l'on compte un déjeuner au Burger King avec une camarade de sixième. J'en fais part à Linh, qui éclate de rire. Elle a probablement eu plein de rendez-vous, elle. Comme la plupart de mes camarades.

— Je ne suis jamais sortie avec quelqu'un non plus, me dit-elle. On est ex aequo.

— C'est rassurant, dis-je en tapotant mon crayon sur le carnet. Les sorties romantiques devraient avoir lieu dans des endroits où l'on peut apprendre à connaître l'autre. Comme c'est le cas, ici.

J'aimerais retirer ce que je viens de dire. J'espère qu'elle ne croit pas que je pense que j'ai des vues sentimentales concernant ce déjeuner. Elle n'a pas l'air de s'en préoccuper.

— Le bruit ambiant doit être bien pensé pour laisser place à la conversation. On doit être capable de s'entendre sans hausser la voix.

— Une atmosphère feutrée, avec un fond sonore qui permet de chuchoter, dis-je à haute voix en prenant des notes.

On trouve beaucoup d'autres prérequis pour un rendez-vous parfait. Des sièges confortables ou une attente agréable, une activité que les deux personnes apprécient et dont ils pourront discuter plus tard. La serveuse nous apporte quelques amuse-bouche et repart.

— Finalement, je pense qu'il faut que les deux parties se sentent à l'aise, capables de partager ce qu'elles ont à cœur. C'est pourquoi le décor est important.

La serveuse réapparaît avec un bol, un collègue la suivant avec un autre. Je note le court temps d'attente. Je salive à l'instant où les vapeurs aromatiques entrent en contact avec mon nez. C'est puissant, fumé. La première cuillérée de bouillon me couvre la langue de soie, les nouilles sont cuites à point. L'œuf est particulièrement savoureux, sucré et salé à la fois.

— Rappelle-moi de remercier Ali, me dit Linh. C'est vraiment supérieur aux autres ramens que j'ai déjà goûtés, beaucoup trop salés.

— Les bons ramens ne sont pas des bols de sel, énoncé-je tout haut en notant dans mon carnet. Tu veux échanger ?

On échange les bols, en conservant nos couverts. Linh souffle sur le plat.

— *Ăn đi, con*, dis-je en imitant toutes nos tantes, tous nos oncles qui passent leur temps à forcer les enfants à manger.

Ça l'amuse, elle se cache la bouche de la main.

— Ne me fais pas rire quand j'ai la bouche pleine !

— Durant un rendez-vous, assurez-vous de ne pas vous asseoir en face de quelqu'un qui crache.

Elle me lance un regard faussement en colère. Son bol de ramens est tout aussi réussi que le mien, pas trop épicé.

Ma nervosité des débuts a complètement disparu. On parle nourriture, lycée, travail au restaurant. Elle me raconte sa rencontre avec une ingénieure, instiguée par ses parents. C'est une bonne idée... que j'espère mes parents n'auront jamais. J'essaie de limiter le nombre de déceptions que je peux leur apporter.

Linh photographie les plats, et commence à faire des croquis de la pièce. Son crayon semble flotter au-dessus du papier. Elle est plongée dans son monde. Un spectacle auquel j'assiste enfin. C'est intéressant de voir les pensées qui la traversent animer son visage.

Pendant des années, la haine que mes parents vouaient à la famille de Linh a fait partie des bizarreries que je devais accepter de leur part. Comme leur obsession avec le loto et leur croyance que chaque mauvais tirage était *presque* le bon. Ou la façon dont Mẹ se sert de moi ou Ba pour goûter deux fois les échantillons gratuits au supermarché.

— Comment tes parents peuvent ne pas voir que tu es une artiste ?

Je ne voulais pas la déconcentrer, mais c'est raté.

— Je crois que ce n'est pas quelque chose de réaliste, pour eux. Ce n'est pas avoir beaucoup d'argent, qui les préoccupe, c'est simplement d'en avoir assez pour vivre. Ils en manquaient lorsqu'ils sont arrivés, et ne veulent pas que je traverse la même situation.

— Tes parents aussi ont dû fuir ?

— Oui. En bateau.

Je reprends une cuillérée de bouillon. Toute mon enfance, j'ai cru que c'était normal, d'avoir des parents qui étaient arrivés par la mer. Ils étaient dans le même bateau, se connaissaient déjà, avaient dû faire confiance au même armateur, un cousin d'un ami en commun. La confiance était un luxe à l'époque. Ils devaient fuir. Mais en parlant avec les autres enfants vietnamiens, j'ai compris que ce n'était pas une généralité. La plupart des familles sont venues de manière bien plus paisible : par le biais d'un mariage ou d'une bourse.

Et je pense que cela en dit beaucoup sur le type de personnes que mes parents – et ceux de Linh – sont. Ils ont fait confiance à l'océan indomptable mais aussi aux personnes qui gouvernaient les bâteaux jusqu'à leur destination finale. Nos parents sont des survivants.

— Alors tu ne leur parles pas de ta vocation parce que tu crains qu'ils ne la considèrent pas comme une véritable carrière.

— Oui. Je dois garder ça pour moi. Parfois, on peut avoir des secrets pour la bonne cause.

— C'est toujours difficile de les garder.

— Peut-être. Mais tu en gardes un, toi aussi, non ? J'imagine que tu n'as pas dit à tes parents que tu travaillais avec moi ?

Ce n'est pas pareil, mais je ne sais pas comment le lui dire.

— Mon art, poursuit-elle, ce n'est pas vraiment un mensonge, c'est simplement que je minimise son importance dans ma vie.

Elle joue avec ses baguettes sans me regarder, j'ai l'impression d'avoir empiété sur un sujet qui ne me regarde pas.

— Bon, d'accord ! s'exclame-t-elle soudain. C'est un mensonge ! Mais je n'ai pas le choix. Et puis tu es un garçon, ça te facilite les choses… tu ne peux pas comprendre.

J'ouvre la bouche pour la contredire, mais je me souviens de ma cousine se plaignant que son frère pouvait rentrer plus tard qu'elle à la maison.

— O.K., tu as sûrement raison.

— Mes parents insistent sur le fait que je doive embrasser une carrière d'à peu près *tout* sauf artiste. Et pour le faire, je suis bien obligée de mentir. Je ne suis pas une menteuse, en réalité !

Elle est sur la défensive.

— C'est pas ce que je voulais… je n'ai jamais…

C'est de ma faute si la conversation tourne au vinaigre. Linh se plonge dans son carnet, rendant évident qu'elle ne souhaite plus y participer.

Plus tard, on se dit au revoir avec beaucoup moins d'enthousiasme qu'à la fin de notre dernière rencontre.

Et si c'était pas un rendez-vous amoureux, alors pourquoi j'ai l'impression d'avoir tout gâché ?

CHAPITRE 16

LINH

Je sais très bien que je suis une menteuse. Mais se l'entendre dire par quelqu'un d'autre, c'est douloureux. Surtout de la part de Bảo, parce que je sais qu'il a raison. Mentir pour maintenir une stabilité. Pour ne pas inquiéter mes parents. Pour qu'ils ne me sermonnent pas avec leur terrible passé. Pour ne pas les chagriner. Et c'est ce qu'il fait, lui aussi ! C'est bien la raison pour laquelle on a accepté tout ça.

Mais ça ne s'arrêtera jamais si tu continues comme ça, retentit une voix dans ma tête, qui ressemble bizarrement à celle de Bảo.

Je hurle ma frustration, heureuse d'avoir la maison pour moi toute seule. Mes parents sont encore au restaurant. Mon croquis est derrière moi, attendant quelques dernières touches.

Bảo ne sait pas à quel point je suis sous pression. Apparemment, ses parents attendent juste de lui qu'il trouve sa voie, qui semble être dans l'écriture, si j'en crois sa facilité pour former des phrases.

Je réprime un accès de jalousie. Ses parents sont tellement différents des miens.

Tout allait bien au départ. On avait juste l'air de deux lycéens en rendez-vous amoureux. Avec Ali, je peux discuter d'énormément de choses, mais elle ne peut réellement comprendre la façon dont Evie et moi avons été élevées.

Le souvenir de Bảo essayant de dompter ses mèches rebelles me fait sourire. Il ne m'a pas vue arriver. Je parierais que ses cheveux sont du type à pousser bien trop vite. Je les aime bien quand ils sont longs, c'est bien plus seyant que sa coupe au bol, en tout cas. C'est le genre de cheveux dans lesquels on peut passer les doigts.

Je regarde ma main, sors de ma rêverie.

Bien sûr que j'ai tout fichu en l'air. J'ai paniqué à l'instant où il m'a parlé de mensonge. J'ai nié, ne faisant que malmener la vérité un peu plus. Je n'aurais pas dû me renfermer. Je ne serais pas surprise si Ali me disait demain que Bảo abandonne le projet.

Et ce serait un nouveau mensonge de dire que ça ne me blesserait pas.

— Comment était ton restau avec Ali ?

Je sursaute, ferme mon carnet même s'il n'y a rien qui pourrait vendre la mèche à l'intérieur. C'est vrai : je leur ai dit que je mangeais avec mon amie. Mes parents sont revenus, j'entends Ba se préparer pour dormir dans sa chambre.

— Super. On a mangé des ramens.

Mẹ fait la grimace. Ce n'est pas une fan : c'est beaucoup trop salé à son goût. Elle s'approche de moi et je cache mon carnet sous mon oreiller.

— Tiens, Mẹ a raté un appel de Dì Vàng. Voyons ce qu'elle a à me dire, dit-elle en s'asseyant sur mon lit, adossée au mur comme moi.

Ma tante apparaît à l'écran de son smartphone. C'est la fin de la matinée là-bas, mais elle est encore en pyjama à éléphants verts – ma mère a le même – et son air ensommeillé indique qu'elle a encore probablement sculpté une bonne partie de la soirée. Dì Vàng est dans la cuisine de son appartement, une tasse de *cà phê đen* à côté d'elle. Si je tends l'oreille, je peux peut-être entendre les bruits de la rue : les motos, quelques femmes du voisinage qui rient, ou encore un marchand qui essaie de vendre son poisson.

— Tu viens de te réveiller ? demande ma mère.

— Possible. (Elle bâille et s'étire.) Tu as mangé quoi hier soir ?

— Des restes et toi ?

Je lève les yeux au ciel. Même pas le temps de se saluer qu'elles parlent immédiatement de nourriture. Ma tante baisse son téléphone pour montrer une assiette de *ốp la*, des œufs frits, avec un *bánh mì*.

— Et où est le *xì dầu* ? demande ma mère d'un air accusateur.

— Chị est au régime. Moins de sel. C'est très bien sans.

— Tu parles comme Mỹ, déplore Mẹ.

Je souris. Ma mère se prend toujours pour la grande sœur, alors que c'est l'inverse. Dì Vàng sait très bien comment y répondre de manière amusante.

— Alors, qu'est-ce que tu voulais me dire ? demande Mẹ. D'habitude, c'est moi qui appelle.

— Tu as reçu mon vase ?

— Oui. Tu n'aurais pas dû l'envoyer, ça coûte une fortune d'envoyer des choses.

— Je voulais t'offrir quelque chose de joli ! Mais si tu t'inquiètes tant au sujet des frais d'envoi, la prochaine fois, je pourrai te l'apporter en personne.

Elle s'approche de l'écran, large sourire aux lèvres.

— Tu viens ?

— Pour de vrai ? m'écrié-je en prenant le téléphone des mains de ma mère, qui me le reprend immédiatement.

— Tu viens vraiment, c'est vrai ? répète Mẹ.

— Oui, ça fait bien trop longtemps. Douze, treize ans non ?

— Quand ?

— Aux environs du Tết.

— Tết ? Mais pourquoi ? Ce sont les meilleures vacances ! Il y aura des embouteillages partout.

— Ha ha, j'aurais dû me douter que tu t'inquièterais déjà des détails ! Mais j'ai vu bien assez de Tết : j'habite ici ! Et je veux te voir. Serrer Evie et Linh dans mes bras.

— Ça ne peut pas être la seule raison.

— Je pourrais aussi rendre visite à des artistes de la Côte Ouest.

— Tu as des amis là-bas ? m'exclamé-je.

Ça ne devrait pourtant pas m'étonner : durant son séjour chez nous, ma tante a réussi à discuter avec tout le monde à l'étage de notre ancien appartement, des gens avec qui ni moi ni mes parents n'avions jamais échangé un mot. Elle a même rencontré Bác Xuân, et en un rien de temps ils avaient évoqué ce qu'il pourrait faire une fois à la retraite.

— J'ai des amis partout ! Je suis internationale.

— J'arrive pas à y croire !

Je suis dans tous mes états. Deux artistes sous le même toit ! On ira voir des expos, je lui montrerai mes dessins... j'aurai enfin quelqu'un à qui parler, qui me comprendra. Et me soutiendra.

— Tu as l'argent pour le voyage ? demande ma mère.

— Pff ! Évidemment ! Je gagne bien ma vie tu sais, ça me ferait plaisir que tu me croies. Je ne suis plus une artiste dans le besoin, mais j'ai l'impression que c'est toujours l'image que tu as de moi.

— Tu l'as été pendant longtemps.

— Je sais. Je m'en souviens aussi. Mais tout va bien maintenant. Tu t'inquiètes trop, *em*.

Leur conversation enchaîne au sujet des amis et de la famille ; elles parlent notamment d'une connaissance partie se marier à Hội An, avant de rentrer, sans le mari. Je les écoute avec bonheur, en regardant diminuer le niveau de café dans la tasse de ma tante. Mẹ finit par remarquer mes paupières alourdies. La digestion des ramens fait son effet.

— O.K., *cho* Linh *đi ngủ*, nous salue ma tante, qui nous promet de nous rappeler dès qu'elle aura plus d'infos sur sa venue.

Ma mère soupire en quittant mon lit. Je la rattrape par le bras.

— Réjouis-toi, Mẹ ! Ta sœur vient nous voir !

Un sourire flotte sur ses lèvres, elle agite les mains.

— Je ne sais vraiment pas à quoi elle pense ! Elle est si imprévisible ! Ce n'est pas bon de dépenser tant d'argent.

— C'était si terrible que ça, son commerce de poterie, au départ ?

— Elle a commencé à dix-sept ans, juste après l'école. Les ressources étaient rationnées, et le gouvernement surveillait la population pour essayer de trouver qui était contre le *cộng sản*. Ils nous ont pris nos terres, ne nous laissant que très peu pour vivre. (Elle tripote son portable.) La plupart du temps, Dì Vàng rentrait à la maison sans avoir rien vendu.

— Qu'est-ce qui s'est passé ensuite ?

— Heureusement, nous avions des oncles et des tantes plus vieux qui passaient nous voir et faisaient attention à ce qu'on ait toujours à manger. C'est comme ça, au Viêtnam. Mais même alors, Mẹ *biết nghề nghiệp của* Dì Vàng ne nous aidait pas. L'art, c'était bon pour s'amuser. Mais à cette époque, il n'y avait pas de place pour s'amuser. Quand je suis arrivée dans un camp, à seulement *mười hai tuổi*, je me suis promis de travailler dur. Pour qu'on n'ait plus à souffrir. Et, plus tard, pour que je puisse aider ta tante, au pays.

Maman avait quatorze ans lorsqu'elle a été acceptée aux États-Unis et a pu quitter le camp, avec des cousins. Elle ne pouvait pas continuer à compter sur eux, qui n'étaient pas mieux lotis. Alors elle a cherché du travail partout où elle pouvait. Dès qu'elle n'étudiait pas, elle bossait, pour tout et n'importe quoi. Tout ce qu'elle gagnait allait aux dépenses du foyer, et s'il en restait un peu, elle l'envoyait au Viêtnam, à ma tante.

— Ah, Mẹ *nhức đầu*.

Elle se masse les tempes, déjà angoissée par tout ce qu'elle doit faire pour préparer l'arrivée de Dì Vàng. Alors qu'on a tout le temps pour ça.

Je n'arrive toujours pas à comprendre. Ma tante a l'air vraiment heureuse, elle a bien réussi dans la vie, et ce n'est probablement pas uniquement grâce à l'argent que lui envoyait ma mère de temps à autre. Elle n'est plus l'artiste pauvre des débuts : alors pourquoi ma mère ne le voit pas ? C'est comme si les difficultés des débuts continuaient de l'aveugler.

Je tire mon carnet de sous mon oreiller et retrouve la silhouette de Bảo. Je me souviens à peine l'avoir esquissée, tant j'étais perdue dans mes pensées juste avant que Mẹ entre dans ma chambre. J'aime tellement cet abandon, cet oubli qui me prend quand je dessine, et uniquement quand je dessine. Je *suis*, tout simplement. Ma tante doit connaître cet état, elle aussi.

J'écris un SMS à Evie pour la prévenir que Dì Vàng va venir nous voir. Sa réponse ne tarde pas.

Super. Vous allez former un sacré duo elle et toi !

CHAPITRE 17

BẢO

Ce n'est pas inhabituel, pour un enfant élevé en restaurant, de manger à la vitesse de la lumière. Mẹ devait nous nourrir dès qu'elle en avait la possibilité, entre deux vagues de clients. Encore aujourd'hui, comme je travaille au restaurant, on doit manger vite fait avant le service du soir.

— Et donc, tu penses qu'elle t'en veut ? me demande Việt, qui gratte les restes de nouilles à l'œuf sur sa barquette.

Il a une pomme à sa gauche, un yaourt à la fraise qu'il ne mangera pas à sa droite. Il déteste les sucres ajoutés. Je lui ai raconté ce qui s'était passé au restau japonais, comment les choses avaient bien commencé, avant que tout tombe à l'eau et que Linh se renferme.

— Possible. Il faut dire que je l'ai pratiquement traitée de menteuse.

Il remue la tête d'un air condescendant.

— Franchement, mec, c'est hypocrite de ta part. Tu mens à propos des endroits où tu vas et des personnes avec qui tu y vas. Et tout ça pour quoi ?

— Pour éviter que mes parents, surtout ma mère, me tombent dessus.

— Exactement.

— Mais ce n'était pas ce que je voulais dire… Je regrettais juste que ses parents ne la voient pas comme elle est. Une artiste. Elle ne peut pas être autre chose.

— Et tu le sais grâce aux quelques heures que vous avez passées ensemble.

Bon, il considère que je suis totalement obsédé par Linh.

— La ferme.

— C'est la première fois que je t'entends parler d'une fille – et la fille des pires ennemis de tes parents, en plus.

— Je n'aurais jamais cru devoir te demander des conseils pour ce qui est de parler à une fille.

Il hausse les épaules.

— Quand j'en ai marre de mater mes séries policières, je regarde « Le Bachelor », et ça m'apprend exactement ce qu'il ne faut pas dire aux filles.

Vive le tuyau.

— Je ne sais pas, mec. Essaie juste de lui présenter des excuses, la prochaine fois que tu la vois, et laisse-la résoudre ce problème avec ses parents à son rythme.

Les amis du club de cross de Việt se joignent à nous et mettent fin à cette conversation étrange. C'est un bref répit avant que leurs débats sur les chronos, les meilleurs chronos, les encore meilleurs chronos et les fêtes spaghettis me soûlent complètement. L'un d'entre eux, Steve, mange plus de bananes que je peux en compter. Ils ne me tolèrent, moi et mon incapacité à faire du sport, que grâce à Việt, et ne me lancent qu'un bref « Ça va ? » en arrivant pour m'oublier ensuite.

— Sérieusement, lance Steve à un autre gars. Ça fait combien de temps que tu as lavé ton uniforme ?

— Je sais pas, répond l'autre, qui a une trace de bronzage à la place de sa montre, au poignet. Une semaine ?

Les amis de Việt sont fascinants.

Il est très différent d'eux, mais dans un sens, ce n'est pas étonnant qu'ils passent autant de temps ensemble. Việt a toujours été si droit, si précis, si régulier.

Je trouve Ali à une autre table, avec sa tresse de Viking. Elle rit à gorge déployée avec ses camarades, attitude dont je la croyais incapable. Mais je ne vois pas Linh.

Où est-elle ?

La prochaine fois que je la vois, je lui présente mes excuses.

Je me lève et m'empare du yaourt à la fraise de mon ami.

— J'y vais, dis-je, j'ai des devoirs. Je peux te prendre ça ?

Un cône « Attention sol glissant » est placé devant les toilettes des garçons, où le sol est luisant d'humidité. Différents prospectus tombent du tableau d'affichage. Le club d'économie va vendre des pâtisseries. L'Association des Étudiants Vietnamiens va organiser un lavage de voitures pour récolter des fonds la semaine prochaine.

Je vais bien prendre garde à ne *pas* être là.

Les bruits de la cafétéria résonnent jusqu'ici, mais le couloir est parfaitement calme. Où peut bien se rendre Linh pendant le déjeuner ? Je n'ai pas à réfléchir bien longtemps. En quelques minutes, je rejoins la salle d'art, où je la trouve assise à un tabouret, vêtue d'une salopette de protection couverte de traces de peinture.

Je m'éclaircis la gorge, et Linh se retourne vers moi.

— Ah, salut. Comment ça va ? Tu ne manges pas ?

— Déjà fait. Et toi ?

— Pareil. Je mange super vite. L'habitude.

— Bien sûr. On est des enfants de restaurant.

Je me permets d'entrer, le yaourt caché dans mon dos.

— Qu'est-ce que tu peins ?

— Je ne sais pas encore. Parfois, j'entre, je mélange des couleurs, et je les étale. Juste comme ça.

Je tends la main pour toucher la toile, mais elle me retient par le poignet.

— On ne touche pas, assure-t-elle d'une voix déterminée, mais avec un sourire.

Je lève l'autre main en guise de capitulation. Il émane d'elle une énergie différente. Qui me plaît beaucoup.

— Tu viens ici tous les midis ? Je ne te vois jamais à la cafèt'.

Je viens de lui avouer que je la surveillais, et que je suis nul en plus, parce que je ne la vois jamais. Mais elle se tourne vers sa toile, trempe un pinceau dans l'eau.

— J'aime bien être ici.

Ne trouvant rien d'autre à lui dire, je lui tends le yaourt à la fraise. Elle fronce les sourcils mais l'accepte, ses doigts frôlant les miens.

Respire, Bảo !

— Euh... C'est en quel honneur ?

Je saute sur l'occasion.

— Pour m'excuser. Ou du moins, essayer. Tu sais, quand on était au restau, je t'ai posé des questions auxquelles tu ne voulais pas forcément répondre. Je ne voulais absolument pas te pousser ou t'accuser. Et j'ai compris, plus tard, que j'étais moi-même un bel hypocrite.

— Et tu crois qu'un yaourt est suffisant pour te faire pardonner ? dit-elle d'une voix monotone, face à sa toile.

Mince ! *C'est le moment de m'enfuir à toutes jambes, là, non* ?

— Euh, euh... n-non, c'est euh...

Son rire fuse, elle me fait face, son expression radoucie.

— Merci. D'un côté, je sais que tu as raison. Mentir, ce n'est pas dans ma nature. Mais... c'est juste que je ne vois pas d'autre solution.

— Désormais, nous sommes partenaires *et* menteurs.

— C'est tellement pathétique ! s'exclame-t-elle en riant.

— Je suis bien d'accord avec toi ! Mais tu sais... je pensais vraiment ce que j'ai dit. (Je n'arrive pas à supporter son regard, alors je baisse la tête.) Je souhaite de tout cœur que tes parents acceptent l'idée que tu es une artiste. Tes dessins ont le don d'attirer les gens. Je suis la personne la moins artistique du monde, et pourtant, je le sens et je voudrais tellement que tu te sentes plus libre.

— Merci.

— Bon, ben, je crois que je vais te laisser tranquille maintenant, dis-je en forçant mes jambes à reculer.

— Tu peux rester, tu ne me déranges pas. À condition de rester silencieux, ajoute-t-elle avec un regard amusé, mais sérieux.

— D'accord, je vais me mettre là.

Je grimace en faisant grincer mon tabouret par terre, en cognant mon sac à dos contre une table.

— Je dois écrire mon article, de toute façon.

— Tu n'as pas commencé ?

— Euh... non.

— Tiens, tu peux utiliser ça pour t'inspirer.

Elle me tend son carnet. Un dessin parfaitement encré. Je reconnais les lieux immédiatement.

— Comment as-tu fait pour terminer aussi vite ?

— Je l'ai juste fait.

Suis-je condamné à ne vivre qu'entouré de gens extrêmement talentueux ? Việt et sa capacité à absorber toutes les connaissances, Linh qui m'annonce qu'elle est juste naturellement surdouée ?

— Mais c'est dingue. La lumière, le décor du plafond, l'ambiance générale... C'est prêt à être imprimé !

— Tu ferais mieux de t'y mettre, ou tu devras en répondre devant Ali !

— Apprends-moi, dis-je sans y penser, toujours ébahi.

— À faire quoi ? me demande-t-elle en retournant à son tabouret.

— À rentrer en moi. Comme tu le fais quand tu dessines.

— Ferme les yeux.

— On va méditer ?

— Ne pose pas de questions.

Au bout de quelques secondes, je sens qu'elle déplie mes doigts, et y dépose un objet en bois. C'est long et fin, et il y a une gomme au bout et c'est…

J'ouvre les yeux.

Linh tente de ne pas éclater de rire en regardant le crayon dans mes mains.

— Je ne peux pas t'enseigner ça, parce que l'écriture est quelque chose qui n'appartient qu'à toi. Ça doit venir de toi. Alors… tu prends ton crayon, et tu t'y mets !

— Maintenant je comprends pourquoi tu es amie avec Ali.

— Merci, rétorque-t-elle avec fierté.

Voici comment se déroule ma pause de midi, seul avec elle, dans le silence. Le tabouret en métal est frais sous mes fesses, j'entends le ronron de l'air conditionné, le tintement de son pinceau lorsqu'elle le rince dans le verre d'eau. Le balancement de sa queue-de-cheval lorsqu'elle penche la tête pour admirer son œuvre.

Je me concentre sur son dessin, aux couleurs parfaitement rendues. Je peux presque sentir les vapeurs salées des ramens. Je ferme les yeux. Ce bouillon bien chaud qui m'enveloppait la langue. Les nouilles élastiques sous la dent. Le rire de Linh en goûtant mon plat.

Je me mets à écrire.

CHAPITRE 18

LINH

Bảo déboule dans la salle d'art, comme hier, comme s'il avait toujours passé ses pauses déjeuner ici. Ses cheveux semblent coiffés mais décoiffés à la fois, comme si un vent capricieux lui avait forgé une coiffure des plus stylées. Mais c'est son regard que je remarque avant tout. Ou, comme notre prof de théorie de l'art l'écrivait, « Le Regard », souligné de trois traits. Il peut exister dans toutes les directions. Celui du spectateur, du mécène, celui d'un personnage vers un autre personnage dans le même tableau ou même, bien plus déroutant, celui du personnage peint vers le spectateur – ce qui a toujours fasciné les observateurs de *La Joconde*. Comment Léonard de Vinci a-t-il pu réussir à lui donner un regard à la fois supérieur et doux, provocant et fuyant ? Tout l'art est dans ce regard.

Je ne peux que décrire le regard de Bảo ainsi : brillant. Vibrant. Et d'autant plus intense qu'il le braque sur moi. Il me cherchait. Je pose palette et pinceaux alors qu'il me tend une feuille.

— C'est mon article, je l'ai écrit hier soir. Tu veux bien le lire ?

Je me demande combien de cafés il a bu pour être aussi excité.

— Moi ?

— Oui.

Il a vraiment écrit à la main, avec un crayon. Son écriture est droite, solide, pas comme les pattes de mouche qu'on voit beaucoup chez nos camarades.

— Tu l'as écrit à la main.

— J'ai commencé par jeter des idées sur le papier et soudain... des phrases se sont formées. J'ai même pas réalisé que j'écrivais tout ça ! J'ai compris ce que tu me disais, au 7 Leaves. J'ai eu l'impression de quitter mon corps.

— Ali ne me laisse jamais lire ce qu'elle a écrit.

Je ne peux m'empêcher de ressentir de la satisfaction à l'idée qu'il ait retenu mes paroles. Je n'ai jamais de problème avec la façon dont Ali écrit. Je sais juste qu'elle est douée. Peut-être a-t-elle toujours voulu un pair, capable de pointer les erreurs invisibles à ses yeux.

— Ali c'est Ali. *Je* voudrais que toi, et spécialement toi, tu lises mon article, déclare-t-il.

— Et pourquoi moi ? lui demandé-je en riant.

— Parce que je n'ai jamais rien écrit de la sorte. Et je veux que tu sois la première à le lire.

— Je ne suis pas une écrivaine. Je vais sûrement trouver ça très bien. Et si ce n'est pas le cas, je vais mentir.

— Je pense que je le verrai si tu mens.

— Eh, je peux tout à fait mentir ! On en a déjà parlé il me semble.

— O.K., faisons un test.

Il enroule ses jambes autour de mon tabouret à roulettes et me rapproche de lui. Il plonge ses yeux dans les miens, je veux détourner le regard mais me force à soutenir le sien. Je ne le laisserai pas gagner. Il ferme les mains autour de mes poignets.

— Est-ce que tu aimes le phở ?

J'éclate de rire. C'est tellement ridicule !

— À ton avis ? La réponse est évidente !

— Est-ce que tu me trouves énervant ?

— Encore une fois, réponse évidente.

Il baisse la tête, et une mèche de cheveux lui recouvre les yeux. Son genou touche le mien.

— Est-ce que tu me trouves beau ?

Je ne l'ai pas vue venir, celle-là. Je reste stupéfaite.

— Oh, oh ! s'exclame-t-il de manière théâtrale. Je vois, il me suffit de lire sur ton visage pour avoir la réponse !

Mon cœur bat la chamade.

— Non mais ça ne veut rien dire. Ta question m'a prise de court. Et ton interprétation est fausse. Ma réaction ne veut pas dire que...

— Je suis donc beau, c'est un fait, s'amuse-t-il à surjouer, tout en passant les doigts dans sa chevelure.

Je *dois* regarder ailleurs. C'est trop pour mes nerfs.

— Bon, tu veux que je regarde ton article ou quoi ?

Il lève les deux mains. Je secoue la tête, essayant de ne pas sourire, et m'efforce de me concentrer sur son écriture.

Je suis quelqu'un de visuel, et son entrée en matière, bien descriptive, me parle beaucoup. Je me souviens des stalactites boisées suspendues au plafond, la sensation d'intimidation quand on lève les yeux, l'impression d'être immergée dans la forêt. Je pouffe en lisant que le staff était « suprêmement bien coiffé ».

Je lis ses mots sur la nourriture et je comprends pourquoi Ali l'a choisi. Il sait exactement comment décrire les bouillons, les pâtes, les épices... À la fin de ma lecture, j'oublie que j'ai déjà mangé et je ne rêve plus que de plats japonais.

Je relève la tête : Bảo me scrute.

— Alors ?

— C'est horrible, réponds-je.

Mais il *lit* sur mon visage, et un superbe sourire éclot sur le sien.

Ali s'offusque d'apprendre que j'ai laissé Bảo venir squatter pendant que je peins. Elle n'y est pas autorisée, et pour de bonnes raisons.

Pour l'instant c'est moi qui squatte sa classe de journalisme en attendant que le cours commence. Elle a coiffé ses cheveux bouclés en un haut chignon désordonné où se cache un crayon. Ses pieds reposent sur le bureau. Rowan, qui entre tout juste, se contente de les pointer du doigt avant de montrer le sol. Ali s'exécute... jusqu'à ce que le responsable reparte.

— Tu ne me supportes pas quand je viens te voir, me reproche-t-elle en boudant à moitié.

— Bien sûr que non. Tu me distrais. Tu ne sais pas rester assise sans bouger et sans parler. J'ai besoin de me concentrer.

— Oh, parce que Bảo ne te distrait pas ?

— Eh bien non, dis-je avant de me souvenir des émotions qui m'ont submergée alors qu'il me « lisait ». Il est très... attentionné.

Je pensais que je ne serais pas capable de travailler avec Bảo à mes côtés. Que je serais bien trop consciente de mon chignon défait, de mon dos voûté avec les années, de ma salopette pas vraiment sexy. Je pouvais sentir son regard parfois, mais quand j'avais le courage de tourner la tête vers lui, il semblait concentré sur son propre travail.

Alors, j'ai abandonné mes pensées, mes craintes sur mon look, l'image que je pouvais lui renvoyer. Yamamoto nous dit souvent que l'art ne dépend pas de notre volonté, qu'on devrait laisser nos pinceaux, crayons, ou n'importe quel autre ustensile utilisé, s'exprimer sur la toile de manière à nous surprendre nous-mêmes. J'aime utiliser les couleurs car la plupart de mes souvenirs sont liés à des couleurs. Le yaourt que Bảo m'a offert m'a immédiatement fait penser à la barbe à papa que j'avais mangée à Huntington Beach.

— En fait, tu aimes qu'il te distraie, hein ? susurre Ali.

Je m'empare de mon carnet. Je ne fais que gagner du temps, dans l'espoir d'assister à sa critique du texte de Bảo. J'aimerais qu'elle confirme que c'est vraiment bien écrit.

— Et voici ton dessin ! dis-je en lui tendant mon croquis.

— Linh, allez ! Dis-moi ce que vous...

— Ah, tu es là aussi ! s'exclame Bảo, qui vient d'arriver. Parfait !

Ses cheveux sont tout décoiffés, il a dû courir. Il faut que j'arrête de fixer sa chevelure, ça va finir par devenir gênant. Il tend une clé USB à Ali.

— Voici mon article ! Et pile à l'heure, ajoute-t-il avec un air entendu à mon attention.

— Tu n'as jamais entendu parler des e-mails ? bougonne Ali.

Tandis qu'elle s'affaire à l'écran, Bảo se rapproche de moi.

— J'ai imaginé plusieurs scénarios pour deviner ce qui se passerait si je lui rendais mon article manuscrit. Le premier : elle le déchirerait en mille morceaux. Et... bon, je n'ai que ce scénario.

Il est mignon quand il est anxieux.

— T'inquiète, ça va lui plaire.

Ali met plusieurs minutes à parcourir son texte. Le lavabo qui fuit me tape sur les nerfs. L'attente irrite tout autant Bảo, je peux le sentir.

— O.K., assène Ali en se retournant vers nous, jambes croisées.

On dirait une directrice prête à écraser deux pauvres pigistes.

— Linh a dessiné ça ?

— Oui.

— Et Bảo a écrit ça.

— Ouais.

Elle se frotte les mains tandis qu'un sourire satisfait étire peu à peu ses lèvres.

— C'est bon. Non, c'est très bien. Vous avez cartonné.

— Vraiment ? demande Bảo, cramoisi, en se grattant le crâne.

— Y a juste cette phrase à propos de ne pas s'asseoir en face d'une personne qui crache, je comprends pas, on va la virer. Mais pour le reste, c'est nickel.

Je lance un regard interrogatif à Bảo : cette phrase n'était pas dans la première version. Il me répond par un clin d'œil. Un clin d'œil !

— On publie ça dans le prochain numéro.

Une semaine plus tard, Bảo et moi ne sommes pas devenus célèbres, notre article n'étant même pas en couverture. Personne ne nous traite différemment, nous ne sommes pas devenus plus écrivain pour lui, artiste pour moi. Mais je remarque que les piles de journaux à la distribution sont plus basses que d'ordinaire.

Je suis dehors. Le temps s'est adouci, certains jouent au frisbee, d'autres essaient de nouveaux mouvements de danse.

— C'est ça ! s'exclame Lilly, une jeune fille de l'équipe de natation. Pourquoi Alex ne m'emmène jamais dans des endroits comme ça ?

— Parce qu'il doit penser qu'aller prendre un *bubble tea* est la sortie du siècle, répond son amie.

Yamamoto m'a félicitée. Elle allait utiliser le journal pour faire une installation en papier mâché – ne surtout pas le raconter à Ali – quand elle a vu mon nom.

— Je ne savais pas que tu suivais le cours de journalisme, s'est-elle étonnée.

— Non, je le fais juste pour une amie.

— J'aime beaucoup ! Et l'écrivain aussi est doué. Décidément, tu es pleine de surprises, Linh !

Bảo arrive derrière moi.

— On dirait que les gens lisent *vraiment* le journal du lycée. Pour une fois.

— Chut, Ali pourrait t'entendre.

Ce sentiment qui me saisit dès qu'il est près de moi – une énergie qui coule dans mes veines, une envie insatiable de le regarder, une chaleur diffuse – ne semble pas s'amenuiser. Tous les soirs, au restaurant, je passe mon temps à regarder par la fenêtre. Comme Ba, mais pas pour les mêmes raisons que lui.

Quand on est tous les deux dans la salle d'art, c'est différent. On est calmes, silencieux, concentrés sur nos travaux respectifs.

Oui, il y a quelque chose entre nous, mais comme pour tout ce qui arrive dans la vie, ça ne peut arriver d'un seul coup. Ce sentiment, ce béguin, quoi que ce soit, je dois le contenir avant qu'il ne prenne le dessus.

On trouve Ali en train de se régaler d'un sandwich aux œufs coupé bien net. Elle est assise à côté d'une pile de journaux, car bien sûr, elle ne perd pas une occasion de le fourrer dans toutes les mains.

— Tu as vu ça ? me demande-t-elle.

— Oui, j'ai vu ça. C'est ce que tu espérais, non ?

— Et c'est grâce à mon article en une !

Un article écrit par ses soins sur le manque de cybersécurité au lycée.

Bảo échange un regard amusé avec moi en s'asseyant par terre. On ne va pas lui gâcher sa joie. Il s'étire dans l'herbe et le soleil illumine ses traits. C'est juste magnifique ! Il y a quelque chose dans son visage qui se révèle si bien à la lumière. Je dois arrêter de le fixer ou je vais me mettre à le dessiner sans m'en rendre compte. Encore une fois.

J'aimerais le rejoindre, m'allonger près de lui, mais je me contente de m'asseoir en étendant les jambes. Mes chaussures sont à deux doigts de son oreille.

Việt, le meilleur ami de Bảo, se joint à nous peu après et se présente. Ali essaie immédiatement de le recruter en apprenant qu'il est passionné de séries lugubres.

— Je ne suis pas un écrivain, répond-il simplement. Je ne peux pas écrire comme Bảo.

Celui-ci s'est redressé et semble honnêtement touché par le compliment, même si Việt ne le remarque pas.

— Merci mon pote.

Je sais qu'Ali n'abandonnera pas. Elle veut absolument laisser sa marque avant de quitter le lycée, mais ce n'est pas le cas de tout le monde. Je me souviens de ce que m'a dit Bảo : son ami est calme et posé, il est parfaitement capable de savoir ce qu'il veut et de s'imposer. Peut-être est-ce enfin une personne capable de tenir tête à Ali !

On forme un drôle de groupe tous les quatre, mais je n'en voudrais pas d'autre pour ce midi.

— Oh ! s'exclame Ali en regardant son portable. On a notre prochain restau ! Vous êtes prêts ?

On échange un regard avec Bảo. Je connais sa réponse. C'est la même que la mienne.

— Quand tu veux.

Quelques jours plus tard, en rentrant à la maison, je trouve une paire de chaussures en plus à l'entrée. Je ne m'attendais pas à ce qu'on ait des visiteurs. Je sens l'odeur habituelle de la nourriture frite, et en m'approchant de la cuisine, je reconnais la voix de la visiteuse.

— Je n'ai pas *besoin* d'un nouvel ensemble de vaisselle, Mẹ. Je n'ai même pas de cuisine !

— Tu as bien une cuisine commune, non ?

— Si, mais avec les vols et tout, mieux vaut éviter.

Evie est là, vêtue d'un sweat-shirt aux couleurs de son université, UC Davis. Elle et Mẹ remplissent des feuilles de riz de farce. Mon père les aide à dérouler les papiers surgelés, et me fait signe, espérant que je le remplace. Je l'ignore.

— Evie !

Je me précipite dans les bras de ma grande sœur qui éclate de rire en manquant de tomber en arrière.

— Aide-moi, Linh ! Mẹ veut que j'emporte *tout* ça avec moi !

Elle désigne le plan de travail encombré de nourriture en format familial et d'ustensiles de cuisine. Pour les paquets de Bounty, je peux comprendre, mais les quatre planches à découper en bois…

— Je ne savais pas que tu revenais !

— Mon téléphone est bourré à craquer des messages de Mẹ. « *Con ăn chưa* ? *Con có muốn về tuần tới không* ? », fait Evie en imitant la voix de notre mère.

— Mẹ *nhớ con*, rétorque notre mère.

— Je sais que je te manque, mais je pourrais juste te manquer un tout petit peu moins, non ? répond Evie.

— Tu aurais dû me prévenir, je serais rentrée plus tôt du lycée, dis-je en m'asseyant.

— Linh rentre toujours tard du lycée, déclare Ba. Trop souvent, je pense, pour l'art. Mais tu dois penser à l'école, pas à l'art. Les bonnes notes te mèneront aux bonnes écoles, l'art ne mène à rien.

J'ai soudain le moral dans les chaussettes. Evie me lance un regard compatissant. Je me rends compte à quel point elle me manquait. Dans ces cas-là, elle dit des choses comme : « *Être artiste, ce n'est pas que peindre ou dessiner, c'est une façon de penser créative, et tout le monde n'a pas la chance de l'avoir, comme Linh.* » Elle a toujours eu cette facilité à tout expliquer de manière compréhensible. Et donner l'impression que cela pourrait marcher dans un monde idéal. Comme maintenant :

— C'est génial pour elle, parce qu'elle excelle dans son domaine. Il y a plein de personnes qui se consacrent à l'art à la fac !

— Oui, mais est-ce qu'ils sont payés pour ça ? s'enquiert Mẹ.

— Non, mais c'est parce que je ne côtoie que des…

— Ah ! s'écrie Ba. Tu vois ! Les artistes n'ont pas de boulot.

— Si, ils peuvent en trouver, dis-je à voix posée. Ça peut prendre du temps, mais ce n'est pas impossible.

Mes parents tournent aussitôt la tête vers moi. Je sens quelque chose passer dans le regard de mon père qui me fait me mordre la langue.

— L'art, c'est pour s'amuser, déclare-t-il. Et que pour ça. L'art ne peut pas te faire vivre. Con, Mẹ et Ba ont travaillé si dur pour que tu aies une meilleure vie.

Evie et moi échangeons un regard douloureux : on sait où ça va nous mener. Ba a dû le capter, car il claque la langue en signe de désapprobation. Ou alors c'est la feuille de riz qui lui donne du fil à retordre.

— En tout cas, Evelyn, tu es sur la bonne voie, on n'a pas à s'inquiéter pour toi.

— C'est pas ce que les centaines de messages que Mẹ m'envoie à propos de mes habitudes alimentaires me laisse croire, marmonne ma sœur.

— Et maintenant, c'est ton tour, me dit-il en me refilant les feuilles de riz à garnir.

La clé de la réussite réside dans le fait de mettre juste assez de viande à l'intérieur, puis d'enrouler le tout pour que cela soit bien serré, avant de sceller avec un jaune d'œuf battu pour que la composition ne s'ouvre pas au moment de la faire frire – ce qui arrive bien trop souvent aux miens.

— Et voici la première fournée ! prévient Mẹ qui dépose un plat de pâtés impériaux sur la table. Allez-y, goûtez !

Ma sœur croque dans l'un d'eux et s'exclame, ravie, que c'était exactement ce dont elle avait besoin. On retrouve nos habitudes de vie à quatre. Evie nous régale de ses histoires de fac, et j'essaie de ne pas rire à chaque fois que Mẹ et Ba l'interrompent pour savoir quelle est la nationalité de ses amis, s'ils sont *mập hay ốm*, où ils vivent, à quoi ressemblent leurs parents. Ma sœur leur répond patiemment et anticipe leurs questions. Je devrai me souvenir de mener quelques recherches sur mes amis quand j'irai à la fac.

Je reste silencieuse. L'assurance de mes parents quant à l'impossibilité de mon futur en tant qu'artiste me pèse toujours sur l'estomac. Ils ne comprennent pas.

Ai-je dit que ma sœur m'avait manqué ? Ça n'a pas duré. Surtout quand on doit partager la même chambre. Elle pointe immédiatement à quel point c'est mal rangé.

— S'il me manque un seul vêtement, je te tue, dit-elle distraitement en fouillant dans ses tiroirs.

Mais c'est juste pour y trouver des cotons-tiges. Elle vient juste de sortir de la salle de bains, une serviette roulée sur la tête.

— Il est chouette, ce dessin. Tu viens de le faire ?

— Oui.

— Je n'arrive pas à comprendre comment tu arrives à faire ça. Voir, et recréer sur le papier. Je peux à peine dessiner des bonshommes en bâtons.

— Dis ça à Mẹ et Ba.

Elle s'assoit à côté de moi en soupirant.

— Ils m'ont parlé de ta rencontre avec cette ingénieure. J'ai failli ne pas les croire. Comment ça s'est passé ?

— C'était horrible.

— Tu m'étonnes. L'ingénierie n'est pas ton domaine. J'ai des amis qui poursuivent cette carrière, ils sont ordonnés, méthodiques...

Je lui balance mon oreiller à la figure. Elle le rattrape.

— Attends ! J'ai pas fini. Et aussi... Ils sont incapables de voir les images comme toi tu les vois. Ils sont incapables de créer de manière aussi instinctive que toi.

Maintenant j'ai envie de reprendre mon oreiller. Elle est gentille avec moi. Elle l'a toujours été.

— J'ai envie de leur dire. Mais je sens que ça ne se passera pas bien.

Dans un monde idéal, Evie m'aurait rassurée, encouragée à m'exprimer. Mais elle est réaliste, elle a grandi avec moi, et se contente de rester silencieuse.

— Je leur ai menti. J'ai dit que ça s'était bien passé.

— Tu sais que ça se voit, quand tu mens ?

— Tu es au moins la quatrième personne à me dire ça !

— Je suis ta grande sœur. Je sais que tu m'as piqué des T-shirts.

— Seulement deux fois !

— Mensonge.

Je hausse les épaules. O.K., ça a dû arriver deux fois de plus, mais c'est ma grande sœur, elle ne va pas m'en vouloir pour... *Wouf* ! L'oreiller me revient en pleine face.

— Evie !

Ba, dans la chambre à côté, nous crie de faire moins de bruit. On rit tout bas et on s'allonge. Elle se colle contre moi, et je fais mine de la repousser pour qu'elle retourne dans son lit, mais en vrai, je voudrais qu'elle reste près de moi. Elle n'est là que pour deux jours avant de s'en aller loin de nous.

Elle éteint la lumière en lançant parfaitement un coussin sur l'interrupteur, et on reste silencieuses quelques instants.

— Alors, c'est bien, l'UC Davis ?

— Mieux que ce que j'avais imaginé. Le campus est magnifique. Et si tu voyais le laboratoire de sciences…

Elle soupire, comme si elle en était tombée amoureuse.

Je l'envie. Elle est là où elle voulait être. Et si elle peut avoir quelques désaccords avec mes parents – au sujet de l'heure à laquelle elle peut rentrer ou de la permission de dormir chez une amie – ils ne se sont jamais préoccupés de son futur. Rien ne leur pose problème chez elle.

— Ce serait tellement plus facile pour moi, d'aimer les mêmes choses que toi, je murmure dans le noir.

Ses pieds froids touchent les miens, je l'envoie balader.

— Si tu aimais les mêmes choses que moi, dit-elle d'une voix où l'on entend le sourire, tu ne serais pas Linh.

— N'empêche, ma vie serait plus simple.

— Mais en quoi ? me demande-t-elle en se redressant sur un coude.

— C'est plus… sécuritaire.

— « Sécuritaire » ? Merci.

Je sens que je l'ai mise de mauvaise humeur.

— Je ne voulais pas dire ça de manière péjorative, Evie. Juste que les parents approuvent tes choix de vie. Alors que moi…

Elle met tant de temps à me répondre que j'hésite à rallumer la lumière, pour voir son visage.

— Ce n'est pas facile, Linh. Ça ne l'a jamais été. Je n'ai jamais osé prendre des cours d'art, ou aller jouer chez des amis après l'école. Ils auraient refusé. Je devais faire trop de choses. J'ai été la première, ils ont été très stricts avec moi. Ils te traitent différemment. Te laissent passer beaucoup de choses. Et puis, parfois, je me demande si c'était vraiment mon choix, la biologie. Est-ce que je me suis dirigée vers ce secteur parce qu'il me passionne, ou parce que Mẹ et Ba m'y ont poussée ? Où est la limite entre ce que je veux, et ce que nos parents veulent ? Tu vois, je ne sais pas. Mais tu as plus de liberté. Deux ans font beaucoup de différence.

— Je suis désolée, je… je n'avais jamais remarqué tout ça.

J'aurais dû : j'ai grandi avec elle. Comment ai-je pu rater tout ça ? Evie se rallonge et balance ses jambes sur les miennes.

— C'est ce qui arrive dans les familles comme les nôtres. Le premier enfant doit essuyer les plâtres. Que dit Hasan Minhaj, déjà ? Que les aînés partent à la guerre pour leurs cadets. Tu vois, tu m'es redevable en tout.

Je lui donne un coup d'épaule.

— Pour ce que ça vaut, je suis sûre que la biologie, c'est ton truc. Tu as toujours aimé ça, et rien d'autre.

— Peut-être bien, répond-elle en bâillant.

CHAPITRE 19

BẢO

Je m'habitue peu à peu à être un pigiste. Depuis le succès de notre premier article, je suis clairement monté en grade aux yeux d'Ali. Je suis toujours à la relecture, mais elle me donne plus d'articles qu'à personne d'autre dans l'équipe.

Mes camarades viennent me voir pour des questions d'écriture. Je me demande si c'est parce qu'ils tentent d'éviter Ali, trop « passionnée » comme dirait Linh, ou s'ils apprécient vraiment mon aide. Dans tous les cas, c'est agréable de savoir qu'ils me font confiance pour leur travail.

Chaque écrivain a un langage différent. Ali se concentre sur le message qu'elle veut faire passer. Il faut que ce soit clair. Moi, je suis plus dans le style. On peut dire ce qui a déjà été dit mille fois, mais avec un usage de la langue complètement inédit.

Là, je travaille avec Ernie, qui est allé couvrir la cérémonie d'accueil des nouveaux membres à la National Honor Society. Il est du genre à se ratatiner sous l'attention, et sans s'en rendre compte, utilise le passif à tout va. Il manque de confiance en lui.

— J'aurais voulu aller en astronomie, mais j'ai pas pu, grommelle-t-il en avisant toutes les modifications que j'ai apportées.

— Si ça peut te rassurer, c'était pas mon intention non plus d'atterrir dans cette classe.

— Au moins, tu es bon. Et Ali ne te colle pas au train.

Il lance un regard par-dessus son épaule, comme pour vérifier qu'elle ne nous espionne pas.

Pour l'instant, elle est en grande discussion avec les deux metteurs en page. Ils font des choses que seuls eux comprennent.

— Tu sais Ernie, le journalisme, c'est pas pour tout le monde, mais tu devrais essayer d'écrire à propos de choses qui te tiennent à cœur, dis-je en reprenant les mots de Linh. Qu'est-ce que tu aimes ?

— J'sais pas. Le skateboard. Les BD.

— Quoi d'autre ?

— La télé. Je regarde pas mal Netflix.

— Ça te plairait d'écrire à propos de séries, alors ? Ali cherchait quelqu'un pour s'en charger. Tu devrais lui demander.

— Euh, je suis pas sûr qu'elle acceptera.

Apparemment, je ne suis pas le seul à être intimidé par notre rédac cheffe.

— O.K., j'irai lui parler.

Plus tard, je la trouve sur son portable, en train de répondre à des messages.

— Ah Bảo. Tu as repris l'article d'Ernie ? Je pense qu'il est bon pour partir à l'impression.

— Oui, ça fonctionne bien. Mais j'ai appris qu'il était fan de séries. Il pourrait se charger de la rubrique télé, tu ne crois pas ?

— Ah bon ? Je ne savais pas ! Oui, c'est une très bonne idée.

Son téléphone sonne.

— Mince ! Je dois y aller, ou je vais être en retard.

— Tu vas où ?

— J'ai un mi-temps dans un journal.

— Tu travailles pour le journal de l'école et pour un vrai journal.

— Oui, répond-elle comme si c'était évident. Qu'est-ce que je pourrais faire de mon temps, sinon ?

J'essaie de ne pas prendre un air trop choqué. Elle est vraiment passionnée.

Imaginez ma surprise quand l'un des amis de Việt, Steve, le capitaine mangeur de bananes, vient s'asseoir en face de moi à la cafèt'. Il a attaché ses cheveux mi-longs en queue-de-cheval. Depuis tout le temps qu'on se connaît, on n'a jamais réellement eu de conversation.

— Salut, je te dérange ?

— Euh, non.

— Je voulais savoir si tu pouvais me rendre un service.

— Moi ?

— Oui. Việt a dit que tu étais dans le journal, que tu corrigeais des trucs. Et que t'écris.

— Euh, ouais, on peut dire ça comme ça.

Il attrape son sac à dos usé jusqu'à la moelle et fouille dedans pour en tirer un manuel. *Comment se faire des amis et devenir influent*. Je suis médusé.

— Ma mère veut que je lise ça, dit-il d'un air gêné.

— Et euh… en quoi je pourrais t'aider ?

Il attrape un papier froissé et couvert de pattes de mouche dans son sac, et le lisse sur le plat de la table, comme on le ferait avec un vieux billet.

— Je travaille sur mon formulaire de candidature pour l'université, et je sais qu'il faut écrire une dissertation qui doit impressionner, mais mon premier paragraphe n'est pas formidable. C'est mes sœurs qui me l'ont dit. Elles disent que ça ressemble à une rédaction de sixième.

— Ouch.

— Ouais. Mais elles ont raison. Je dois commencer par quelque chose de fort, mais j'ai pas d'idée. Tu peux m'aider ?

Si Ali lisait ça, elle serait encore plus dure que ses sœurs. Moi, j'essaie d'être plus compréhensif.

— Bon, si tu m'expliquais ce que tu essaies de dire, exactement ?

Sa présentation raconte son amour de la course. Pour lui, ce n'est pas simplement une activité physique, mais aussi mentale. Dès qu'il se sent stressé ou énervé, il enfile ses baskets et part, sans même de destination fixée. Tandis que je l'écoute parler, je comprends ce qu'ont voulu dire ses sœurs. Ça n'a rien à voir avec ce qu'il a écrit. Sur le papier, ses mots sont mécaniques, forcés.

— Tu devrais commencer sur une émotion. J'aime bien ce que tu me dis sur le fait de laisser ton esprit te guider, de découvrir où tes pas t'ont mené.

Ça me rappelle ce que Linh me raconte à propos de sa peinture.

— Mais c'est un papier de candidature officiel.

— Oui, c'est officiel, mais c'est avant tout personnel. Ça doit parler de toi. Sois honnête, et fais en sorte que tes lecteurs ressentent ce que tu ressens quand tu cours.

Il ne répond rien, absorbé dans les corrections que j'ai apportées à son essai. Je rebouche mon stylo rouge, juste pour m'occuper les mains. Peut-être que ça ne l'aide pas du tout, peut-être même que ça l'a perturbé encore plus.

Quand Việt arrive, Steve opine.

— Merci, mec !

Puis il se précipite à la bibliothèque pour écrire sa nouvelle introduction.

— Alors, tu l'as aidé ? me demande Việt, la bouche pleine de son sandwich.

— Je crois. Pourquoi tu lui as dit que j'étais bon en écriture ?

— Parce que tu l'es.

— Comment tu le sais ?

— Ali.

— Tu parles avec Ali ?

— Ouais, elle est cool. Elle cherche toujours à me recruter, je continue à lui dire non.

Việt a vraiment des nerfs en acier.

— On a peut-être trouvé quelqu'un pour cette section du journal. Elle va te laisser tranquille je pense.

— Ça va. Elle ne m'embête pas.

Soudain, je me rends compte que, s'ils se parlent, c'est qu'ils passent du temps ensemble. Et donc, qu'ils s'apprécient. Ce qui veut dire…

— Et vous parlez de quoi d'autre, sinon ?

Je me penche vers lui, impatient d'entendre sa réponse.

— De quand Linh et toi serez ensemble.

J'en tombe des nues.

— Hein ?

— Ouais. Ali prétend que ça se fera après le quatrième restaurant. Je parie bien avant.

— Mais pourquoi est-ce que vous pariez là-dessus ?

— Pour passer le temps.

— Et qui va gagner, d'après toi ?

— Moi. C'est pourquoi je t'en parle maintenant, histoire que tu te dépêches : je mise sur après le deuxième restau.

Oh mon Dieu, a-t-il dit quoi que ce soit à Linh ?

Avant que je puisse lui poser la question, un mur de couleurs tapageuses se plante devant moi. Frange raide comme la justice sur un front proéminent. Kelly Tran, la présidente de l'Association des Étudiants Vietnamiens (AEV), que j'ai séchée bien trop de fois.

— Bảo. Ça fait longtemps.

— Euh, ouais…

Pas étonnant qu'elle me réserve cette entrée en matière des plus fraîches : j'ai manqué des événements le samedi, parce que… c'était samedi.

Việt s'efface rapidement. Il a séché comme moi.

— Ça fait un moment que je veux te parler, me dit-elle. J'ai l'impression que tu ne prends pas ton rôle de membre au sérieux. Si tu continues à rater les réunions, je crains que tu ne puisses plus faire partie de notre association.

Sa menace est totalement inefficace. Je pensais que je n'étais déjà plus un membre. Je vois soudain Linh derrière elle, et mon cœur bondit. Une excuse pour m'échapper !

— Oh, Linh ! Tu es arrivée. On doit se préparer pour le… truc.

— Le truc ? reprend-elle l'air ahuri. Hey, salut Kelly.

— Oui, tu sais, ce truc.

— Oh. (Elle marque une pause avant de regarder Kelly.) Oh, oui, bien sûr ! Le truc qu'on doit faire. Allons-y.

Kelly nous regarde étrangement, se demandant probablement comment on se connaît.

— Attendez, vous deux, puisque je vous ai sous la main : on récolte des fonds à Thuận Phát le week-end prochain, vous serez des nôtres ?

Et zut !

— Eh bien... hésite Linh. Oui, pourquoi pas ? Je peux venir.

— Merveilleux ! Merci Linh, merci Bảo ! s'exclame-t-elle en s'éloignant.

— Bon, j'ai plus qu'à y aller aussi, dis-je en ronchonnant.

— Désolée, je ne m'attendais pas à ce que tu sois enrôlé de force.

— Tu es trop gentille. Tu aurais pu lui dire non.

— Je l'aime bien. Elle a toujours été gentille avec moi, et ce club, c'est son bébé. Bien sûr que je veux l'aider ! Allez, je serai avec toi, et ça va être marrant.

On a commencé à marcher ensemble sans même y penser.

— Tu oublies quelque chose. C'est un événement public qui va rassembler tous ceux qu'on connaît dans le quartier. N'est-ce pas spécifiquement ce qu'on essaie d'éviter ?

— Là je pense que tu essaies d'éviter le bénévolat.

Oui et non.

Surtout oui.

— Tu n'auras qu'à te déguiser, dit-elle en souriant. T'inquiète, on s'en sortira.

Une casquette de base-ball et des lunettes de soleil. Je n'ai pas trouvé mieux comme déguisement.

— Qui es-tu ? s'écrie Mẹ en me voyant débarquer ainsi grimé. Tu veux devenir un gangster ?

— Non. Je me protège du soleil.

— Eh bien, on ne te reconnaît pas !

Parfait.

Mẹ était heureuse d'apprendre que j'allais participer à une action bénévole. Peut-être parce qu'elle pourrait s'en vanter au sein de son cercle de commères. *Bảo est un si bon garçon* ! *Il se soucie des autres* ! Pff.

Elle propose de m'emmener, alors qu'elle finit de nettoyer la table. Ou, plutôt, que Ba conduise. Ça remplirait deux de ses objectifs du week-end. 1) Forcer son fils à faire quelque chose. 2) En profiter pour faire quelques courses. Mẹ ne se rend pas à Thuận Phát très souvent, une fois par mois environ. Ça doit faire quelques semaines depuis la dernière occasion.

Je décline, imaginant sa réaction si elle voit Linh à un stand devant le magasin. Elle retournerait ledit stand, pour commencer.

— Je prendrai le bus, ne t'embête pas.

— Non, ça ne me dérange pas.

— Vraiment, ça va. Et puis il n'y a pas de soldes aujourd'hui, j'ai vérifié. Par contre il y en a à Saigon City !

Piètre excuse, mais elle fonctionne auprès de Ba, qui lâche son journal.

— *Thôi, để nó đi đi*, encourage-t-il. *Mình sẽ đi* Saigon City.

— Je voulais y aller, reconnaît Mẹ. Pour voir les herbes aromatiques en promotion. Aujourd'hui, pourquoi pas ?

— Parfait.

— Ne rentre pas trop tard. Et ne prends pas le déjeuner là-bas, je te prépare quelque chose.

— Compris.

Le bus 66 me dépose à MacFadden, d'où je n'ai que quelques minutes de marche pour rejoindre le supermarché. Le parking est déjà plein à craquer, les Toyota y naviguant au ralenti pour tenter de trouver la première place vacante. Des mères qui se faufilent dans la foule comme investies d'une mission, avec leurs gosses qui traînent des pieds. Les plus âgés se calent contre leurs enfants adultes, d'autres marchent avec des cannes ou des déambulateurs.

Une énorme pancarte avec écrit « AIDEZ L'AEV » en lettres à paillettes capte mon attention. Sûrement une œuvre de Kelly. Je m'approche des stands de l'association : Linh est assise à l'un d'entre eux, vêtue d'un jean et d'un T-shirt blanc, avec des lunettes de soleil. Je me glisse à côté d'elle.

— Coucou.

— Bảo ? (Elle tape la visière de ma casquette en riant.) Quel beau déguisement !

— Merci. C'était ton idée.

— Ça devrait marcher : je ne t'ai pas reconnu !

— Je suis vraiment doué.

— Ton signe distinctif, c'est tes cheveux. Si tu les caches, en effet...

— Comment ça se passe ici ? Kelly t'a donné des instructions ?

On regarde notre camarade qui a arrêté un homme échevelé. Probablement envoyé par sa femme pour quelques emplettes de dernière minute. Il essaie de s'esquiver, sans succès.

— Oh, elle fait la plupart du boulot elle-même.

— Je peux te dire un secret ? (Elle se penche vers moi, amusée.) Je suis content que tu sois là. Elle me déteste !

Son rire attire l'attention d'un de nos camarades non loin.

— Premièrement, Ali te déteste encore plus. Et deuxièmement, qu'est-ce que tu as fait pour mériter sa colère ?

— J'ai séché les événements.

— C'est tout ?

— Trois fois.

— Oh, Bảo, c'est normal qu'elle t'en veuille !

— Désolé. C'était à l'époque où j'étais pas motivé.

— Et qu'est-ce qui te motive, maintenant ?

Un couple passe devant notre stand. Linh se lève, les accueille avec un sourire radieux, et leur présente les activités de l'association comme si elle avait fait ça toute sa vie. Son énergie et sa bonne humeur sont contagieuses.

— Personne en particulier, murmuré-je plus pour moi-même.

Kelly passe pour regarnir les piles de prospectus.

— C'est quoi cette casquette ? me demande-t-elle.

— Coupe ratée.

Le temps passe avec lenteur, mais ce n'est pas si terrible avec Linh à côté de moi. Tandis qu'on distribue des dépliants, je remarque que ses mains ont de nouvelles couleurs.

— Tu as peint ce matin ?

— Ah oui... Enfin, j'ai essayé ! Je veux présenter une œuvre pour la compétition Gold Key. Et la deadline approche plus vite que je ne l'aurais cru !

— Tu comptes faire quoi ?

— Un travail sur la mémoire. Les bons souvenirs. Ceux qui restent, et qui réapparaissent de manière inattendue.

— Comme quoi ?

— Une scène de restaurant. Mes parents faisaient la fermeture, c'était la première année. Ça a été dur, cette année-là, on était très critiqués...

Elle me lance un regard en coin. Je sais à quoi elle fait allusion. Ma mère. La Générale, et leurs copines. Tout le mal qu'elles ont dit à propos du restaurant des Mai...

— Je suis désolé.

Elle secoue la tête.

— Quoi qu'il en soit, on ne voyait presque plus nos parents, ma sœur et moi : ils travaillaient tout le temps. Mais ce soir-là, tout s'était bien passé. Une bonne journée. Tout était normal, mes parents se tenaient devant la porte d'entrée, discutant avec les derniers clients, leur souhaitant une bonne soirée.

J'ai l'impression de vivre la scène. Les vitres sont encore chaudes d'avoir reçu les rayons du soleil toute la journée. Linh change d'intonation et parle avec plus de retenue, d'intensité. Elle esquisse des gestes, comme si elle étalait de la peinture sur une toile.

— Et il y avait ce soleil couchant en arrière-plan, rouge, violet et jaune. C'était si beau, à couper le souffle. J'aimerais le recréer sur un petit format.

— Ça sera sûrement très beau.

— J'espère ! Et toi ? Tu es toujours satisfait avec la médiocrité ? me demande-t-elle d'un air espiègle.

Une mèche de ses cheveux s'est coincée dans son col tandis qu'elle se penche vers moi, et je résiste à l'envie de l'en déloger.

— Eh, j'ai fait quelques progrès ! protesté-je en me penchant vers elle, alors que je n'ai aucune raison de le faire. Quelqu'un a sollicité mon aide l'autre jour. Un ami de Việt.

— Ça s'est bien passé ?

— Ouais. Ça m'a surpris qu'on me demande conseil, surtout pour l'écriture, mais c'était sympa.

— Moi, ça ne me surprend pas. Il y a des gens qui n'ont pas l'énergie d'aider les autres à aller mieux. Ils se contentent d'accepter les défauts des autres. Alors ça crée moins de conflits, c'est sûr, mais c'est la même chose que de vivre dans un mensonge. Et puis, il y a les gens qui n'ont pas peur de dire si quelque chose ne va pas. Même quelque chose de minime, comme une faute de frappe. Finalement, tu permets de rendre les choses meilleures, et c'est déjà bien plus que ce que la plupart des gens sont prêts à faire.

Je me racle la gorge, tentant de calmer les émotions qui me submergent.

— Je crois que c'est la chose la plus gentille qu'on m'ait jamais dite. C'est triste, non ?

— Triste, mais réaliste pour la plupart des enfants qui ont des parents asiatiques stricts.

Une vague de chaleur monte en moi. D'autres passants s'arrêtent à notre stand, mais je ne vois que Linh debout devant moi. Un sourire niais sur le visage, je dois cligner des yeux un paquet de fois avant de me souvenir où je me trouve.

CHAPITRE 20

LINH

— Mon majeur n'est pas si gros.

— Il n'est pas gros, juste normal.

— Il a l'air énorme sur le papier. C'est offensant.

Je ris et efface le doigt en question afin de le rendre plus fin qu'il n'est en réalité, puis je lui montre le croquis que j'ai fait de sa main.

— C'est mieux ?

— Oui.

— Je ne savais pas que tu étais si sensible sur l'apparence de tes doigts.

C'est si facile d'oublier les choses qui nous tracassent lorsqu'on s'amuse. Ou, au moins, de faire semblant de les oublier. Le tableau du restaurant dans le couchant – qui est plus un portrait de mes parents – est en train de sécher à la maison, attendant d'être terminé. La date de rendu approche dangereusement, et j'ai si peu de temps...

Super.

Je m'étais promis de laisser mes soucis à la maison, et voilà que je me plonge dedans la tête la première. Je jette un regard à Bảo. Au moins, on s'amuse tous les deux. On n'a pas à surveiller nos arrières. Mais ce sentiment ne dure jamais longtemps.

C'est moi qui la repère la première.

Enfin je veux dire, *les* repère.

Nos mères, se dirigeant vers nous en provenance de deux allées de parking différentes. La mienne fouille dans son sac. Elle m'a dit ce matin qu'elle avait une course à faire, mais je ne pensais pas que ce serait à Thuận Phát, qui est si grand. Et qui ne propose jamais les poissons qu'elle préfère.

La mère de Bảo arrive à toute vitesse, les yeux plissés par le soleil. Je lance un coup de coude à Bảo, qui échangeait trois mots avec un camarade, et, immédiatement, il panique. Ça se voit sur son visage.

— Merde.

— Allons-nous en ! dis-je en l'attrapant par le poignet, mon cœur battant à cent à l'heure.

Bảo abaisse la casquette sur ses yeux. Les portes automatiques du magasin s'ouvrent devant nous, déversant les effluves qu'il renferme : viande frite, herbes aromatiques et encens qui brûle sur l'autel à l'entrée. Ça me ramène à mon enfance, où les week-ends étaient souvent passés dans les rayons de ces antres de la consommation, à glisser derrière les caddies ou à grimper sur les piles de sacs de riz, à implorer mes parents pour qu'ils m'achètent des Hello Panda à la fraise et des chewing-gums Marukawa.

On se faufile à toute allure dans une allée qui déborde de fruits secs et de graines. Une dame âgée, en nous voyant arriver, se hâte de tourner dans une autre direction.

— Mais pourquoi aujourd'hui ? se plaint Bảo, dont le téléphone sonne. C'est ma mère. Je réponds ?

— Oui, elle pourrait se poser des questions sinon...

— Allô, Mẹ ? répond-il en décrochant, une insouciance forcée dans la voix. Oui, c'était moi, je prends juste une petite pause. Où je suis ? Ah, dans le rayon des biscuits. Et toi ? Oh tu... te diriges vers les fruits secs ?

Une alarme sonne dans ma tête. Je prends une décision en un éclair, et me rue dans l'allée de gauche, manquant de renverser la petite dame de tout à l'heure. Je l'entends grommeler que les jeunes, de nos jours, sont *mất dạy*. Ce qui ne l'empêche pas de continuer ses achats. C'est alors que j'entends la voix de la mère de Bảo, qui résonne fortement de derrière les étalages de sauces asiatiques.

— Bảo ?

— Oui ! C'est... hum, c'est moi.

— Mẹ a presque oublié que tu portais ce chapeau ! Tu as l'air *kỳ*. Et Mẹ a pensé que con voudrait un casse-croûte.

— Eh ben, je suis là.

Il lance un regard dans ma direction, avant de me tourner le dos pour me cacher.

— Mais tu ne devais pas aller à Saigon City ?

— Non, il n'y avait pas de promotions. Alors qu'il y en a plein ici !

— Ah, désolé, j'ai dû tomber sur un ancien prospectus.

— Tu veux un casse-croûte ?

— Oh non, je...

— Con ? Qu'est-ce que tu fais ici ?

Je me retourne. Mẹ m'a retrouvée.

— Euh, rien, je suis... affamée.

Je tends l'oreille pour tenter de deviner où Bảo et sa mère se rendent. Ils arrivent par-derrière. C'est trop près... nos mères ne doivent pas se voir ! Qui sait ce qui pourrait arriver ? Je tente d'attirer ma mère vers la droite afin de retourner dans le rayon des fruits secs.

— Mais je préfère attendre le déjeuner, dis-je.

— Non, Mẹ peut t'acheter des biscuits.

— Je t'assure, j'en ai pas besoin, allons...

Bảo et sa mère entrent dans l'allée derrière nous. Il pensait sûrement que j'aurais eu le temps de m'éloigner. Je le vois se figer du coin de l'œil et se mettre à attraper des paquets de biscuits au hasard. Profitant de la distraction, je prends ma mère par le bras et l'entraîne avec moi.

— En fait, lui dis-je, je prendrais bien une tarte à l'œuf.

C'était un de nos goûters préférés avec Evie, quand nous étions petites. Mẹ sourit.

— Il y a des choses qui ne changeront jamais, dit-elle.

On se rend au rayon viennoiseries, où le serveur ne parle que malais. Mẹ achète assez de sucreries pour tous les bénévoles, et termine ses achats, scrutant le prix de chaque article. Puis elle repart en me faisant des signes de la main. Je me rue hors du magasin lorsque je tombe sur Bảo, à l'angle de la sortie. Il me retient par le poignet. De l'autre côté du mur, j'entends sa mère lui enjoindre de ne pas trop manger, tout en lui donnant encore un sac de nourriture. Les bénévoles vont nous adorer.

Puis, elle aussi, elle s'en va.

Et on est toujours en vie.

Bảo et moi retournons à notre stand, épuisés. Kelly nous demande ce que nous faisions d'un air accusateur, mais il suffit de lui montrer les sacs de nourriture pour qu'elle s'illumine. Tous nos camarades s'y précipitent avec bonheur. Bảo s'empare d'une tarte à l'œuf.

— Tu vois ? me dit-il entre deux bouchées. C'est exactement pour ça que j'aime pas le bénévolat.

Il affiche un sourire triomphant, jusqu'à ce que son regard retombe sur nos mains enlacées.

Je n'enlève pas la mienne.

Il n'enlève pas la sienne.

Je me contente de les fixer, comme si elles ne nous appartenaient pas. Comme si ce n'étaient que des modèles à dessiner, comme la main de Bảo un peu plus tôt.

Mais je n'y arrive plus ; ce sont nos mains. Et nous ne les lâchons pas. Mon cœur s'emballe. C'est l'adrénaline de notre épisode dans le supermarché, ou c'est maintenant qu'elle fuse ? Il me caresse du bout des doigts d'un geste si naturel qu'on croirait qu'il l'a toujours fait. J'ai du mal à respirer. C'est quelque chose qui pourrait arriver dans une réalité alternative. Dans d'autres circonstances.

Je me rends compte que mon autre main est posée sur mon carnet, par-dessus le croquis de sa main.

On ne dit rien, et on ne bouge pas. Jusqu'à ce que quelqu'un au stand d'à côté nous demande des prospectus en plus, et que je doive me détacher de lui. C'est comme un arrachement.

Ne le regarde pas.

On passe le reste de l'événement en silence. Je ne sais pas du tout comment réagir face à cette chose impossible et qui, pourtant, grandit entre nous.

CHAPITRE 21

BẢO

J'ai énormément pensé à la main de Linh, couverte de marques de peinture, reposant dans la mienne. Je me suis repassé la scène en boucle : l'instant où l'on comprend ce qui se passe et où l'on décide de laisser faire, l'instant où nous sommes entrés dans une nouvelle phase à laquelle on ne s'attendait pas.

Lorsqu'elle a retiré sa main, j'ai dû me forcer à ne pas la reprendre. Lorsqu'elle m'a lancé un timide « Salut », j'étais à deux doigts de lui demander de rester. On ne pouvait pas juste ignorer ce qui venait de se produire.

Elle avait laissé sa main dans la mienne. Est-ce que ça veut dire qu'elle ressent la même chose que moi ? Après tout, Việt et Ali le pressentaient.

La semaine suivante ressemble tristement à toutes celles d'avant le Jour du Phở. Nos emplois du temps nous baladent à l'opposé du lycée, et à midi, lorsque je monte à la salle d'art, je ne l'y trouve pas. Je sais qu'elle m'évite, parce qu'elle a décidé de ne pas se rendre au deuxième restaurant qu'on devait tester. C'est Ali qui me l'a dit : Linh aurait trop de travail et ses peintures à terminer. Il y a sûrement du vrai là-dedans, mais ce n'est pas tout.

Elle a peur. J'aimerais lui dire que moi aussi. Que je ne sais pas comment les choses vont s'arranger. Mais que si seulement nous nous tenions la main un peu plus longtemps, nous trouverions la solution.

J'ai donc dû me rendre seul dans un restaurant malais, alors que la plupart des convives étaient venus en famille. Ils ont dû avoir pitié d'un lycéen dînant seul, car le chef m'a confié un *doggy bag* plein de cookies avant de me laisser partir. Ba les a dévorés plus tard dans la soirée.

Je suis assis à la table du salon en compagnie de Ba, alors que Mẹ est partie chez une amie, et il me vient cette idée saugrenue : *Ba est un homme. Il connaît ce genre de choses*. Je me reprends immédiatement : il faut être désespéré pour demander conseil à mon père, froid comme la glace, pour des problèmes de cœur. On ne parle jamais, ne serait-ce que de la pluie et du beau temps.

Ce soir, pourtant, c'est différent. Peut-être grâce aux cookies ? Il se met à discuter de tout et de rien.

— On va avoir besoin de toi dans quelques semaines au restaurant.

— O.K., pourquoi ?

— On prévoit un menu spécial, ta mère et moi. Spécial *Bánh Xèo* !

Exactement ce que Việt avait suggéré, même si Ba m'assure que celui-ci ne lui en a pas parlé. La famille de Linh va le prendre comme une réponse vis-à-vis de leur Jour du Phở. Fantastique. Encore une nouvelle raison de se haïr.

— Et pourquoi maintenant ?

— Pour être sûr que nos clients ne se lassent pas de nos repas.

— Tu es sûr que ça va marcher ? On n'a qu'une seule sorte de *bánh xèo*.

— On ne sait pas tant qu'on n'essaie pas ! Et c'est l'occasion de proposer de nouvelles recettes. On ne pouvait pas être sûrs que ce restaurant marcherait, et regarde ! On ne réussit pas dans ce domaine sans se mettre en danger de temps à autre.

Ba se lève et allume la bouilloire avant d'aller fouiller dans le tiroir où on range toutes nos boîtes à thé.

— *Muốn trà không* ? me demande-t-il.

— Non merci, ça m'empêcherait de dormir.

Se mettre en danger.

Si mon père est prêt à s'y risquer, je peux le faire aussi.

Plus tard, je retouche pour la millième fois un SMS pour Linh, lui demandant de se voir en vrai. J'ai une bonne excuse. Ali a trouvé notre prochain restaurant à tester. C'est alors que les trois petits points se mettent à danser de son côté.

Pardon d'avoir pas pu venir. J'ai lu ton article, il est super.

Merci ! Tu pourras venir au prochain ?

Oui, je pense.

CHAPITRE 22

LINH

Je suis obsédée par le souvenir de la main de Bảo caressant la mienne. Un instant magique, débordant de potentiel, mais que nous n'avons pas pu développer. Parce que nous savons les risques qui pèsent sur nous. Nous venions à peine d'échapper à nos mères respectives.

— À quoi penses-tu, con ?

Le dîner est terminé, et une théière fumante embaume la pièce d'arômes de jasmin. Mẹ et Ba poussent vers moi un carnet d'échantillons de tissus. Souhaitant profiter du succès du Jour du Phở, ils envisagent de changer les nappes. C'est rare qu'ils me demandent mon avis concernant les affaires du restaurant, mais puisque j'ai « toujours été bonne avec les couleurs », comme m'a dit Ba… C'est l'un des seuls moments où il considère mon talent comme un avantage, à l'instar des prospectus que je dessine.

Je m'attarde sur un échantillon d'un vert tendre, qui pourrait tout à fait atténuer les lumières crues du restaurant. Avec des sets de table beige, ça fonctionnerait très bien. Plus un petit vase de fleurs.

— Je pense que ça, c'est pas mal.

Mes parents se concertent. Il y a une étincelle dans les pupilles de ma mère que je ne vois d'habitude que concernant la cuisine. Elle et mon père imaginent à quoi pourrait ressembler leur restaurant. Les affaires marchent du tonnerre, ils sont très heureux. Moi aussi, même si je suis débordée. Ce qui s'est passé, avec Bảo, ça doit rester secret, caché à la vue du monde.

Ce serait trop dur de briser cet équilibre.

— C'est bien vu, con, me félicite Ba. Très bien vu.

Bảo m'a demandé par message si j'irai au prochain restau. Il ne parle pas de ce qui s'est passé. Je me demande s'il ne préfère pas faire comme si rien n'était arrivé, lui aussi.

J'ai tout raconté à Ali. Elle a dit que c'était mignon, que ça ressemblait à une comédie romantique, et qu'on était des idiots. En fait, elle n'arrête plus d'en parler, même quand j'essaie de terminer mes devoirs au restaurant. Ba est parti acheter une nouvelle poêle pour remplacer celle dont la poignée est brisée. Les tables sont maintenant couvertes de nappes vert pastel : adieu les vieilles nappes blanches râpées.

— Linh, est-ce que c'est pour ça que tu n'es pas allée au restau malais la semaine dernière ?

La première fois, elle m'a posé la question en tant que rédactrice en chef et je lui ai donné des excuses qu'elle a acceptées. Maintenant, c'est en tant qu'amie qu'elle veut savoir.

— Oui… ça aurait été trop gênant.

— Et qu'est-ce que tu vas répondre au message de Bảo ? Tu vas juste l'ignorer ? (Elle attrape ma main.) Je te connais, Linh. Je sais que tu préférerais disparaître dans tes peintures. Je sais que tu veux tout garder secret. Mais Bảo veut aller plus loin avec toi. Et si tu refuses, il faut le lui dire.

Je regarde autour de nous, m'assurant que Mẹ n'est pas dans les parages. Elle est occupée à la cuisine.

— Mais c'est ça le problème. Je le veux.

— Eh bien dis-le, alors !

— Nos familles…

— Je ne prétends pas tout savoir à propos de vos familles. Je ne peux pas me mettre à ta place. Mais rester assise ici à l'éviter ne résoudra rien.

Elle s'empare de mon téléphone et le pose sous mon nez.

— Appelle-le. Ou écris-lui. Le silence n'est pas une réponse. Ça ne fera qu'empirer les choses.

— Quelles choses pourraient empirer ? demande Mẹ, qui apparaît avec deux verres de café glacé pour nous.

Elle nous regarde tour à tour d'un air inquisiteur, mais ni moi ni Ali ne répondons.

Elle a raison, comme toujours. Ça ne sert à rien d'éviter Bảo. Et ça me manque de ne plus passer du temps avec lui.

— Ce qui pourrait empirer, c'est mon niveau d'énergie si j'avais pas eu de café glacé ! s'exclame Ali.

Elle sirote bruyamment.

— C'est délicieux, Madame Phạm !

CHAPITRE 23

BẢO

Chơi Ơi est tout l'inverse d'un restaurant vietnamien traditionnel. Son nom, déjà, est une parodie de l'expression « *trời ơi* », que ma mère prononce souvent, quand elle est excédée par mon père ou moi. L'expression ainsi changée invite à jouer.

Le restaurant, situé à la limite de Fountain Valley, bénéficie d'un plafond haut et de murs d'un rouge profond illuminé de lanternes. Les colonnes sont ornées de paysages urbains vietnamiens pris en photo. Linh, arrivée quelques minutes avant moi, inspectait une photo, bien entendu.

— Tu as trouvé quelque chose d'intéressant ?

Elle sursaute et remet de l'ordre dans ses cheveux en rougissant. Je vois passer sa main, celle que j'ai tenue dans la mienne.

— J'ai eu peur que tu ne puisses pas venir, dis-je.

On a quand même failli repousser, tellement on a de travail dans nos restaurants en ce moment. Lisa, la fille super nerveuse chez les Mai, est malade : Linh a dû la remplacer. Et la date de rendu pour la compétition Gold Key approche à grands pas. J'ai tenté en vain de trouver les mots pour l'encourager dans mes messages, mais le simple fait d'être ici semble lui redonner des couleurs.

— Je me suis dit que tu aurais besoin de moi, répond-elle. Sauf si tu as une autre amie qui peut se charger du dessin ?

Tandis que notre hôte nous invite à patienter, je me demande si elle a fait exprès d'utiliser le mot « amie ». Je tente de me concentrer sur le restaurant. J'ai lu quelques critiques déjà écrites sur le Net au sujet de cet établissement. Le propriétaire et chef, Brian Lê, s'est formé à Paris, a exercé en Italie, mais malgré son amour de l'Europe, la nourriture vietnamienne est toujours restée chère à son cœur. Surtout grâce à son père, lui-même chef à la retraite. Depuis qu'il est revenu aux États-Unis et a ouvert son restaurant, le *New York Times* et le *Los Angeles Times* l'ont déjà mentionné dans leurs colonnes – notamment sa spécialité, le *bún bò Huế*. Je me demande quels moyens de persuasion Ali a utilisés pour convaincre une personne bénéficiant d'une telle notoriété d'accepter que deux lycéens viennent juger ses plats. Cependant, dès que le Chef Lê sort de la cuisine, je ne me pose plus la question. Il n'a pas quarante ans, porte une casquette usée, et sa veste blanche est ouverte sur un T-shirt indiquant « Attention, je peux danser ! » Un large sourire éclaire son visage, comme celui d'un gamin qui vient de trouver un coffre à bonbons.

— Comment ça va les jeunes ? Moi c'est Brian Lê. Ou Chef Lê.

Il nous enlace et nous serre les mains.

— Le nom de jeune fille de ma mère est Lê, lui dis-je.

— Oh, nous sommes peut-être parents, alors ? s'enthousiasme-t-il en me lançant un clin d'œil.

Je l'aime bien.

— Où pouvons-nous nous asseoir ? lui demandé-je. On ne veut pas gêner.

— Vous asseoir ?

— Oui, répond Linh. On est venus pour faire une critique.

— Mais vous ne voulez pas faire un tour, aussi ?

C'est la première fois qu'on nous le propose. Les autres critiques ont droit à ces choses-là, d'habitude ?

— Allez, venez, je vous montre où se déroule la magie !

Il nous plante, et on met quelques secondes avant de le suivre dans sa cuisine. C'est la même que celle de ma mère, mais plus propre. Mieux organisée. Avec plus de personnel qui sait ce qu'il fait. Bon, O.K., ça n'a rien à voir avec la cuisine de ma mère.

Les cuistots nous adressent de rapides signes de tête avant de se remettre au travail. L'un d'entre eux parsème des oignons verts sur un plat de *cá chiên*. Un autre verse une immense louche de bouillon dans un bol gris ardoise d'un geste expert. Même le riz gluant, qu'un troisième dépose en belles montagnes arrondies dans des assiettes, semble intensément luisant sous les lumières luxueuses. Je suis content que mes parents ne puissent pas voir ça.

On crie « Chaud devant ! » et une cuisinière passe devant nous avec une casserole qui sent l'ananas – probablement du *canh chua*. Pendant ce temps, Chef Lê nous présente chaque cuistot et sa spécialité, nous montre chaque ingrédient (tous « de qualité supérieure ») et évite de justesse les passages des cuisiniers affairés. Tous semblent habitués à cette énergie chaotique.

Il s'arrête devant une profonde marmite dont il soulève le couvercle.

— Non mais sentez-moi ça ! Trouvez-moi une personne qui ne voudrait pas y goûter !

On s'exécute. Et on échange un regard.

— Oh, c'est...

— Ça sent merveilleusement bon !

Du *bún bò*. Un bouillon aux saveurs terrestres, gras, relevé de citronnelle. Un concentré de chez moi. Le chef semble extrêmement fier de lui.

— Ce n'est qu'un aperçu... attendez d'y goûter !

Je commence à me demander s'il ne nous prend pas pour quelqu'un d'autre. Linh a la même impression, et elle lui demande.

— Oh, je sais très bien qui vous êtes ! Deux lycéens super cool !

Linh et moi échangeons un regard ; on a toutes les peines du monde à ne pas éclater de rire. Quel type bizarre !

— J'ai eu votre âge, un jour, vous savez. Quand j'étais à Paris ou à Rome, je devais cuisiner des trucs que je ne pouvais même pas me payer ! Je détestais ça. Et parfois, c'était même pas bon ! Alors si je peux faire en sorte que des gamins vietnamiens de votre âge aient l'envie de venir manger ici, et soient heureux, je considère que j'ai fait mon boulot !

Il nous ramène en salle.

— Maintenant, asseyez-vous et préparez-vous au meilleur ! Toi et ta petite amie, vous allez adorer !

— Elle n'est pas… Enfin…

— Et si c'était *lui*, le petit ami, et qu'il m'accompagnait ?

— Oh oh, touché ! Elle est épicée !

— On est partenaires, précisé-je.

Je crains qu'il ne continue la plaisanterie, au risque de rendre l'atmosphère gênante. Notre table est au centre de la salle.

— Je viens juste de rénover, vous allez expérimenter toute la nouveauté ! Patientez un peu, c'est prêt dans quelques minutes.

Je me tourne vers Linh.

— Est-ce qu'on a commandé quoi que ce soit ?

— Non, mais je ne me fais pas de souci, répond-elle.

Une suite de serveurs défile, faisant passer notre table de vide à débordante. C'est pas plus mal, vu que je ne sais plus quoi dire ni quoi faire. Je ne pense qu'à la distance qui sépare nos mains, à quel point ce serait étrange de tenter de les renouer. Finalement, on n'a rien à nous dire… Et c'est normal.

On est préoccupés par une chose : la nourriture sera-t-elle meilleure que celle proposée par nos mères ?

— Si mes parents étaient là… murmure-t-elle devant son bol de *bún bò Huế* fumant.

— Ils auraient probablement volé la recette. Mes parents auraient fait pareil.

— Ah désolé, mais la recette est sous scellés ! nous apprend Chef Lê en s'asseyant à notre table.

Ça ne doit pas être inhabituel, puisque les serveurs s'empressent de lui apporter des couverts.

— Mon père me chasserait de Californie si ses secrets venaient à s'ébruiter !

Je note cette phrase dans mon carnet. J'ai déjà cinq pages de notes après notre tour du restaurant. Linh a fait quelques croquis des apéritifs.

— C'est votre père, le cuisinier de la famille ?

— Ah oui. Poppa Lê avait un restaurant qui faisait la moitié de la taille de celui-ci. J'ai grandi dedans.

— Nous aussi, lui apprend Linh.

— Sans blague ! Ça explique vos appétits !

— Pourquoi vous avez eu envie d'ouvrir un restaurant ?

— C'est grâce à mon père. J'ai toujours adoré ce qu'il faisait. Il voulait juste rendre les gens heureux. (Il se met à rire, un voile de nostalgie dans les yeux.) Il me disait tout le temps de pas rester dans ses pattes : y'avait pas du tout de place, mais c'était mon royaume. Ma mère, par contre, a détesté l'idée que je poursuive cette carrière. Ce n'était pas ce qu'il y avait de plus… stable, on va dire.

Linh se redresse, car ce message lui parle. Il semblerait que les mères vietnamiennes se soient passé un mémo.

— Quand je lui ai dit que j'allais ouvrir mon restau, elle m'est tombée dessus. Elle se faisait du souci, je sais, mais j'ai dû me défendre. On s'est dit des choses très désagréables, le ton est monté.

— Et qu'est-ce qu'il s'est passé ensuite ? demande-t-elle calmement.

— On ne s'est plus parlé pendant deux ans. On n'était pas complètement séparés, on vivait toujours à quelques encâblures l'un de l'autre. Et je parlais à mon père, qui me racontait tout en détail à propos de ma mère. Je savais même ce qu'elle achetait en courses ! De son côté, c'était pareil. Mon père la tenait au courant de mes moindres faits et gestes. Et puis un jour, juste après l'article paru dans le *Los Angeles Times*, ma mère est apparue à l'entrée du restau. Mon père l'avait déposée là, énervé de faire la navette entre les « deux personnes les plus bornées qu'il connaisse ! » Et puis, on s'est réconciliés, juste comme ça ! Ensuite, elle n'a pas arrêté de se pointer ici, se mêlant de mes recettes et de tout le reste !

— Deux ans, soupire Linh.

— Ah, c'est du temps perdu. J'y pense tout le temps, maintenant qu'elle est partie. Ça fait six mois et demi.

Je suis sous le choc. Je n'avais lu ça nulle part.

— Je suis navré, dis-je en reposant mon stylo.

Linh lui dit la même chose. Ces mots semblent dénués de sens. Je n'ai jamais connu la mort de si près, dans mon entourage. C'est un concept qui me semble si lointain, si flou.

— Vous pensez beaucoup à elle ? lui demandé-je.

— Juste hier : j'étais en train de refaire une recette que seule elle savait faire, quand j'étais petit. J'aurais aimé lui demander de son vivant. Et puis, je viens d'avoir un enfant, et j'aimerais pouvoir lui parler d'elle. Il y a tant d'histoires que je n'ai pas connues ! Mon père m'a parlé, seulement l'autre jour, d'une sœur qu'il avait eue et qui était morte quand il avait six ans, et elle, deux. Il a sept frères et sœurs, et je n'avais jamais entendu parler d'elle ! Ah, l'histoire, mes amis... Tant de choses cachées. Quoi qu'il en soit, je suis heureux qu'on ait eu le temps de se réconcilier. On a passé de super bons moments ensemble.

Chef Lê nous laisse quand un cuisinier vient le chercher. Un serveur passe prendre nos assiettes vides.

— Il est gentil, dis-je à Linh qui arrange ses couverts.

— Il est unique, approuve-t-elle en me montrant un croquis.

Elle a parfaitement capté son aura, sous sa casquette, sa dynamique, son caractère. Encore mieux qu'avec mes mots.

— Il a tellement à raconter.

— Cette histoire avec sa mère ! Passer deux ans sans se voir pour un simple désaccord... (Elle range ses crayons de couleur.) C'est pour ça que je ne peux pas en parler à ma mère.

Maintenant qu'on n'a plus ni le chef ni la nourriture pour nous distraire, les non-dits reviennent s'installer entre nous.

— Eh, dis-je doucement. On peut parler ?

— On est en train de parler, affirme-t-elle, fermée.

— À propos de l'autre jour, Linh.

— Je ne peux pas rester ici plus longtemps, dit-elle soudain. On peut parler une autre fois ?

Son visage est grimaçant, comme si ça lui faisait physiquement mal de rester ici.

— Je sais ce que tu penses.

— Crois-moi, Bảo, tu n'en as pas la moindre idée.

— Alors dis-moi. Je suis là. Je t'écoute. Même si tu ne veux pas de...

De nous.

Je m'arrête. Et si j'avais mal interprété tous les signaux jusqu'à aujourd'hui ? Et si je pensais qu'elle m'aimait seulement parce que moi, je l'aimais, et qu'elle était trop gentille pour m'éconduire ? Comme avec Kelly, alors qu'elle ne fait même pas partie de l'AEV ! Comme maintenant, où elle préfère fuir plutôt que me dire la vérité.

Elle ose à peine me regarder. Je dois avoir raison.

— Je veux bien être ton ami, lui dis-je. C'est pas grave.

— Merci, dit-elle avec un soulagement si évident que je le prends en plein cœur. Je suis désolée.

Elle lance un dernier regard à la table pour vérifier qu'elle n'a rien oublié, ou pour rester quelques secondes de plus. Je meurs d'envie de la supplier de rester, de dire quoi que ce soit, juste pour qu'elle me regarde. Mais elle m'adresse un « Salut » et sort.

Je souffle. Nous y voilà.

Elle ne ressent pas ce que je ressens pour elle.

Je me dirige à mon tour vers la sortie, saluant la femme noire à l'entrée dont le nom, m'indique l'étiquette sur sa poitrine, est Saffron. Sa façon de se tenir bien droite me rappelle ma mère, lorsqu'elle est à fond dans l'élaboration d'un plat, ou Linh, absorbée par la contemplation d'une peinture. J'ai l'impression de paraître tout désordonné.

— Brian a fait sa meilleure nourriture pour vous ce soir ! plaisante-t-elle avec un accent français. Ce n'est pas aussi bon d'habitude !

— Eh ! proteste Chef Lê, qui s'approche en essuyant un verre avec un torchon. Tu veux garder ta place ou pas ?

— Ce n'est pas à toi de décider, rétorque-t-elle, puisque je possède la moitié de l'établissement.

— Monsieur Nguyễn, permettez-moi de vous présenter ma femme et partenaire.

— Partenaire... Je suis sa boss, oui. Et sa femme, aussi.

— Ouais, ouais, c'est ça. Eh Saff, souviens-toi bien de ce jeune homme ! Il va se faire un nom, je te le dis ! Il est comme Anthony Bourdain. Qu'il repose en paix.

Je cligne les yeux de stupéfaction.

— Merci, c'est gentil.

— Tu m'as fait réfléchir, tu sais. C'est pas à la portée du premier venu.

— Je n'ai fait que poser des questions.

— Et c'est comme ça qu'on fait les meilleures interviews. Tu m'as laissé m'exprimer. (Il m'assène une amicale et puissante tape sur l'épaule.) Reviens quand tu veux. Toi et Linh. Elle dessine vraiment bien, de ce que j'ai pu voir.

— Elle est très douée.

— Mais elle est vraiment *pas* ta petite amie ? Ou, pardon, tu n'es vraiment pas son petit ami ?

— Non.

— Oooooh... et tu l'aimes, hein ?

Saffron lui donne un coup de coude.

— Arrête de l'embêter, Bry !

— C'est compliqué, réponds-je.

— Allez, bonne chance mon gars, dit-il en riant.

* * *

— Con ! s'exclame ma mère dès que je passe la porte. *Biểu đây*.

Je suis à l'heure, ce n'est donc pas pour ça qu'elle m'en veut.

Mince, j'ai encore oublié d'abaisser la lunette des toilettes, c'est ça ?

Je la rejoins à pas lents, me creusant le crâne pour trouver ce que j'ai pu faire de mal. Et je dois résister à une envie urgente, terrible *d'écrire*. Parce que Chef Lê est encore plus passionnant que je ne le pensais. Parce que je préfère penser à tout sauf à ma tentative avortée de discuter avec Linh. À nous. À son refus. Mẹ m'attend dans la salle de bains. Elle sort tout juste de la douche, et son reflet me regarde dans le miroir. La radio émet une balade vietnamienne. Ba doit être encore au restaurant.

— Viens voir ! Il faut que tu m'arraches un cheveu blanc !

Elle se plaint souvent que ses cheveux blancs sont dus à ma personne. J'imagine que je ne dois pas lui dire que c'est juste dû à la vieillesse. Je soupire et lui prends la pince à épiler des mains. C'est mon rôle, depuis la sixième. Et je ne suis pas le seul : Việt aussi doit le faire pour sa mère.

— Où ça ?

— *Nè*.

Je plisse les yeux. Trouvé.

— Tu as fini ton projet ?

— Oui.

— Tu es souvent de sortie en ce moment.

Je tire sur un cheveu noir par inadvertance.

— Ah, *mày làm gì vậy* ?

— Pardon, je vais faire plus attention. C'est le journal, ça prend du temps.

— Tu écris encore des articles.

— Oui.

L'histoire de Chef Lê me revient en mémoire. Deux ans sans parler à sa mère… Je me demande si ce serait possible entre Mẹ et moi. Et qui commencerait.

— J'ai rencontré un gars sympa aujourd'hui, Brian Lê.

— Oh, un Vietnamien !

— Il est chef et propriétaire de son restaurant, et assez jeune.

— Ce n'est pas facile, il doit travailler dur.

— Il m'a parlé de ses parents, des choses qu'il aurait voulu leur demander.

— Ah bon ?

— Sa mère est morte il y a quelques mois.

— *Tội quá.*

Pauvre garçon.

— Oui. Et il m'a parlé de tout ce qu'il n'avait pas pu apprendre avant qu'elle disparaisse. Pourquoi tu ne me parles pas plus souvent du Viêtnam ?

— Je t'en parle tout le temps ! s'exclame-t-elle en me regardant dans le miroir.

— Oui, mais pas de choses personnelles, des détails. Je sais ce que mes grands-parents faisaient, où vous habitiez, comment vous vous êtes échappés une nuit. Mais c'est une image d'ensemble.

— Parce que tu ne me demandes pas ! Et les choses que je te dis, tu me réponds toujours : « *Oh, je veux pas écouter, Mẹ, tu l'as déjà dis, j'ai pas le temps.* »

— J'ai pas une voix aussi aiguë, grommellé-je.

Mais elle a raison. J'ai dit ça.

— Je suis ta mère, alors je n'ai pas à te dire la plupart des choses. Et d'autres choses ne sont pas à raconter à des enfants.

— D'accord, d'accord.

— Mais, si tu veux apprendre plus, Mẹ va essayer de te répondre. Ma mémoire n'est plus très bonne, et les souvenirs commencent à s'effacer. C'était il y a tellement longtemps… Parfois Mẹ se demande si le passé ne ferait pas mieux de rester dans le passé.

— Peut-être, peut-être pas, dis-je en vérifiant que je n'ai pas oublié de cheveux blancs.

— Toute cette histoire d'écriture t'a rendu différent.

Nos regards se croisent dans le miroir. Elle me scrute comme si j'étais une recette à laquelle il manquerait un ingrédient.

— Différent… en mieux ?
— Oui. Tu sembles… moins faible.
Je me retiens de lever les yeux au ciel.
— Con, qu'est-ce qui te fait écrire ?
— La raison pour laquelle j'écris ?
— Oui.
— Je ne sais pas. Pour avoir de bonnes notes.
Ça résonne tellement faux à mes oreilles. Je n'ai que faire des notes, des cours, du journalisme. Mais je dois admettre que je me sens bien plus à ma place avec un stylo entre les mains. Quand je dois améliorer un texte. Linh m'a dit que je pouvais me trouver une passion. Elle a peut-être raison ?
— Qui a raison ?
Oups, j'ai prononcé cette dernière phrase tout haut.
— Mẹ, tu te souviens de ce que tu m'as dit, plus tôt cette année ? Que tu souhaitais que je trouve ma voie ? Quelque chose qui me motive ?
— Con veut devenir écrivain ?
Dans ma tête, j'ai un aperçu de mon futur. Je suis dans un grand bureau, dans une grande ville. C'est le soir mais je travaille sous une lampe, les manches tachées d'encre, les yeux bouffis de fatigue. Les mots glissent sous mes doigts.
— J'y pense.
— C'est dur. Tu ne trouveras peut-être pas de boulot.
— Je sais.
— Tu vivras dans notre sous-sol.
— Hein ? Mais non…
— Tu peux si tu en as besoin.
— Mais c'est tout en béton !
— On va l'aménager. Juste pour toi.
— Merci pour ta confiance en moi.
Elle me tapote la main.
— Je dis juste que ce sera possible pour toi, si jamais tu en as besoin. Tu peux rester autant que tu veux.

Je m'imagine à trente-cinq ans, vivant retranché dans le sous-sol de mes parents. Pour certaines personnes ça peut sembler sympa de vivre avec sa famille. Pas pour moi. Elle me regarde d'un air rassuré, et je relève les coins de ma bouche. Elle sent qu'elle a enfin atteint son but, qu'elle peut s'en tirer sans se faire de nouveaux cheveux blancs. Je grimace : si elle savait qui est à l'origine de ce changement... Soudain le visage triste de Linh me revient en mémoire. « *Je suis désolée.* »

Je continue de chasser les cheveux décolorés en silence.

CHAPITRE 24

LINH

Deux ans. C'est tout le temps que Chef Lê a passé sans parler à sa mère, alors même qu'il a eu le courage que je n'ai pas de s'affirmer. Il a réussi, s'est fait un nom, et même comme ça, c'est uniquement grâce à son père qu'ils se sont réconciliés. Je suis à mon bureau, à peaufiner le brouillon du Chef Lê qui me sourit sur le papier. Je n'aurai plus qu'à le mettre au propre. J'ai encore mon essai à écrire pour ma candidature à la compétition, mais apparemment je n'ai pas cette facilité qu'ont Ali et Bảo pour l'écriture. Mes pensées tournent à l'aigre, ça part dans tous les sens.

Est-ce que ça servirait à quelque chose de remporter ce César ? Qu'est-ce que ça changerait ?

Je ne sais pas comment je pourrais le supporter. De ne plus parler avec ma mère, pour n'importe quelle raison. Je ne l'ai jamais fait qu'avec Evie : on a pu passer des jours sans se parler pour une broutille. Parfois ça passait en riant, quand Ba faisait quelque chose de ridicule au restaurant par exemple.

Mais là, aucun rire ne peut annuler les mensonges accumulés envers mes parents. Et ce moment au supermarché. Et à Chơi Ơi. Si j'étais quelqu'un d'autre que Linh Mai, n'importe qui, je serais tellement heureuse et excitée ! Je n'aurais aucune hésitation. Mais c'est impossible. C'est pourquoi je me suis enfuie du restaurant.

Qu'est-ce que je fabrique, à la fin ?

Mon téléphone vibre.

— Bảo ?

— Salut, Linh.

Il ne me contacte jamais aussi tard. Et toujours par message, normalement. Sa voix grave rend l'échange plus intime.

— Tout va bien ? lui demandé-je en retenant ma respiration.

Évidemment, tout ne va pas bien, après ce qui s'est passé entre nous. J'espère qu'il ne va pas en parler, parce que je ne suis pas capable de gérer ces émotions pour le moment.

— Je voulais juste t'annoncer que je veux devenir écrivain.

— Pardon ?

— Oui, je viens de le comprendre. Et je voulais te le dire parce que c'est à toi que je le dois.

Je m'adosse contre ma chaise. Un coup d'œil à mon miroir m'indique que je souris.

— Je n'ai rien fait, Bảo. C'est uniquement toi.

— C'est faux. Je l'ai dit à ma mère aussi. Je ne sais pas si ça l'enchante vraiment, mais au moins, elle ne se plaint pas.

— Elle l'a accepté ?

— Elle m'offre son sous-sol au cas où je galérerais à gagner ma vie, alors j'imagine que oui.

— Tu es chanceux. (J'ai essayé, sans succès, de ne pas laisser transparaître mon amertume. Je me sens affreuse.) Pardon. Tu peux imaginer que j'ai dit ça sans méchanceté ?

Il rit, de bonne humeur. J'insiste.

— Sérieusement, je suis heureuse pour toi. Et si tu considères que j'ai eu mon rôle à jouer pour t'influencer, j'en suis honorée.

— Depuis qu'on s'est rencontrés, tu ne m'as jamais dit que je ne pouvais pas le faire. Tu as juste accepté le fait que je commençais à écrire. Et tu es sûrement la première personne dans ma vie à l'avoir fait.

Je me tourne dans mon fauteuil, l'air béat.

— Tu fais quoi, là ? me demande-t-il.

Je l'entends taper sur un clavier, et je suis sûre qu'il m'entend gommer les mots maladroits que je tente d'aligner dans des phrases grammaticalement incorrectes.

— J'essaie d'écrire ma présentation pour la Golden Key. Mais c'est super dur. Comment tu *fais* pour écrire ?

Il ricane.

— C'est comme si moi je te demandais comment tu fais pour peindre.

— Si tu as un conseil... Je suis bloquée et je dois absolument l'écrire !

— Sois honnête.

Est-ce une pique, pas très subtile, concernant le sujet sur lequel je n'ai pas été honnête avec lui ? Je me sens énervée.

— Bảo...

— Ce que je veux dire, c'est que tu passes énormément de temps à réprimer qui tu es, à te dissimuler, à penser à tes parents. Voilà ta véritable chance de t'exprimer sans peur. Ne pense pas à tes parents. Ou à personne d'autre.

Pas même à toi ?

— Pense à ce que tu désires vraiment. Ce que tu veux faire pour apporter un changement dans ce monde... Oh, je parle comme Ali, là, non ? Désolé pour le cours magistral.

Je comprends qu'Ali a toujours été ma fan numéro un, alors que je ne savais même pas que j'en avais besoin.

— Elle serait honorée de te l'entendre dire. Tu sais, elle t'aime bien, maintenant.

— Un peu.

— C'est ça.

— Parfois.

Je lève les yeux au ciel.

— Eh, ne lève pas les yeux au ciel.

— Je l'ai pas fait !

— Si. Je t'imagine parfaitement en ce moment.

— Ah oui ? Et qu'est-ce que tu imagines d'autre ?

Il soupire. J'attends, mon crayon en lévitation au-dessus de la page. Il fait nuit dehors, à part sous les lampadaires en mode économie d'énergie. Un chien aboie quelque part, un plus petit lui répond autre part. Ils communiquent malgré une multitude de clôtures qui les séparent.

— Tu es à ton bureau. Tes cheveux sont attachés en queue-de-cheval. Tu es complètement penchée en avant parce que tu es absorbée par ton travail, comme quand tu peins.

J'expire doucement, en réprimant un frisson.

Ce garçon... !

— Quand tu dois réfléchir, tu frottes la bosse sur ton doigt, là où repose ton pinceau. La lampe de bureau répand une lumière chaleureuse, pile comme tu l'aimes, ni trop vive ni trop faible. Alors, j'ai raison ?

Je l'entends s'adosser dans son fauteuil, l'air goguenard, à n'en pas douter.

— Non.

— Vraiment ?

— J'ai les cheveux détachés.

— Désolé pour cette grossière erreur ! Oh, et je te prends ton temps, pardonne-moi. Tu veux que je raccroche ?

Je continue de dessiner.

— Non. Tu peux rester.

C'est si agréable de l'avoir au bout du fil, si on peut éviter le sujet entre nous, s'il ne tente pas de nous y confronter.

Lorsque Mẹ entre dans ma chambre sans frapper, j'ai déjà raccroché mais je viens d'envoyer mon croquis de Chef Lê à Bảo. Je couvre vite fait mon téléphone avec des devoirs de chimie. Elle sort de la douche, et ses cheveux, enroulés dans une serviette, sentent le shampoing. Elle balaie la chambre du regard. Lumière basse, devoirs variés éparpillés sur mon lit, papiers divers aux couleurs de l'arc-en-ciel déployés sur mon bureau. Je me décale vers la gauche pour cacher mon texte pour la Gold Key.

— On va faire un nouveau Jour du Phở.

— Quand avez-vous décidé ça ?

— La semaine dernière.

— Mais pourquoi ?

Elle retire sa serviette et se masse les cheveux avec.

— *Ce* restaurant va faire un Jour du *Bánh Xèo*, ton père ne veut pas laisser passer ça. On aura besoin de toi dans deux semaines.

J'ai déjà diminué mon temps dédié à l'art de manière drastique, et je ne progresse pas assez vite sur ma toile pour la Gold Key. Et maintenant ça ?

— Je ne peux pas, Mẹ. J'ai trop de travail.

Elle désigne mon bureau du menton.

— Beaucoup de devoirs ?

— Oui. Plus que d'habitude.

— Tu as toujours réussi à t'en sortir avec les devoirs. Tu vas...

— Ce n'est pas parce que j'ai toujours réussi que ça ne me stresse pas !

Je lui ai coupé la parole et parlé sur un ton brusque sans même m'en rendre compte. Je me mords la lèvre. Est-elle fatiguée, ou juste déçue ? Quoi qu'il en soit, elle n'insiste pas.

— On peut en parler demain. Mais con *phải ngủ đi*, dit-elle en me frottant le dos, avant de sortir.

On pourrait entendre les mouches voler dans la voiture, tandis qu'on se rend au restaurant. Mẹ a sûrement parlé à Ba de ma réaction, la veille. Une chanson vietnamienne douce joue en fond sonore, presque une berceuse, un morceau que ma mère aime écouter le soir. Le soleil se lève à peine à l'horizon, derrière les toits pentus des restaurants et des magasins, comme s'il hésitait à s'exposer.

Ba bâille, et je l'imite. On passe devant le restaurant de Bảo, encore sombre, mais d'ici quelques minutes, l'écriteau « ouvert » sera tourné, et Bảo sera là. Il m'a dit qu'il travaillait dimanche, lui aussi.

— *Sao mà thấy con mặt bực mình vậy* ? demande Ba, la voix encore enrouée de sommeil.

— Je suis pas en colère, réponds-je sèchement, ce qui prouve le contraire. Juste stressée.

— À cause du travail à l'école ?

J'opine.

— Pourquoi c'est si stressant maintenant ? Je croyais que l'année dernière était plus difficile.

C'est vrai. Je galérais avec mes options et j'avais encore moins de temps pour peindre. Mais là… tout m'arrive d'un seul coup. Je dévie la conversation.

— Pourquoi vous n'avez jamais assez de personnel ?

— Lisa a démissionné. C'était pas prévu.

— Eh bien vous n'avez qu'à employer des gens qui ne démissionnent pas.

Je croise le regard de mon père, en colère, dans le rétroviseur.

— *Con này…*

Mẹ lui fait signe de se taire, consciente que ça ne nous mènera nulle part. Mais sa posture guindée m'indique que cette conversation n'est pas terminée.

Mẹ entre par la porte de service tandis que Ba et moi redressons le portail de fer qui protège l'entrée du restaurant. Les ventilateurs repartent à l'assaut de la chaleur. Mais ce matin, au lieu de me lancer mon tablier en me listant une ribambelle de tâches à accomplir (remplir les distributeurs de serviettes, piler de la glace, déballer les herbes aromatiques…), Mẹ me fait signe de la suivre à la cuisine. Ba va faire son travail administratif dans son coin.

Je m'assois sur un tabouret tandis qu'elle commence à couper des oignons sur une planche en bois. Une bassine de jus au vinaigre, préparée par un cuisinier, l'attend à côté. Elle n'a plus qu'à y verser les légumes pour en faire des pickles. Elle goûte le jus, décide d'ajouter une cuillère à soupe de sucre. Elle remue le tout et me tend le pot pour que je teste à mon tour.

— *Vừa không* ?

Je regarde ailleurs et ne réponds pas à sa question. Elle se penche vers moi. Des mèches s'échappent déjà de son chignon, des poches se dessinent sous ses yeux. La culpabilité, désormais si familière, me prend à la gorge, mais je leur en veux toujours. Je ne devrais pas avoir à remplacer une salariée. La dernière fois, Lisa était là et ça aurait pu tourner au désastre si Bao n'était pas intervenu. Et ça ne se reproduira pas.

Je détourne les yeux. Mẹ voudrait dire quelque chose, mais se retient. Peut-être est-elle en colère, elle aussi. À part trois ou quatre instants de fureur dans notre enfance – en comptant la fois où Evie et moi avions décidé de repeindre les murs de notre appartement avec des feutres – elle a toujours été plus calme que Ba.

— Con… Mẹ et Ba détestent avoir à te demander de travailler. On sait que ce n'est pas ainsi que tu veux passer ton temps. Mais tu ne sais pas à quel point c'était dur d'ouvrir ce restaurant. Ce n'était pas reprendre un établissement et trouver de nouveaux clients. On a dû faire avec le voisinage, des gens qui ne voulaient pas de nous. Tu ne sais pas ce que ça fait.

Sa voix se brise. J'y discerne de l'angoisse.

— Tu ne me l'as jamais dit, rétorqué-je, mais pas aussi durement que je l'aurais voulu.

C'est la première fois que je l'entends aussi vulnérable. Ça me brise le cœur de comprendre que, malgré tout ce qu'elle devait endurer comme sacrifices, elle réussissait à nous couvrir de baisers et de câlins, ma sœur et moi.

— Parce que ce n'était pas à vous de vous inquiéter pour ces choses-là. On voulait vous protéger.

Ça me met en colère. Je ne peux m'empêcher de penser aux parents de Bảo, et j'essaie de ne pas le faire, pour que ma colère ne rejaillisse pas sur lui. Mais l'accueil pour le moins glacial des

Nguyễn a fait que mes parents se sont sentis très mal à leur arrivée ici.

Mẹ secoue la tête, comme pour se débarrasser des mauvais souvenirs.

— Les rumeurs à notre sujet étaient horribles. Pas seulement en provenance de *ce* restaurant. Partout. Mais si j'essayais d'y répondre, de nouvelles pleuvaient, c'était sans fin. Alors j'ai décidé de les ignorer. J'ai mis tous mes efforts dans la nourriture, pour qu'elle parle pour elle-même. On s'est fait des amis, avec Ba, et puis on a établi une clientèle. Et le Jour du Phở, ça a si bien marché ! J'en suis extrêmement heureuse. Ça nous a fait beaucoup de bien. Mais tout est sans arrêt remis en jeu, et il faut toujours faire plus d'efforts pour prouver qu'on a notre place ici.

Je me demande si Mẹ parle de notre communauté, ou de l'Amérique en général. Je ne relève pas la tête.

— Tu crois que ça va s'arrêter, les rumeurs, un jour ? Ou bien on devra toujours se battre contre les parents de B... Je veux dire, les Nguyễn ?

Heureusement, Mẹ ne remarque pas que ma langue a fourché.

— Les rumeurs et les ragots ne s'arrêtent jamais. Ils reviennent toujours, sous différents aspects. Toujours.

Je sens dans sa voix qu'elle pense à un épisode précis. Je lève les yeux sur elle.

— Comme quoi ?

Elle prend quelques secondes avant de se décider à me raconter cette histoire.

— J'avais onze ans, j'étais encore au Viêtnam. Dì Vàng devait déjà se marier avec un voisin qu'elle connaissait depuis toujours. Ils étaient toujours ensemble, alors les familles ont commencé à discuter de leur futur. C'était un garçon gentil et intelligent, avec un grand sens de la famille.

— C'était un artiste aussi ?

J'ai tellement de mal à imaginer ma tante amoureuse. La seule image que j'ai d'elle, c'est ce visage élargi à l'écran, un immense sourire aux lèvres alors qu'elle nous parle de son seul amour, son art, avec sa voix puissante et assurée.

— Bien sûr que non. C'est une des raisons pour lesquelles tes grands-parents l'appréciaient : il avait les pieds sur terre. Il allait hériter du commerce de ses parents, alors il pourrait subvenir aux besoins de Dì Vàng, qui ne peut pas à cause de son art.

J'ai envie de protester. Elle en parle comme si ma tante était toujours incapable de se payer à manger.

— Un jour, pourtant, il est parti, en ne laissant qu'une lettre d'excuses. Et les rumeurs, oh ! Les rumeurs se sont déchaînées. On disait que c'était la faute de Dì Vàng... alors que c'était seulement lui qui avait fui ses responsabilités.

— Qu'est-ce qui s'est passé, ensuite ?

— J'ai appris qu'il était mort.

Ça peut vouloir dire beaucoup de choses. Sur un champ de bataille, sous une bombe, durant une évasion sur le chemin que mes parents ont pris, et d'où ils ont miraculeusement survécu.

— C'est horrible, oui, je sais. Il était un bon garçon finalement, et il aurait été très bien pour ma sœur.

Je m'affaisse. L'art de ma tante... il m'a toujours semblé si triste, si mélancolique.

— Pourquoi tu ne m'as jamais raconté ça ?

— Je n'en ai pas eu l'occasion. Et ce sont des choses du passé. En quoi cela nous aide-t-il de les remuer ? Ta tante la première n'en parle jamais. Nous sommes dans le présent, et nous regardons vers le futur.

Elle attrape mon tablier qu'elle me tend.

— On fait de notre mieux, et on ignore les ragots. Con, je sais que tu es très occupée, mais tu t'en es si bien sortie la dernière fois. Et tu vas survivre à tes devoirs. Parce que tu es ma fille.

Elle me sourit avec tant de gratitude que je me sens obligée de lui sourire aussi, alors même que le poids sur mes épaules n'a jamais été aussi terrible.

CHAPITRE 25

BẢO

La cloche de la fin des cours vient de sonner, en même temps que le téléphone d'Ali. Elle décroche et répond avec une tonalité engageante, une vraie pro. Quelques secondes plus tard, elle me retient alors que je sors de la salle.

— C'est pour toi, Bảo.

C'est nouveau, ça. Je prends l'appareil comme s'il s'agissait d'une bête sauvage.

— Bonjour ?

— Yo, *em* !

Je reconnais immédiatement Brian Lê.

— C'est moi : Chef Lê du Chơi Ơi ! Ça roule ?

— Euh, oui… Je suis au lycée, là.

— Oui, désolé ! Je ne savais pas comment te contacter.

On ne dirait pas qu'il appelle pour se plaindre de son portrait dans le journal. Je le vois presque, assis à la table où on a mangé, ses manches relevées, son col ouvert. Sa femme Saffron lui dit de ne pas mettre les pieds sur la chaise d'en face.

— Alors j'ai lu ton article sur le Net, et franchement, c'est le meilleur qu'on m'ait jamais écrit. Je te remercie.

— Oh ! Vraiment ? Merci.

— Tu pensais que ça ne me plairait pas ?

— Je n'étais pas sûr.

— Mais si ! L'article est super. Et je t'appelle parce que j'ai vu le dessin de ta petite amie.

— C'est pas ma petite amie.

— ET… (Il fait exprès de me couvrir.) Ça me plaît à fond. Je me demandais si elle faisait de plus grands formats, des choses en peinture ?

— Elle est surtout peintre, en réalité.

— Fantastique ! Alors voilà le topo : ma déco est moderne, mais j'ai cette colonne qui a besoin d'un coup de jeune, et vois ça d'ici : une énorme fresque ! Tu as son numéro ?

— Oui, bien sûr.

Je le lui donne.

— Vous voulez lui donner de l'argent en échange ?

Il éclate de rire.

— Alors tu es son agent, en fait, c'est ça ? Oui, bien sûr que je vais la payer. On ne travaille pas pour rien !

Ali me regarde avec insistance dès que je raccroche.

— Alors ? On a des problèmes ?

Je suis encore sous le coup de ces deux nouvelles. L'éloge de mon article, et…

— Je crois que Linh a décroché son premier boulot !

En ce dimanche, on roule à travers la ville en direction de Westminster, où l'on va assister au premier anniversaire de mon deuxième, ou troisième cousin. Des tas de chaussures sont empilées à l'entrée de la maison de nos hôtes, de toutes les tailles et de tous les styles. Un groupe de petits-cousins, neveux et nièces courent dans le couloir jusqu'à ce que ma tante (une des nombreuses cousines de mon père) sorte de la cuisine avec des baguettes entre les doigts, leur promettant un destin funeste s'ils ne sont pas plus sages. Une mère court après son bambin, un futur Usain Bolt qui espère la fatiguer pour qu'elle abandonne. Dans quinze minutes, elle le fera manger. « *Ăn đi con. Ăn đi con để cho Mẹ thương.* » Ma mère a apporté un énorme bol de *chè Thái* qu'elle n'arrive pas à poser sur la table, déjà couverte de nourriture. Personne n'était censé apporter quelque chose à manger, mais tout le monde l'a fait. Ce qui est étrange, dans ces réunions, c'est que personne ne prépare les mêmes mets. Je repère immédiatement les pâtés impériaux, tout croquants.

Il y a des plateaux en alu de *bánh bèo*, des rondelles de gâteaux de riz à prendre à la main, un éventail de sauces dans lesquelles les tremper, de douces à extra épicées, les plus prisées des hommes.

Cậu Trí, que je ne suis pas fâché de ne voir qu'en de rares occasions, fait exprès de me servir la sauce douce. Crétin. Après avoir fait le tour des convives que je fais semblant de reconnaître, je prends place à une tablée d'hommes. Une réunion de polos rentrés dans les pantalons, de ceintures, et pas mal d'écouteurs sans fil dans les oreilles. Ils ont le visage rougi par quelques Heineken et Corona, et ne remarquent même pas ma présence. Je décide de m'éclipser et me rends à la cuisine, où Việt est entouré d'une ribambelle de femmes d'une quarantaine d'années qui s'affairent autour de lui et bavardent à tout va. Il remue un bol de sauce.

— Comment tu t'es retrouvé ici ? lui demandé-je.

— Ma mère connaît une des mères, ici. Une cliente.

La conversation va bon train ; je capte quelques mots de vietnamien, pas des plus agréables. Việt s'empresse de me tenir informé du cancan du moment : un gars n'arrivait pas à trouver une femme, alors il est rentré au Viêtnam et s'y est miraculeusement marié. Ils devraient rentrer d'ici quelques semaines, mais où vont-ils habiter ? Que vont-ils faire ici ? Apparemment sa femme ne sait pas parler anglais. Rien qu'aux tonalités de la conversation, je peux prédire que le couple aura la vie dure.

— Allez, viens, on va manger quelque chose, me dit Việt en se massant les poignets.

Depuis combien de temps est-ce qu'il remue cette sauce ? En partant je crois entendre sa mère l'appeler, mais il ne réagit pas. C'est peut-être mon imagination.

On est relégués à la table des enfants, ce qui sera probablement le cas jusqu'à ce que je me marie. Việt est assis en face de moi, à côté de jumeaux infernaux qui s'envoient des coups de coude, et se poignardent à coups de baguettes jusqu'à ce que leur mère leur ordonne de bien se comporter. Une autre cousine, cinq ans environ, me sourit avec une bouche *pleine* de riz, le nez *plein* de morve. Sa mère essaie de la gaver encore plus, alors qu'elle n'a pas fini d'avaler la précédente cuillerée.

Les autres enfants continuent de tout dévaster sur leur passage.

— Il a pété ! hurle une gamine en courant à travers le salon.

— Nan, c'est faux ! J'ai pas *địt* ! J'ai pas *địt* ! hurle un autre gosse en la suivant.

— Les enfants sont fascinants, assène Việt.

Une autre cousine de mon père vient nous voir, et nous demande de nous lever, tellement ça fait longtemps qu'elle ne nous a pas vus. Je me hisse sur la pointe des pieds pour paraître plus grand que Việt, mais pour une fois, il se tient droit, alors c'est peine perdue. La conversation, inévitablement, se reporte sur les admissions à la fac.

— Ta mère m'a dit que tu visais les grandes écoles ! dit-elle à mon ami.

— C'est mon souhait. Je veux être médecin, répond-il.

Je ne peux m'empêcher de déceler un profond ennui dans sa voix.

— Ta mère dit que tu as de très bonnes notes, que tu peux le faire ! (Elle se tourne vers moi.) Et... et con ?

Elle sait probablement que mes chances d'intégrer un établissement prestigieux sont proches de zéro.

— Je ne suis pas encore décidé.

Son sourire manque de s'effacer, mais elle réussit à s'en coller un faux sur la figure. Comme si mon amour-propre n'était pas déjà assez entamé. Il y a Việt, bon en tout. Et il y a moi. Pourtant, je n'ai jamais entendu mon ami dire qu'il voulait aller en médecine.

— C'est vrai ce que tu lui as dit ? m'enquiers-je dès que la cousine s'est éloignée.

— C'est ma réponse passe-partout, dit-il en haussant les épaules. Ça les calme direct.

Je pourrais faire pareil, mais personne ne me prendrait au sérieux.

— Mais tu veux faire quoi en vrai ?

— Médecine légale.

— Sans blague.

Mais il ne répond pas, il fixe son assiette. Ce n'est pas normal.

— Tout va bien ?

— J'en ai parlé à mes parents l'autre jour. Ils m'ont hurlé dessus pendant des heures. J'en ai encore les oreilles qui sifflent.

Je comprends qu'il a probablement ignoré sa mère un peu plus tôt. Ses parents ne sont pas des personnes que l'on peut qualifier d'empathique. Sa mère est particulièrement astucieuse, ce que la mienne admire. Son père est honnête, ce que le mien respecte. Mais, émotionnellement, on ne peut pas compter sur eux. Et ils sont très stricts concernant les études de Việt.

— Tu as tout compris, affirme-t-il d'après mon expression. Et c'est un nouveau sujet de dispute entre eux. Ils font ça depuis toujours.

— Mais la médecine légale, c'est toujours de la science, de la biologie. Ça devrait leur plaire, non ?

J'ai toujours imaginé que Việt bénéficiait d'une meilleure situation que moi. J'imagine beaucoup de choses. Surtout à propos de Linh.

Il sourit. Un sourire calme et triste. Car il sait que je ne peux rien pour lui.

— Rien ne leur plaît en ce moment.

On vide nos assiettes en silence.

— J'ai dit à ma mère que je voulais être écrivain, lui dis-je pour combler le silence.

— Un écrivain...

Il me dévisage. Il vient juste de m'apprendre que ses parents venaient de détruire son rêve. Je suis trop nul. Je me souviens de ce qu'il m'avait déjà dit, à propos de Linh, lui et moi, et de nos trajectoires différentes, de nos parents différents. Que certains étaient autorisés à poursuivre leurs rêves tandis que d'autres... non.

Je respire un peu mieux alors qu'il m'adresse un sourire accompagné d'un grand coup dans les côtes.

Aïe !

— Ouah, mec ! Qu'est-ce qu'elle a dit ?

— Elle n'a pas pété un câble, dis-je en me frottant le côté. Et m'a proposé de vivre dans le sous-sol.

Ça peut sembler pas si gentil, dit comme ça, mais Việt connait l'humour spécial de ma mère.

— Elle ne s'est pas mise en colère, c'est déjà ça !

— Elle n'a pas sauté de joie, c'est sûr.

— Allez, tu sais bien que c'est le mieux que tu puisses avoir avec eux ! Parfois j'ai du mal à suivre ; les choses évoluent si vite. C'est comme ça. Nous vivons chacun dans nos mondes. Moi, j'ai le cross. Toi, tu... hem. Honnêtement, je ne sais pas de quoi est fait ton monde.

— Merci, tes mots me touchent.

— Bon, en tout cas, tu as trouvé un truc qui te passionne. Et puis tu es tombé amoureux.

Mon cœur se pince. Je ne lui ai pas encore raconté qu'elle m'a rejeté. Je n'ai pas encore eu l'occasion de parler à Linh ni même de lui mentionner le projet de Chef Lê. D'ailleurs, il n'a pas réussi à la joindre non plus.

— Quand vas-tu lui faire le grand numéro ?

— Le quoi ?

— Mec ! Ta déclaration ! Lui montrer que tu tiens à elle, comme dans « Le Bachelor » !

— Ah oui, ça... Et comment il se débrouille, exactement, ton Bachelor ?

— Un vol en hélicoptère. Un voyage dans un domaine viticole. La visite d'une ferme. Ce qui, je dois dire, m'échappe totalement. *Que quelqu'un me vienne en aide.*

* * *

On a eu droit à de multiples démonstrations ratées de karaoké. Puis le petit dont c'était la fête a montré des signes de fatigue, alors on a terminé la soirée avec une tradition : placer devant lui douze objets représentant autant de carrières possibles. Celui qu'il choisira pourra être un indice sur ses choix futurs. C'est un jeu amusant, mais je suis sûr que les parents espèrent secrètement que le petit choisira un objet plutôt qu'un autre.

Le bébé, hypnotisé par la lumière clignotante de la caméra braquée sur lui, nous regarde ensuite de ses grands yeux curieux. Puis il examine ce qu'on a déposé devant lui : une calculatrice, une fourchette, un stéthoscope en jouet, tout un tas de bidules trouvés dans la maison. Après quelques minutes à se tortiller de joie devant cette audience inattendue, le petit cousin s'empare du stéthoscope et se met à le mâchouiller sous les hourras du public. Je vois Mẹ assise au milieu de tout ce monde, le regard déjà lointain, même si je suis sûr qu'elle n'a bu qu'un verre. Elle semble s'amuser.

— Mẹ, qu'est-ce que j'ai choisi, moi ?

— Hein, con ?

— Quand j'ai eu un an, qu'est-ce que j'ai choisi ?

Elle doit se concentrer pour se souvenir. Mes tantes lancent des suppositions saugrenues, toutes fausses. Soudain, elle me regarde d'un drôle d'air, et me répond :

— Un crayon.

Mon esprit part dans des contrées insoupçonnées. Quel hasard. Je sais, je n'étais qu'un bébé, j'ai probablement choisi l'objet qui me semblait le plus intéressant à mastiquer. Mais c'est devenu la réalité. Sérendipité. Tout s'aligne. Mon destin se réalise, et ma mère l'accepte. Quasiment.

Mais il me manque une pièce : Linh.

Est-ce complètement inconscient de souhaiter sa présence à mes côtés ? Ce serait plus dur à accepter pour ma mère que ma carrière d'écrivain raté vivant dans son sous-sol. De toute façon, Linh ne le souhaite pas.

Je pense que j'ai le droit de ressentir tout cela. Tant que rien n'arrive. Tant qu'on peut rester amis.

CHAPITRE 26

LINH

Gold Key. Jour du Phở le Retour. Gold Key. Bảo. Gold Key. Bảo. Les idées se battent pour décrocher mon attention. Je voudrais étouffer toutes ces pensées mais je n'arrive pas à me poser pour peindre ou dessiner, ce qui d'ordinaire m'aide à me recentrer. Je ne tiens pas en place. J'ai commis l'erreur de me regarder dans la glace ce matin : j'ai cru voir un zombie.

Je suis dans la salle d'art pour déjeuner, et je ressens durement l'absence de Bảo. J'ai tiré les rideaux, pas encore assez pour bloquer toute la lumière. La pièce baigne dans une douce lueur bleutée qui me calme. J'essaie de me concentrer, mais je n'arrive qu'à me laisser hypnotiser par la poussière en suspension. Mon téléphone sonne. Encore ce numéro inconnu, probablement de la publicité. Je ne réponds pas.

— Salut, Linh.

Bảo. J'hésite à me retourner pour l'accueillir. Je ne veux pas qu'il voie ma tête de zombie. Or, quand je me retourne enfin, il ne sursaute pas.

— Tu es occupée ? Je dois te parler.

Je me recoiffe nerveusement.

— Bảo...

Il lève la main, l'air gêné.

— Non, pas de *ça*. De Chef Lê.

— Hein ?

Il se fige soudain, le regard fixé sur ma tête. Il me montre la sienne puis la mienne. Je porte la main à ma tempe et... sens une large trace de peinture fraîche.

— Mince !

Super.

Je me sens rougir jusqu'aux oreilles et cherche du papier essuie-tout que je n'arrive pas à retrouver. Quand je me rasseois Bảo s'est rapproché, un mouchoir dans la main. Il l'applique sur ma mèche.

— Voilà. C'est mieux, murmure-t-il.

Je ferme les yeux, profitant de sa présence près de moi. Son regard sur moi. Ses gestes si doux.

Il recule et mes épaules s'affaissent. Mon cœur bat à un rythme indécent.

— Euh, donc. Le Chef Lê m'a appelé, il n'arrive pas à t'avoir au téléphone.

— Oh ! C'était lui ? Qu'est-ce qu'il voulait ?

— Tu devrais le rappeler, il t'expliquera. Mais je crois que c'est une bonne nouvelle. Ça va être marrant. Et parfait pour toi.

Il est debout à côté d'un chevalet, semble mal dans sa peau. Autrefois, il aurait été à l'aise, joyeux, se serait même permis de s'approcher de mon tableau. Je me déteste pour avoir créé tout ça. Les silences gênés, les conversations tendues. C'était si simple, avant. Tout a changé maintenant, à cause de tout ce qui se dresse entre nous.

— Bon, ben... Je crois que je vais y aller, finit-il par dire.

La salle est encore plus sombre que je le pensais.

Si j'avais l'air fatigué, je me demande de quoi j'ai l'air, maintenant que je sais que Chef Lê a essayé de m'appeler. Mes parents ne sont pas discrets quant à la réalité de mon apparence quand j'arrive au restaurant. Ba sort tout juste les nouveaux sets de table. J'avais raison : ils atténuent la lumière trop crue de notre salle. Les fausses pâquerettes qu'on a achetées complètent agréablement le décor.

Mon père me fixe un peu trop longtemps.

— Con *bệnh hả* ? demande-t-il en posant la main sur mon front.

— Mẹ *sẽ* faire du thé au gingembre, propose ma mère qui se lève alors qu'elle prenait son dîner.

— *Ngồi xuống đi*, me suggère Ba.

— Non, je vais bien, je vous assure. J'ai juste… pas mis de maquillage ce matin.

Et j'ai trop de soucis.

Puis je vois les cernes sous les yeux de mon père. Lui aussi se fait du souci. Bien plus que moi. Mes tracas ne sont rien en comparaison des siens.

— Tu as l'air bien pire que ça, réplique-t-il. Rentre à la maison et dors.

— Non, ça va, je réponds, même si l'idée de m'allonger, seule, dans mon lit, a de quoi me charmer.

— Va dormir ! On veut que tu sois en forme pour le Jour du Phở !

Ils continuent d'insister. Alors je sors.

Mais je ne rentre pas tout de suite. Je suis dans ma voiture, devant Chơi Ơi. J'ai tourné en rond, incapable de rentrer directement à la maison, et me suis retrouvée devant l'établissement de Chef Lê. Le parking est presque désert, mais je suis sûre qu'il sera rempli d'ici l'heure du dîner.

C'est sa femme, Saffron, qui m'accueille.

— Mon mari est enchanté par votre dessin !

— Oh. Merci. J'en suis très heureuse.

Je suis étonnée de constater à quel point ma voix est monotone. Je me demande si j'ai parlé comme ça toute la journée. Son sourire s'étiole d'un millimètre.

— Tu vas bien ?

— Euh, Chef Lê voulait me voir ?

— Il sera ravi de te voir ! Cette colonne ne se laisse pas décorer facilement, mais je suis sûre que tu sauras t'y prendre !

Une colonne ? J'aurais dû écouter les messages qu'il m'a laissés. Ça ne m'a même pas traversé l'esprit. Des étincelles de chaleur me parcourent. Chef Lê voudrait m'embaucher, moi, une lycéenne ?

— Tu peux y aller, il est au fond.

Je me dirige dans la direction qu'elle m'indique, et en passant, examine la colonne en question, cachée derrière un rideau. Large, blanche, elle pourrait faire une sacrée impression.

— Miss Mai ! s'exclame Chef Lê en arrivant vers moi. Content que tu aies reçu mes messages !

— Est-ce...

— Oui, l'objet du délit !

Elle est en plein milieu de la salle, attire naturellement l'œil. Il lui faudra des couleurs éclatantes, qui n'entreront pas en contradiction avec celles du décor déjà présent, mais qui les souligneront. Le décor déjà présent est constitué de paysages. Il ne manque que des personnes. Des visages aussi vivants que ceux des convives qui viendront dîner ici.

Je suis perdue dans mes plans lorsqu'il m'annonce le montant qu'il est prêt à me verser.

— Pardon ?

— Oh, tu peux toujours essayer de marchander, tu ne recevras pas un dollar de moins ! plaisante-t-il.

Il me rappelle mes parents, qui ne laissent jamais personne refuser un paiement.

— Mais... je... pourquoi moi ?

— Tu as du talent, Linh ! Et comme je l'ai dit à Bảo, je sais reconnaître le talent.

Une vague de tristesse me submerge, m'attendrit. Il y a donc des gens ici qui croient en moi, alors que je ne leur demande rien. Je ne crois même pas en moi-même. Je doute, je fuis, toujours apeurée.

La colonne vient tout juste de recevoir une base de peinture blanche. Je regarde par terre, où des gouttes de l'enduit tachent une bâche. Et j'y vois une paire de Converse rouge s'y avancer.

— Chef Lê ! Où vouliez-vous... Linh ?

C'est bien Bảo, constellé de taches blanches, les bras couverts de peinture. Saffron le suit avec des serviettes. Bảo a peint ? C'est lui qui a fait ça ?

— Juste ici ! Vous tombez bien, je suis en train de passer un accord avec Linh.

— Oh...

Il a l'air ébahi et son regard va de moi à la colonne.

— Tu es censé peindre la colonne, pas toi, lui lancé-je en guise de plaisanterie.

Il hésite, puis tente un sourire timide. Une pause, un peu trop longue. Saffron dépose les serviettes.

— Bry ? Je peux te parler ?

— Quoi ? Maintenant ?

— Oui. Viens ici.

Il la suit à contrecœur de l'autre côté du rideau. On l'entend murmurer en s'éloignant. « *Comment ça, les laisser tranquilles ? On est juste... Eh, doucement* ! »

On réprime chacun une envie de rire, qui serait normalement partie en fou rire, mais qui retombe vite.

— Mes parents m'ont renvoyée à la maison. Ils pensent que je suis malade.

Il s'approche avec précaution, pose délicatement la main sur mon front. Mon cœur s'emballe, ça n'arrange pas la situation.

— Tu n'avais pas l'air en forme à midi. Tu devrais peut-être rester au lit.

— Je ne suis pas malade. Juste fatiguée.

— Tu as beaucoup de soucis en ce moment.

Sa main retombe de mon front, s'attarde au niveau de ma joue, qu'il effleure du pouce.

— Pardon.

— Non, ne… (Je laisse passer l'instant.) Pourquoi es-tu ici ?

— Je ne travaille pas aujourd'hui, et Chef Lê m'a dit qu'il avait besoin de préparer la colonne. Oh, je ne lui ai pas dit que tu dirais oui, tu sais. Mais il était super enthousiaste et il voulait commencer tout de même. Tu sais comment il est.

Je fais le tour de la colonne. Il me suit, comme si nous étions reliés par un fil invisible. Cette pièce d'architecture est si large, si haute ! Tant de possibilités… Je peux peindre des paysages. Des gens qui sont chers au Chef Lê. Je peux étaler des couleurs rutilantes, ou plus douces. Ou les deux. Je peux faire quelque chose de beau.

Mon anxiété s'atténue peu à peu. Je respire calmement.

C'est Bảo qui a créé cette opportunité pour moi. Comme le soir où il a passé les lignes ennemies pour me tendre la main dans l'allée derrière notre restaurant. Il est toujours là pour m'aider. Je suis toujours celle qui me détourne de lui, parce que j'ai toujours une bonne raison. Cette vérité me frappe soudain, avec une netteté si parfaite que les mots me manquent pour l'exprimer. Si seulement je pouvais peindre mes sentiments pour lui, sur cette colonne !

Mais je n'ai que les mots. Là, maintenant, mes mots maladroits sont tout ce que j'ai pour m'exprimer. Alors je les choisis.

— Si jamais j'acceptais de peindre cette fresque, ça me ferait beaucoup de travail.

Son beau visage s'anime d'un sourire.

— Tu en es capable. Je t'ai vue à l'œuvre.

— Et ça ne sera pas facile. C'est une grande surface, je ne saurai pas toujours comment m'en sortir.

— L'inspiration est capricieuse parfois, mais elle revient toujours.

— C'est exactement ce qu'il me faut.

— C'est vrai. Tu as besoin d'un projet pour toi.

— Même si je ne sais toujours pas comment on va faire avec nos familles.

— Ça ira, ne… Hein ?

— Merci !

Je l'enlace si brutalement qu'il se met à tousser. Puis, après une seconde d'hésitation, il me serre contre lui. Quand je peins, il y a toujours un moment où je *sais* que j'ai terminé. La couleur, les textures, tout semble *parfait*.

Nous, maintenant. C'est parfait.

Je m'enivre de son odeur, plonge mon visage contre son cou, comme deux pièces d'un puzzle qui s'emboîtent.

Oui, je le veux. Je nous veux.

J'entends sa respiration s'accélérer et ses bras se relâcher : il vient de comprendre. Mais il recule. Il veut une confirmation. Une de ses mains délaisse ma hanche pour se poser sur mon bras. L'autre vient se poser sur ma joue et il s'approche de moi.

— Je peux ?

Je l'attends. Des couleurs extatiques nous entourent. Les plus gaies, le jaune, l'orange, le rose... Elles dansent autour de nous. Comme dans les *Nymphéas* de Monet. Non, ceci n'appartient qu'à moi. C'est mon tableau. Je vais me souvenir de ce moment et en faire mon chef-d'œuvre.

Je presse mes lèvres plus fort contre les siennes. Il émet un bruit d'étonnement, mais je le sens sourire. C'est irréel, nous deux, nous embrassant dans cette salle. J'ai tenté de réprimer ces sentiments pour de mauvaises raisons, mais maintenant, je vais les montrer. Car tout ça, tout ça, est tellement bon. Le bruit de nos lèvres qui se séparent, le souffle de nos nez qui se mêle, sa main sur ma joue qui me retient près de lui – même si je ne veux jamais, pour tout l'or du monde, m'éloigner de lui. Tout ce qui m'intéresse maintenant, ce sont ses lèvres, ses mains, et la sensation insensée de liberté qui me soulève tandis que je passe mes doigts dans ses cheveux.

Enfin.

CHAPITRE 27

BẢO

Je m'étais pointé là sans réelles attentes, juste pour aider Chef Lê. Il avait déjà acheté tout ce dont Linh aurait besoin pour travailler, alors même qu'il n'avait pas encore sa réponse. Je n'avais pas eu le cœur de lui dire que Linh était déjà très occupée, qu'elle ne pourrait peut-être pas accepter.

Puis elle est apparue. Et tout s'est enchaîné.

Est-ce possible d'être aussi heureux ?

Ce baiser arrache tout l'air de mes poumons, ce qui est la seule raison qui me pousse à y mettre fin. Désorienté, je pose mon front contre le sien. Je ne pensais pas qu'un jour je ressentirais cette sensation de faiblesse dans les genoux, dont on parle dans les romances. Mais c'est le cas. J'imagine que c'est l'effet des premiers baisers.

Linh a le regard flou, mais j'y vois la réalité y revenir, plus claire que jamais. Je le vois très bien car je sais quels sont ses soucis. J'en partage certains. Elle ouvre la bouche.

— Juste un instant, supplié-je. Restons encore une minute loin de tout le reste.

— Tu fais comme moi, dit-elle avec malice. Mais une fois qu'on sera sortis d'ici, rien n'aura changé. On sera toujours Linh Mai et Bảo Nguyễn, dont les familles sont ennemies mortelles.

— Mais ici, même si ce n'est que pour quelques instants, nous sommes Linh Mai et Bảo Nguyễn, deux critiques de restaurant, artiste et écrivain. Et on s'en sort rudement bien.

Elle sourit tristement, elle sait que ce n'est qu'une bravade. Ses mains retournent dans mes cheveux, et je voudrais fixer ce moment dans l'éternité, avec son regard si tendre posé sur moi.

— Eh… dis-je en prenant son menton entre mes mains, émerveillé d'y être autorisé, de réussir à le faire si naturellement. On va y arriver. Une étape à la fois.

— D'accord, dit-elle avant de m'embrasser. Quelle est notre prochaine étape ?

J'essaie de penser à quoi que ce soit qui n'ait rien à voir avec nos familles pour le moment.

— Je suis ton petit ami.

— Ça me semble évident.

— Việt et Ali l'avaient apparemment vu venir avant nous. On va devoir leur annoncer la nouvelle.

— Que veux-tu dire ? Je savais pour Ali, mais… Việt aussi ?

— Apparemment, ils se parlent, tous les deux. De nous.

— Oh, magnifique.

Elle cale sa tête contre ma poitrine et murmure quelque chose.

— Qu'est-ce que tu dis ?

— Roméo et Juliette. Ali ne va pas s'en remettre.

— On est un peu les Roméo et Juliette du phở. Nos familles se détestent, et même cette colonne pourrait faire partie d'un décor de Shakespeare.

— Tu veux dire qu'on va finir par s'empoisonner ? On devrait peut-être se trouver une dague.

— Et une tombe. Tu as raison, mieux vaut se préparer.

Elle rit mais ne répond rien. Elle me laisse l'enlacer. Ou c'est elle qui m'enlace. C'est la même chose à cet instant.

Soudain, on entend des murmures.

— Je devrais peut-être toquer ?

— Bry, mon cœur, c'est un rideau, c'est impossible.

Chef Lê nous a serrés tous les deux sous le regard amusé de Saffron, et maintenant, nous raconte ce qu'il envisage pour sa colonne. Il veut que ça se marie avec les murs rouges, mais que ce soit une pièce remarquable au milieu de la salle. Il tend des photos de sa famille à Linh. Beaucoup montrent sa mère à différents âges de la vie. Elles me rappellent celles qui ornent notre autel familial. Je me demande si ces gens de ma famille, aujourd'hui disparus, savaient, quand ils posaient, à quoi serviraient ces portraits. Ils ont l'air si grave… c'était peut-être voulu. Finalement, il laisse le champ libre à Linh, mis à part qu'il aimerait voir quelques éléments de son histoire.

— J'ai quelques idées, lui répond-elle.

Elle examine la colonne sous toutes ses coutures, envisage les dimensions, la profondeur de champ. Ce n'est pas une lycéenne, mais une professionnelle.

Et c'est ma petite amie. *Ma petite amie*. Je lui souris de toutes mes dents alors qu'elle ne me regarde pas. Je repense à notre baiser. Je repense à ses soucis. Puis des images de mes parents cherchent à squatter mes pensées, mais je les tiens à l'écart, soucieux de conserver ce moment loin de tout tracas.

Chef Lê raconte tout ce qu'il sait de chacune des photos qu'il montre à Linh. Lors de notre première rencontre, il nous a parlé de ces secrets de famille que l'on ne connaîtra jamais. Et de ces secrets qui se dévoilent et vous offrent soudain des réponses. Si je cherchais dans le passé de ma famille, est-ce que je trouverais des réponses, moi aussi ?

Linh se tourne vers moi.

— Tu seras libre, les deux prochains jeudis ? Chef Lê est d'accord.

— Tu veux que je sois là ?

— Bien sûr.

— Pour… peindre ?

Elle grimace. Je prends ça pour un non.

— Ne t'en fais pas, me dit Saffron. Tu es libre de venir ici, pour faire tes devoirs ou ce qui te plaît. Bry va essayer de ne pas trop t'embêter.

— Ma femme est toujours en train de me ridiculiser !

— Vraiment ? réponds-je à Saffron. Merci, dans ce cas, je serai là !

Chef Lê fait semblant de nous tirer dessus avec ses doigts. On est tous d'accord.

CHAPITRE 28

LINH

Le lendemain, ce n'est pas le réveil qui me tire du sommeil. Non, c'est quelqu'un qui me chatouille, m'arrache à mes doux rêves. J'étais coincée dans un de mes tableaux, et j'y étais très bien. Je pouvais peindre avec mes mains, je n'avais besoin d'aucun pinceau, tout ce que je touchais se colorait. Je marchais sous un arc-en-ciel, au pied duquel j'avais trouvé une petite cabane. Bảo m'y attendait, debout, de dos. J'avais voulu tendre les bras vers lui, mais des mains m'avaient tirée en arrière.

Evie.

— Qu'est-ce que tu fais là, si tôt ! m'exclamé-je tandis qu'elle éclate de rire.

Elle a l'odeur d'une voiture neuve.

— Je n'ai pas voulu réveiller Ba aussi tôt, alors j'ai loué une voiture. Et je te trouve là, en train de pioncer ! Quelle paresseuse !

Mon réveil m'indique qu'il est sept heures du matin.

— Tu parles...

Elle porte son sweat-shirt aux couleurs de son université, capuche rabattue sur les cheveux, et ses yeux brillent d'un éclat probablement dû à la caféine.

— Je suis contente que tu sois là.

— Je n'allais pas vous laisser vous débrouiller tous les trois.

Je la serre fort contre moi. J'ai été si énervée, ces dernières semaines, entre la compétition, mes sentiments pour Bảo, et tout le reste. J'ai été égoïste. Je sais que j'aurais pu m'en sortir avec plus de brio. Evie l'aurait fait.

Au moins, maintenant, Bảo n'est plus un souci en soi. Mais pour le reste…

— Aïe ! Linh, tu serres trop fort.

C'est rare que je me lève avant mes parents, mais ça vaut le coup de voir Evie marcher sur la pointe des pieds dans leur chambre pour aller souffler dans l'oreille de Ba. Il s'agite, tend les bras dans tous les sens avant de comprendre.

— Con !

— *Gì* ? demande Mẹ, instantanément réveillée.

Elle attrape le bras de ma sœur et fait semblant de la taper, en lui disant qu'elle n'aurait pas dû conduire toute la nuit, que c'était dangereux, et qu'elle était toute seule. Mais son sourire trahit sa joie. Je me souviens de ces dimanches matin, où Evie et moi grimpions dans leur lit, et nous prenions Mẹ en sandwich entre nous, réussissant presque à faire tomber Ba du lit.

On est grandes maintenant. On pourrait le faire sans peine, si on voulait.

Après ma douche, je rejoins les autres à la cuisine. Mẹ a préparé un petit-déjeuner suffisant pour nourrir un régiment : des œufs *ốp la*, du *cà phê sữa đá*, et des restes de *bánh ướt*. Les parents parlent du restaurant de Bảo, et du menu spécial de ce soir.

— Un Jour du *Bánh Xèo*, dit Ba. On aurait dû y penser.

— Préparer le *bánh xèo* n'a jamais été mon fort, répond Mẹ.

— Peut-être que tu devrais t'entraîner.

— Peut-être que *tu* devrais t'entraîner ! rétorque-t-elle en retournant les œufs dans la poêle.

Evie et moi échangeons un regard amusé. Mẹ a déjà posé un bol de *cháo gà* devant moi. Du riz bien chaud, avec de la viande et des légumes. Elle a dû le préparer tard hier soir. Je sens déjà la chaleur m'envahir.

Nous sommes assis autour de la table, tous les quatre, comme nous l'avons toujours été.

— Espérons que ce soir soit un succès comme la dernière fois ! s'exclame Mẹ.

Je l'espère aussi. Mais j'espère que cela ne voudra pas dire que la soirée des Nguyễn sera ratée. Je repousse ces pensées, me concentre sur ma famille.

— Tout ira bien, lui réponds-je.

CHAPITRE 29

BẢO

Le temps est gris et moche, mais ma mère en est satisfaite : c'est une bonne excuse pour manger un *bánh xèo*. Elle est déjà dans la cuisine de chez nous de bon matin, entourée de nourriture. Je n'en crois pas mes yeux. Chaque surface est occupée par des bols, chacun contenant les ingrédients qui garniront les plats : crevettes, poitrine de porc, pousses de soja. Je remarque aussi un grand saladier de pâte probablement destinée à être cuite sous forme de crêpes, à remplir de Nutella, de fraises ou de bananes. Mẹ est partout à la fois.

— Tu as besoin d'aide ? lui demandé-je, encore en pyjama.

— Ne touche à rien !

Elle se met à nettoyer la cuisine mais cela revient à tout déplacer d'un point à un autre, sans fin. Je ne l'ai jamais vue aussi tendue depuis… depuis le Jour du Phở des Mai.

— Mẹ, tu es nerveuse ?

— Mẹ ? Nerveuse ? Et pourquoi ?

— Comment on dit « nerveuse » en vietnamien ?

— *Lo lắng*, mais Mẹ n'est pas *lo lắng*, je suis *chết cha*.

Elle se précipite sur le feu dans la véranda. Je la vois touiller une marmite, verser un peu de son contenu dans une poêle, et faire la moue. Visiblement, ce n'est pas la première fois qu'elle se rate.

— Mẹ, dis-je plus fermement quand elle revient. Qu'est-ce que je peux faire ?

— C'est la deuxième pâte que je rate, et je ne comprends pas pourquoi ! Je recommence. Utilisons une autre poêle.

Elle laisse la poêle sur le feu pendant quelques secondes avant de me dire de l'arroser avec deux bonnes giclées d'huile. Elle ajoute des crevettes et de la poitrine de porc. Après avoir attendu un temps de plus, elle utilise ses baguettes pour mélanger la pâte avant de la verser sur la poêle d'un geste agile. La fine couche produit un grésillement très satisfaisant.

— C'est difficile, d'avoir la bonne épaisseur, me dit-elle en ajoutant des pousses de soja. Trop, et ça ne sera pas croustillant. *Không giòn*.

— Comment tu le sais, quand c'est croquant ?

— On dirait que les bords sont sur le point de griller.

Armée de sa spatule, elle s'empare du pancake, le plie avec une adresse remarquable et le retourne : il est parfaitement doré en dessous. Si Chef Lê voyait ça, il serait ébahi.

Le *bánh xèo* glisse dans l'assiette que je lui tends.

La véranda fuit, quelques gouttes me tombent dessus. Je m'apprête à aller chercher un imper quand Mẹ me retient.

— J'aimais beaucoup les *bánh xèo* quand j'étais petite. J'en mangeais pendant la saison des moussons. Mes parents en faisaient, et on les mangeait avec ton oncle, en regardant la pluie tomber par la porte ouverte.

— Cậu Cam ?

Le frère à qui je ressemble. Celui qui n'a pas survécu. Elle acquiesce.

— J'aimerais bien qu'il me voie cuisiner ces *bánh xèo*. Il serait surpris de voir à quel point j'y arrive bien, maintenant ! Il a toujours été très critique au sujet de mes talents, dit-elle avec tendresse.

— Tout le monde le dit, que tes *bánh xèo* sont délicieux.

— Oh, ils ne me le disent pas en face !

Mais je vois bien qu'elle rosit de plaisir. Elle adore ces

compliments-là. Elle regarde le ciel, y voyant des choses que je ne perçois pas.

— J'espère que la pluie ne va pas encourager les gens à rester chez eux. Sinon, les deux restaurants perdront ! Mais s'ils viennent, ils ne seront pas déçus. On peut battre *ce* restaurant.

Plus tard, Linh m'envoie un message.

Comment ça va ?

Tu essaies de nous espionner ?

Pourquoi crois-tu que je t'ai embrassé ?

Je m'en doutais ! 😊

Je pense à toi...

Moi aussi.

Mais vous allez vous ramasser ce soir. 😘

Ah oui ? On va bien voir ! Que les meilleurs gagnent ! 🔪

Quelques heures plus tard, après des tonnes de préparation, on est enfin prêts à accueillir les clients. Ils sont déjà en file indienne derrière la porte, sous leurs parapluies. Ils ne sont pas autant que la queue chez les Mai de la dernière fois. Ba sort, distribue les menus et des échantillons de *bánh xèo*.

— Ça alors, mec ! s'exclame un jeune homme. J'ai jamais rien mangé d'aussi bon ! Même ma mère ne les réussit pas aussi bien !

Je ne peux qu'imaginer l'expression de mon père à se faire appeler « mec », car il est de dos, mais ça m'amuse.

— À l'attaque, et pas de quartier, dit Việt en nouant son tablier.

Il est là depuis quelques heures, alors que ses parents sont venus nous livrer des crevettes. Soudain, je me souviens que je ne lui ai pas encore dit, pour Linh et moi.

— Vous en êtes toujours au même point de votre pari, avec Ali ? je lui demande.

— On reste sur nos positions.

— Eh bien, vous n'avez plus à parier, maintenant.

Je lui raconte tout, protégé par le bruit ambiant du restaurant. Clairement, il ne s'y attendait pas. Il cligne des yeux comme s'il était ébloui. Puis il m'envoie une grande claque dans le dos pour me féliciter.

— Et il n'y a rien de mieux, pour tester une relation naissante, que la compétition !

— Merci pour ce rappel, Việt.

— Perso, je pense qu'aucun de vous ne peut gagner. Chaque restaurant a sa soirée spéciale, qui va attirer des personnes différentes selon les goûts de chacun. Ne dis pas à ta mère que je t'ai dit ça. Elle n'aimerait pas ça.

— Qui n'aimerait pas quoi ? demande Mẹ, qui passe derrière nous. Et pourquoi vous parlez au lieu de travailler ?

— Non, rien, répond Việt. On se demandait juste si c'était possible de faire un meilleur *bánh xèo* que le vôtre. L'autre restaurant va peut-être essayer ?

— Oh ! s'exclame ma mère, qui ne remarque même pas qu'elle est manipulée. Ils peuvent toujours essayer, ils sont nuls en *bánh xèo* !

— Tu l'as déjà testé ? lui demandé-je.

C'est vrai que mes parents critiquent toujours les plats d'en face, mais ont-ils jamais essayé ? Elle fait un geste désinvolte de la main.

— Je le sais, c'est tout.

Sa réponse m'énerve. Elle n'en sait rien. Mais je n'ai pas le temps de m'appesantir sur le sujet, car Ba rappelle les troupes : on va ouvrir.

Notre offre était simple : c'était une combinaison spéciale. Pour chaque phở commandé, un mini pancake était offert. Tout allait bien jusqu'à ce qu'une tablée ne commande que des *bánh xèo*. Puis une autre, et une autre... Maintenant, les gens ne commandent plus que ça. Nos clients sont surtout vietnamiens, avec quelques exceptions ; ils ont dû voir nos flyers au supermarché. Une dame blonde, accompagnée de son mari et de trois enfants, me demande ce qu'est un *bánh xèo*.

— Vous avez déjà mangé un pancake ?

— Oui.

— Eh bien c'est la même chose, mais en plus croustillant. Imaginez-vous sous votre parapluie, car il pleut, mais ce n'est pas le déluge non plus, et une moto passe, vous pouvez sentir les pots d'échappement. Et soudain, on vous présente cette assiette avec une crêpe d'un jaune éclatant, moelleuse à souhait, remplie de délicieux ingrédients croustillants, et nappée d'une sauce aux goûts de la mer. Une bouchée, et vous voilà partie.

Elle me regarde d'un air incrédule.

— O.K., vous m'avez conquise. Un *bánh xèo* pour chacun d'entre nous.

— Vous n'allez pas le regretter.

J'emporte la commande à la cuisine. Ma mère n'en croit pas ses yeux.

— Cinq ? Mais tu leur as dit qu'on met de l'or, dedans, ou quoi ?

Je vois à son sourire qu'elle est aux anges.

Au fil des ans, mes parents ont dû composer avec toutes sortes de clients crétins. Des gens odieux. Excessifs. Des Vietnamiens trop tatillons. Le bouillon n'est pas assez relevé, les pâtés impériaux pas assez cuits, la sauce *nước mắm* pas assez citronnée. Ma mère n'hésite pas à aller les confronter dans leur langue, et ils arrivent à cette conclusion : chaque Vietnamien vit sa cuisine différemment, sans compter les traditions familiales et régionales.

Mais certains clients sont dans une catégorie à part. Celui-ci, par exemple. Tout à l'heure, Việt est venu me chercher, l'air inquiet. Ça ne lui ressemblait pas.

— Mec, y a un type qui se plaint qu'on lui a pas donné assez de pâtés impériaux.

— Il en a commandé combien ?

— En accompagnement.

— Et il en a eu deux ?

— Oui ! C'est ridicule ! Il prétend qu'on essaie de le rouler ! Il veut parler au manager.

J'hésite. C'est ma mère. Si elle peut mettre n'importe qui dans sa poche en vietnamien – à l'aide de quelques plaisanteries et d'un plat gratuit – en anglais, c'est pas la même chose. C'est l'un de ses pires complexes. Elle perd facilement son sang-froid et peut vite se mettre en colère – surtout contre elle. Je jette un coup d'œil à la salle, et je le repère immédiatement : face rougeaude, lunettes de soleil, cheveux coiffés en piques sur le haut du crâne. Il est adossé en arrière, les bras croisés, tapotant des doigts en signe d'impatience. Il est avec une personne qui pourrait être sa femme, et deux enfants. Elle se penche vers lui, essaie de lui dire quelque chose, mais il l'ignore et regarde ailleurs, mâchoires serrées. Pauvres gosses.

Mẹ arrive à grands pas… et recule tandis que l'homme se lève lentement, faisant étalage de sa haute taille. Il me rappelle que ma mère mesure moins d'un mètre cinquante ; c'est sa voix et son attitude qui nous font toujours croire qu'elle est plus grande.

— Merde, j'aime pas ça.

Việt et moi nous rapprochons de la table.

— Si vous n'êtes pas contents du goût, on peut en refaire pour vous exprès, dit ma mère.

— Jared, intervient la femme. Mangeons, c'est très bien comme ça.

— Non, Beth, c'est pas bien ! (Il toise ma mère.) J'aimerais bien savoir pourquoi vous essayez de nous rouler !

— Vous rouler ?

— Eh ben quoi ? Vous comprenez l'anglais ou même pas ?

— Quel enfoiré ! s'exclame Việt tout bas.

— Monsieur, énonce clairement et distinctement Mẹ, nous servons toujours deux pâtés impériaux avec les plats. Regardez les autres tables.

Il regarde. Les autres clients ont cessé de manger ou essaient d'occulter la scène. Jared baisse les bras et je soupire : c'était juste un malentendu. Tout va rentrer dans l'ordre. Sauf que non.

— C'est de la merde, ce restaurant. Nourriture de merde, propriétaires de merde pas foutus de parler anglais ! (Tout le monde le fixe désormais.) Je paierai pas pour ça ! braille-t-il.

— Mais ! s'exclame ma mère.

Elle est choquée d'entendre ça. Tout comme moi. Avant que quiconque puisse dire quoi que ce soit, le type se lève et gueule à ses enfants de partir. Ils s'exécutent, yeux au sol, probablement mortifiés. La petite fille semble sur le point de pleurer. Je ne peux m'empêcher d'intervenir.

— Dites. Vous avez déjà tout mangé ! Ce n'est pas juste.

Mais il a déjà disparu. Beth attrape maladroitement son sac, hésite, essaie de dire quelque chose, mais court après l'homme et les enfants.

— C'est pas possible ! m'écrié-je.

Je voudrais me lancer à leur poursuite, mais Mẹ me retient.

— Con, ça n'en vaut pas la peine.

Je tremble de rage. Il faudrait au moins appeler la police.

— Mais...

— Il faut retourner travailler. Nos clients méritent qu'on les serve. Cette famille ne fera aucune différence. (Elle se tourne vers la salle, avec son plus beau sourire.) Veuillez nous excuser pour cette interruption, nous vous souhaitons une bonne continuation de votre repas.

Elle répète en vietnamien.

Ma mère se plaindra sûrement à la cuisine. Ce n'est pas le premier client de la sorte qu'elle croise, à n'en pas douter, mais c'est la première fois que je le vois. J'ai grandi ici, avec des gens qui me ressemblent. Je n'aurais jamais imaginé que quelqu'un de l'extérieur puisse venir cracher sa haine ici avec autant d'assurance.

Je suis ma mère.

— Tu crois qu'il va revenir ?

— Non, on ne le laissera pas entrer.

— Tu devrais prévenir la police, non ?

— Des hommes comme ça, il y en a plein. On va pas appeler la police à chaque fois.

— Mais...

Je ne sais pas quoi ajouter. C'est juste que je déteste le fait qu'un type traitent mes parents – et tous les autres patrons du coin – de cette manière. C'est encore plus douloureux que d'entendre le serveur du restaurant photastic demander à mon père de se répéter. Ce Jared les a attaqués.

— Je sais pas, c'est pas normal.

— Ce n'est pas nouveau, m'indique Ba. On a vécu dans d'autres endroits avant celui-ci. Little Saigon est moins pénible qu'ailleurs.

— Il ne reviendra pas, con. *Đồ quỷ*.

Elle a une façon bien à elle d'insérer des gros mots dans ses paroles.

— Un vrai enfoiré, dis-je en acquiesçant.

Maintenant c'est elle qui me gronde pour utiliser un gros mot.

— On retourne au travail.

CHAPITRE 30

LINH

Mon téléphone sonne : un message de Bảo. Des amis se sont pointés juste avant la fermeture, et ils ont apporté des bières : on ne rentrera pas tout de suite à la maison. Evie est occupée à nettoyer mais elle est surtout en train de bavarder avec les cuistots qui nous ont vues grandir. Je sors discrètement, m'accordant dix minutes.

L'air est un peu frais dehors, assez pour porter une veste. Je suis les lampadaires jusqu'à un petit square souvent squatté par des amateurs de skateboard. Bảo a posé une barquette en polystyrène sur un banc et se relève en me voyant arriver. Son sourire fatigué est le reflet du mien. Il m'embrasse.

— Voici un gage de paix, annonce-t-il en me désignant le plat.

C'est un morceau de *bánh xèo*. Je lui tends des pâtés impériaux que j'ai dérobés en cuisine avant de venir. On mange la nourriture de l'ennemi. J'aimerais comprendre pourquoi mes parents disent tant de mal de la cuisine des Nguyễn. Mais finalement, les deux se ressemblent beaucoup. Même si le *bánh xèo* est très réussi.

— Tu crois que c'est possible que nos parents se connaissent depuis longtemps ? me demande Bảo. Depuis le Viêtnam, pourquoi pas, ou les premiers temps de leur arrivée aux États-Unis ?

— Ils nous en auraient parlé, non ?

— Ce ne serait pas la seule fois qu'ils nous cachent des choses.

Je repense à tout ce que mes parents racontent sans arrêt sur les Nguyễn. Aurais-je raté un signe ?

— Qu'est-ce qui te fait penser ça ?

— Ma mère a dit quelque chose à propos de la tienne. Que son *bánh xèo* n'était pas bon. Mais... on aurait dit qu'elle le savait par expérience.

— Ah bon ?

— Il y a tant de choses qu'ils ne nous disent pas ! C'est comme Chef Lê l'a dit. Nos parents décident de ce qu'on doit savoir ou non.

— Tu vas leur demander ?

— Pas directement. Je vais faire en sorte de ne pas attirer leur attention. Ça te va ? Je sais que ça fait beaucoup.

Il me caresse la main. Je me demande s'il s'en rend compte.

— Oui.

Je ne veux plus fuir.

— Ma mère vient de m'écrire. Elle me demande où je suis passé, on rentre à la maison.

— D'accord.

Je soupire. Je hais qu'on ne puisse pas se voir plus longtemps – ce sont des moments volés dans nos emplois du temps monstrueux. Et aussi devoir retourner dans nos familles où l'on devra faire semblant de détester l'autre. Il me prend par la main alors qu'on retourne vers nos restaurants. J'imagine un jour où l'on ne sera pas obligés de trouver un parc abandonné pour se voir, ou l'ombre des réverbères pour se tenir la main.

— On trouvera un autre moment, dit Bảo en voyant mon expression. On n'a toujours pas fait notre vrai premier rendez-vous.

— On est allés à ces restaurants pour le journal, et on se voit en tête à tête dans la salle d'art, ce ne sont pas des rendez-vous ?

Au fond de moi, je n'attends que ça.

— Ce sera différent, affirme-t-il. Nous irons quelque part où je pourrai te tenir la main comme ça, toucher tes cheveux comme ça, et t'embrasser…

Il joint le geste à la parole.

— Notre premier rendez-vous n'appartiendra qu'à nous.

Ce samedi, les parents et moi sommes invités à un mariage en deux parties : la cérémonie vietnamienne suivie d'une fête à l'américaine, tout ça dans la même journée. La fiancée, Fay, est la plus âgée des petits-enfants de Bác Xuân. J'ai eu l'occasion de lui parler quelques fois, et je l'aime bien. Elle n'a pas poursuivi la tradition familiale du restaurant, et a ouvert son propre cabinet dentaire. Son partenaire est son fiancé.

Participer à une cérémonie de ce genre signifie devoir rentrer dans mon *áo dài*, plus étroit chaque année. Devoir croiser des étrangers qui savent tout de moi grâce aux rumeurs colportées à chaque occasion. Ça veut aussi dire, probablement, que je devrai manger à la table des enfants. Comme Evie n'est pas là, je serai la seule ado au milieu d'une flopée d'enfants. Mais, pour une fois, je m'en fiche.

Ce mariage, c'est l'occasion rêvée. La théorie de Bảo m'a travaillée toute la nuit. Et si c'était possible ? Si nos familles s'étaient rencontrées, avant ? Je ne peux pas le demander directement à mes parents. Je ne saurais comment m'y prendre. Cependant, dans notre monde, tout se sait. Au moins une personne connaît la vérité. Dans le réseau de mes parents, il existe une personne qui connaît aussi les Nguyễn. Bác Xuân. Le grand-père de la mariée, qui a donné à ma mère la possibilité d'ouvrir le restaurant ; qui a aidé tout le monde dans le quartier, y compris les parents de Bảo.

J'aide ma mère à fermer son *áo dài* orné de fleurs jaunes. Elle m'apprend que Fay et son futur mari ne tiendront pas longtemps. Ils ont choisi la mauvaise date, n'ont pas fait attention au calendrier, des choses dans ce genre. Je ne crois pas à ces histoires, mais ma mère et ses amies, si.

La cérémonie chez Fay se déroule sans encombre. Il y a les échanges de cadeaux dans des paniers de velours rouge, les familles alignées devant l'autel décoré en rouge, la mariée qui apparaît dans sa robe traditionnellement rouge, avec au bras sa maman déjà en pleurs. Elle rejoint son mari, Dũng, vêtu d'un *áo dài* bleu, et cette image est frappante. Tant de couleurs, tant de bonheur. Ils échangent leurs vœux ; Dũng est nerveux, il bute sur les mots mais il est sincère. Fay tend les mains vers lui quand il marque une pause, retenant difficilement ses larmes. À la fin, nous sourions tous.

Puis, c'est la partie américaine de la fête : on se retrouve à une église, dans des tenues occidentales, et la suite se fait dans le jardin à côté. Je fais de mon mieux pour éviter les femmes de la famille de Fay, qui sont terribles. Elles se jettent sur tout célibataire pour s'enquérir de sa situation amoureuse. J'imagine la tête de ma mère si je leur disais la vérité.

J'essaie de me retenir de rire quand on me pose la question pour la cinquième fois. Fay et Dũng semblent parfaitement heureux, rassurés aussi de constater que tout s'est déroulé sans problème. Les gens ont bu et mangé et se sont calmés. Les anciens se sont rapprochés, et discutent du bon vieux temps. Mes parents discutent avec ceux de Fay. Les plus jeunes animent le *dancefloor* en se déhanchant sur de la pop américaine sous les regards étonnés et médusés de leurs parents. Quelques plus âgés les ont rejoints aussi, et je pourrais passer la nuit à les regarder se trémousser bravement. J'en oublie presque Bác Xuân. Mais je le repère, assis dans un fauteuil roulant, de l'autre côté de la piste de danse. Je m'approche de lui.

— *Thưa*, Bác Xuân.

Il lève doucement la tête avant de me montrer un sourire où il manque quelques dents.

— Ah, *cháu*.

— Vous vous souvenez de moi ? demandé-je en vietnamien.

— Bien sûr ! Tu es la fille de Liên Phạm. Tu lui ressembles tant ! Tu es devenue une bien belle jeune femme !

Il me fait rire. Je m'assois près de lui. Je peux voir les taches de vieillesse sur son front. Il prend ma main entre les siennes. Il y a un éclat dans ses yeux que je ne remarque que chez les clients les plus âgés de mes parents. Ils ont dépassé un certain point au-delà duquel s'inquiéter n'a plus sens. Ils posent sur le monde un regard content. Du moins je l'espère.

— Que fais-tu, dis-moi ? Tu travailles bien au lycée ? Et où est ta sœur ? Il me semblait que tu avais une sœur très intelligente.

Je souris de soulagement. Il semble heureux de discuter.

— Evie est à l'UC Davis. Elle étudie la biologie.

— Ah !

— Et je dessine toujours. Je suis peintre, maintenant.

— Je vois ça, affirme-t-il en désignant une tache sur ma main.

Je croyais pourtant les avoir bien nettoyées avant de venir.

— *Giống y hệt dì của cháu*, ajoute-t-il d'un air amusé.

— Ma tante ? (Puis, je me souviens qu'il l'a rencontrée lors de sa venue en Amérique.) Ah, Dì Vàng !

— Bien sûr. Depuis toute petite, elle avait constamment les mains couvertes de terre, d'argile... La sculpture, c'était sa vraie passion.

Je me sens un peu sonnée par cette révélation.

— Vous connaissiez ma mère et sa sœur quand elles étaient au Viêtnam ?

— J'habitais à quelques maisons de la leur, à Nha Trang.

Je me cale dans ma chaise. C'est donc pour cela que Dì Vàng semblait si familière avec Bác Xuân ; elle ne le rencontrait pas, elle le retrouvait ! J'ai l'impression qu'un tremblement de terre me secoue. À Nha Trang. Avant moi.

Bảo a raison. Il y a tout un pan de l'histoire que l'on n'imagine même pas.

— Ah, ta mère et sa sœur, elles étaient inséparables ! Et encore plus lorsque leurs parents sont morts. Ta mère se prenait toujours pour la grande sœur, c'était amusant.

Il gigote dans son fauteuil, faisant glisser son coussin. Je m'empresse de le remettre dans son dos. Il me tapote l'épaule.

— Merci. La communauté, là-bas, c'était très important, comme ici. Individuellement, on n'avait pas grand-chose, mais tous ensemble, on était riches, même quand le *Cộng sản* a commencé à tout nous prendre. On se serrait les coudes. Nous, ta mère et ta tante, les Lê, surtout après la chute de Saigon. Ah pardon, elle n'est plus Lê maintenant, mais Nguyễn.

Nguyễn ?

— C'est un miracle qu'on se soit tous retrouvés ici ! Oh, ça a mis du temps.

— Bác Xuân, la femme dont tu parles, devenue Nguyễn, c'est celle du restaurant en face du nôtre ?

— Bien sûr ! Qui d'autre ? Ah, je pensais qu'en leur donnant la possibilité de travailler proches l'une de l'autre, elles se réconcilieraient, qu'elles se libéreraient du passé. Ah... ce qui s'est passé... Si terrible.

— Qu'est-ce qui s'est passé ? je demande aussitôt, bien trop vite.

Il change d'expression et semble gêné maintenant.

— Comment, tu n'es pas au courant ? Ah... mais ce n'est pas à moi de te raconter cette histoire. Si ma femme était là...

Je n'ai jamais connu la femme de Bác Xuân.

— Elle t'aurait tout raconté. Mais moi... Ce n'est pas mon rôle. Je ne crois pas en avoir le droit.

— Je ne dirai rien à mes parents, je vous jure. Je me demande pourquoi nos familles se détestent, ça me travaille.

Il me caresse la main avec compassion, et se mord les lèvres, hésitant sur la marche à suivre.

— Tout ce qu'il a fallu faire, *cháu*... Des choses dont on ne peut pas parler car elles sont trop douloureuses. Sois respectueuse, et cela viendra.

Il fait signe à quelqu'un derrière moi et s'éloigne, me laissant perdue dans mes pensées.

J'observe les invités autour de moi tandis que la fête touche à sa fin. Mes parents ont inclus Bác Xuân dans leur conversation avec les parents de Fay. Mẹ sourit, Ba rigole, la tête penchée en arrière. Leurs visages sont échauffés par l'alcool. J'ai toujours cru qu'ils avaient rencontré Bác Xuân en Californie. Les jeunes mariés passent entre les convives pour les saluer, suivis par un photographe à l'œil rouge qui semble ne pas connaître le concept de sommeil. Quand ils arrivent à ma table, les enfants en sont à leur quatrième verre de soda, et leurs parents, au loin, n'en ont aucune idée. Fay me prend dans ses bras et me présente Dũng. Ils sont si beaux tous les deux, dans leurs costumes blanc et noir !

— Comment vous êtes-vous rencontrés ?

Ils échangent un regard complice, plein de secrets qu'ils sont les seuls à connaître.

— C'était à la bibliothèque de l'université. Je révisais comme d'habitude...

— Bon, moi, j'y allais pour la première fois.

— On a emprunté des livres en même temps. Un manuel de chimie pour moi.

— Et un manga, pour moi, ajoute Dũng en faisant semblant d'en être embarrassé.

— Je te taquinerai toujours avec ça !

Il attire sa femme à lui et dépose un baiser sur son front.

— On était étudiants sans le sou : notre premier rendez-vous, c'était sur le campus.

« *Notre premier rendez-vous* ». Ça me rappelle que Bảo m'a promis le nôtre bientôt. Mais changera-t-il d'avis lorsqu'il apprendra que la mésentente entre nos familles est bien plus profonde que ce que l'on imaginait ?

C'est Dũng qui lui a fait des avances en premier.

— J'ai préparé un dîner dans la kitchenette, on l'a mangé dans ma chambre.

Fay lui lance un regard si tendre que j'ai l'impression d'être en trop.

— Et vos parents, ils ont accepté votre union ?

Mais le DJ en profite pour augmenter le volume de la musique, voulant savoir en vietnamien si tout le monde s'amuse. Fay se penche vers moi, me demande de répéter. Le photographe capture la scène. Je secoue la tête.

— Bravo pour votre mariage, c'est très réussi !

CHAPITRE 31

BẢO

Je meurs. Encore et encore et encore.

— Zut, à la fin ! je m'exclame en lançant la manette de la console appartenant à Việt par terre.

J'ai déjà joué à Apex, mais jamais aussi mal. Il faut dire que je suis obnubilé par une certaine peintre à qui j'ai promis, avec une assurance que je n'ai pas, un certain rendez-vous.

Việt est enfoncé dans son pouf. On dirait qu'il traîne sur le Net, pas qu'il vient de nous détruire à plusieurs reprises, mon équipe et moi.

— T'es encore plus nul que d'habitude.

— Merci. Désolé. On recommence.

— C'est ça.

Je n'ai pas encore pu voir Linh. Elle m'a écrit que le mariage s'était bien déroulé, et qu'elle avait quelque chose à me dire, mais ça doit être trop important pour être annoncé par message. Une part de moi se demande si elle ne regrette pas, si elle ne va pas m'annoncer qu'elle préfère arrêter. Mais je me souviens de ce baiser, de ses messages, et non, je crois qu'elle était vraiment sérieuse. Quand je pense à des rendez-vous romantiques, je vois tout de suite des scènes des séries coréennes sirupeuses dont ma mère raffole. Un mec incroyablement séduisant, avec une fille incroyablement belle, qui se rencontrent de manière incroyablement maladroite, et finissent par se retrouver bloqués dans un ascenseur. Tout sauf réaliste. Je n'aurais jamais pensé lire des articles de *Seventeen* ou *Marie-Claire* sur le sujet, ou sur n'importe quoi d'autre, et pourtant... Mais je ne trouve aucune idée satisfaisante. La seule option qu'il me reste, c'est de demander à Ali, mais ça, ça ne me fait pas envie.

Un détail semble récurrent : il faut que les activités plaisent aux deux parties. On a déjà fait les restaurants. Un ciné pourrait être sympa, mais quand j'y pense, on a déjà passé six ans sans se parler, donc je le raye de ma liste. J'ai pensé l'emmener à Phước Lộc Thọ, mais ce grand centre commercial grouillant de monde nous rendrait paranos. Je suis si désespéré que je consulte Việt entre deux parties.

Il me fixe d'un regard vide.

— Mais tu disais que tu regardais « Le Bachelor » !

— Oui mec, mais ses rendez-vous sont pourris !

Merci Việt.

Le lendemain, je suis chez le Chef Lê, à qui je demande conseil alors que Linh s'éloigne chercher un nouveau pot de peinture. Aujourd'hui, elle doit choisir quelle toile elle envoie à son concours Gold Key.

— Chérie ! s'écrie Chef Lê. Ils vont à leur premier rendez-vous !

— Je t'entends, mon cœur, pas besoin de crier, chantonne-t-elle en apportant de la limonade.

— Alors Bảo, tu veux des conseils ?

— Oui.

— Tu peux faire tout ce que tu veux, répond Saffron. Du moment que tu évites ce qu'a fait Bry.

— Qu'est-ce que tu veux dire, Saff ? Je t'ai emmenée dans le plus romantique de tous les endroits !

— La tour Eiffel.

Je vois.

— Mais, c'est magnifique, la tour Eiffel, Saff !

— Mon cœur, je suis française. C'est pour les touristes.

Il se penche vers elle.

— Et pourtant, tu es restée avec moi. Qu'est-ce qui t'a décidée ?

— Je crois que c'est le jour où on est allés faire du shopping ensemble, dit-elle avec un sourire nostalgique. Pas vraiment romantique en soi, je sais, mais…

— Quand on cherchait une lampe pour ton appart ? C'est ça qui t'a convaincue de rester avec moi ?

— Eh oui ! J'ai trouvé ça mignon de ta part. Tu ne t'y intéressais pas, mais tu as proposé de m'accompagner juste pour me tenir compagnie. Je t'ai aimé encore plus.

— Et si on avait été sur ce pont avec tous les cadenas ?

— Je t'aurais laissé tomber immédiatement.

— Qu'est-ce qu'on rigole, grommelle Chef Lê en repartant vers la cuisine.

— Je l'aimais depuis déjà trois rendez-vous, m'avoue-t-elle. Mais je ne le lui dis pas.

Je lui rends son sourire et retiens ce qu'elle a dit. Ce n'était pas le lieu ou l'activité, elle n'attendait pas quelque chose de spectaculaire. Elle voulait ressentir la réalité de leur lien.

— Ne lui dis pas quoi ? demande Linh, qui réapparaît.

Saffron et moi répondons en même temps :

— Non, rien !

* * *

Une heure plus tard, j'ai enfin une idée. Je suis assis par terre, l'air ni chaud ni froid des radiateurs me chatouillant les côtes. Considérant que je n'avais rien de mieux à faire, Chef Lê m'a demandé de relire un speech. Ça me sidère encore que les gens puissent me faire confiance. Même Ali, ce que j'ai encore du mal à croire ! Après notre cours de journalisme tout à l'heure, elle m'a montré le papier que lui a rendu Ernie à propos de la série *Black Mirror*. Un miracle ! On dirait que c'est écrit par une autre personne. C'est profond, plein d'énergie, et offrant une analyse de la narratologie très intéressante. Je lève les yeux et vois Linh, perchée sur un escabeau, occupée à esquisser les contours de sa fresque à l'aide d'une craie. Toutes les dix secondes, elle jette un coup d'œil au croquis qu'elle a attaché à sa ceinture. Je ne fais pas partie de son monde pour l'instant. Je ne sais même pas si elle s'en apercevrait, si je sortais maintenant. Je pose mon ordinateur, et me lève.

— Tu vas devenir aveugle si tu regardes le mur de si près.

— On dirait ma mère !

— J'essayais d'imiter la mienne, lui dis-je en m'approchant de la colonne.

— La ferme !

J'aimerais m'élever dans les airs pour l'embrasser.

— Bảo, je sens que tu tournes en rond.

— Je veux juste... m'assurer que l'escabeau tient bien.

Elle lève les yeux au ciel, secoue sa queue-de-cheval.

— C'est quoi la photo que tu tiens ?

— Une que Chef Lê m'a donnée.

— O.K.

Je sais que je devrais la laisser se concentrer. Mais je ne peux pas m'empêcher de penser à elle. Soudain, nous parlons en même temps :

— Est-ce que tu...

— Je n'arrive pas à...

On rit nerveusement. Je l'invite à parler en premier.

— J'ai parlé avec Bác Xuân au mariage. Le monsieur qui a cédé son restaurant à ma mère. Il la connaissait depuis le Viêtnam. Et... ce n'est pas la seule personne qu'il connaissait. Il connaissait aussi ta mère.

— Ouah.

Elle redescend, alors que je tente d'assimiler ces découvertes. Elle s'assoit par terre et me fait signe de la rejoindre. Je me sens à court d'oxygène tandis qu'elle se serre contre moi.

— Cette brouille a commencé bien avant ici, et peut-être même bien avant notre naissance. À cause de quelque chose de très grave.

— C'est dingue.

— Je sais.

— Mais qu'est-ce qui a causé ça ?

— Pas moyen de le savoir. Bác Xuân m'a dit que ce n'était pas à lui de me raconter ce drame.

Qu'a-t-il bien pu se passer de si grave pour briser des liens si forts, dans une communauté soudée, presque une famille ? J'ai déjà entendu ma mère parler de personnes bannies du groupe. Un garçon tombé dans la drogue, à qui il a été interdit de retourner chez lui. Un homme de soixante ans laissant tomber femme et enfants pour sa maîtresse deux fois plus jeune que lui.

— Bon, au moins, on avance.

On avance, mais qu'arriverait-il si ce qu'on découvre est trop lourd à porter ? Si c'est impossible à réparer ? Qu'est-ce que ça fera à nos familles, à Linh et moi ? Elle glisse sa main dans la mienne.

— Je ne bougerai pas, affirme-t-elle. Rien ne changera ce que je ressens pour toi. Quoi que l'on découvre, on le découvrira ensemble.

CHAPITRE 32

LINH

Bảo dépose un baiser sur ma main, ce qui me fait rougir. Je sais que mes déclarations l'ont effrayé, mais il est toujours là. Il n'a pas retiré sa main. Chef Lê interrompt notre pause. Il est si content que j'aie accepté de me charger de sa fresque qu'il n'arrête pas de nous nourrir dès qu'on pose le pied dans son restaurant. Il m'appelle « Miss Mai », ce que Bảo adore : il m'appelle comme ça lui aussi, quand on est entre nous.

— Vous ressemblez à un vieux couple marié ! s'exclame-t-il en arrivant avec deux assiettes de *bánh cam*.

Même si je ne l'avais pas entendu arriver, je l'aurais *senti*. Des gâteaux de riz gluant frits et fourrés de pâte sucrée... Une merveille.

— C'est l'heure du goûter ! nous invite-t-il avec un large sourire.

Je dois refuser d'abord : c'est la politesse que m'ont enseignée mes parents.

— Je dois continuer la fresque...

— Tu continueras plus tard ! Je ne veux pas qu'on se rende malade sur mon lieu de travail ! Viens manger.

Bảo se lève sans hésiter et s'empare d'une boulette, l'air ravi. Son téléphone sonne.

— C’est ma mère.

— Tu ferais mieux de décrocher immédiatement, conseille Chef Lê d’un air sérieux, se rappelant probablement de son propre vécu avec ses parents quand il avait notre âge.

— Allô, Mẹ ? Oui, je suis avec Việt, on fait du shopping.

Ce n’est pas complètement faux, puisque son ami est effectivement en pleine séance de shopping. Avec ses potes du cross.

— Vous n’êtes pas supposés être ici ? me demande Chef Lê.

— Pas exactement. On n’est pas supposés être ensemble.

— Qu’est-ce qu’il a fait de mal ?

— Rien. Mais c’est... compliqué. Nos familles se détestent. Rivalité entre restaurants.

En tout cas, c’était ce qu’on croyait, au départ.

— Merde, c’est nul. Vous devez pas avoir l’occasion de vous voir, alors.

— On trouve des moments par-ci par-là. Au lycée, ou juste après, ou ici... et on devrait bientôt avoir notre premier rendez-vous en amoureux.

Je le sais parce qu’Ali m’a écrit que Việt lui avait raconté que Bảo menait des recherches à ce sujet.

— Votre première sortie ! C’est quelque chose. Quand va-t-il t’inviter ?

— Ça ne devrait pas tarder.

— Je le lui rappellerai, si tu veux ! me dit-il avec un clin d’œil.

Si j’avais un frère, j’aimerais que ce soit lui.

— Qu’est-ce que vous manigancez, tous les deux ? veut savoir Bảo en rangeant son téléphone dans sa poche.

— Oh, rien, on échangeait des trucs super profonds, comme d’hab’, lance Chef Lê.

— Chef Lê ! hurle un cuisinier qui passe la tête par la porte de la cuisine.

Il semble à bout de nerfs : ce n’est sûrement pas la première fois que le chef papillonne alors qu'il devrait être au travail. Il ne tiendrait pas trois minutes sous la houlette de ma mère avant d'être mis à la porte.

— Oups ! Je crois qu'on m'attend. Bon, mangez tant que c'est chaud, hein !

Il s'éloigne à pas légers.

— Voilà pour vous, Miss Mai, fait Bảo en me tendant une boule sucrée.

— Merci bien, Monsieur Nguyễn.

Je le vois se battre contre ses mots. Pour un écrivain, il semble perdu. Je sais ce qui le tracasse, ce qu'il n'arrive pas à prononcer. Alors j'abrège ses souffrances :

— Et si on se faisait une sortie en amoureux ?

— Super ! Ça tombe bien, j'ai une idée.

Pendant un cours d'art moderne, je me souviens avoir analysé un tableau de Van Gogh de l'époque où il vivait à Arles. C'est un peintre au destin tragique, qui n'a pas connu la gloire de son vivant. Il a peint sa chambre dans sa plus grande simplicité : un lit, deux chaises vides, portraits d'inconnus qui le regardaient pendant qu'il dormait. Comme si le monde s'était retourné à l'intérieur de lui. Comme s'il n'y avait plus rien à l'extérieur.

La chambre de Van Gogh, c'est la cuisine de ma mère. Je viens de terminer mes heures de travail, on va fermer, et je l'y trouve en train de touiller le contenu d'une grande marmite. Elle n'est pas concentrée sur ses gestes comme d'habitude. Quelque chose doit la perturber.

Je ne sais comment aborder le sujet avec elle. Ai-je seulement le droit de remuer un passé trop douloureux pour être remonté à la surface ? Bác Xuân m'a assuré que cela viendrait, avec le temps. Mais... et si ça venait trop tard ?

Mẹ se retourne vers moi en sursautant.

— Tu m'as fait peur, con.

— Pardon. Tu réfléchissais à quoi ?

— Dì Vàng arrive bientôt, j'espère que tout sera prêt.

— Tu es contente ?

— Bien sûr ! C'est ma sœur, et ça fait trop longtemps qu'on ne s'est pas vues.

Je devrais lui demander maintenant. C'est une ouverture, non ? Mais je ne le sens pas. J'ai l'impression de dépasser des limites. Je lui parlerai la prochaine fois.

Promis.

Je suis dans la salle d'art. Les cours sont finis et je n'ai pas trop de devoirs, alors je me permets quelques moments juste pour peindre. Je n'ai plus la pression maintenant, puisque j'ai déjà envoyé mes toiles pour la compétition. Je sais que j'ai choisi les bonnes. Celles qui racontent mes souvenirs. De mes parents, de mon enfance, de mon évolution en tant qu'artiste, de Bảo et de tout ce qu'on découvre ensemble dès qu'on a un peu de temps pour nous.

Yamamoto entre et se plante derrière moi. Je me retourne d'un air interrogatif, attendant qu'elle me dise ce qu'elle a derrière la tête, mais elle reste silencieuse.

— À quoi pensez-vous ?

— Je n'en suis pas sûre. Tes couleurs sont les mêmes, mais quelque chose a changé. C'est plus... léger.

Ah bon ? Je jette un œil nouveau à ma toile, mais elle me semble très familière.

— Alors, qu'est-ce qui a changé, hein ?

— Je vois quelqu'un, dis-je en me mordant les lèvres.

— Sans blague ! Dis-moi, ce serait pas un grand type maigre, à peu près beau gosse, qui squatte aux heures de repas mais que j'ai jamais vu pointer son nez à mes cours d'art ?

S'il entendait cette description... Je me sens soudain rougir jusqu'aux oreilles : elle nous a donc vus ?

— Allez, t'inquiète pas, j'ai eu ton âge moi aussi, et ça ne me dérange pas. En plus, d'après ce que je peux observer sur tes toiles, il te rend clairement heureuse. Tes peintures n'ont jamais été aussi bonnes. Par contre, je suis toujours censée être une prof, donc si je vous reprends ensemble, c'est un aller simple chez le proviseur, compris ?

Elle me lance un clin d'œil qui m'indique qu'elle n'en fera rien.

— Franchement, poursuit-elle, tu as toutes tes chances pour la Gold Key.

— Merci.

— Comme tu n'auras pas les résultats avant longtemps, j'ai pensé à un cadeau pour te faire patienter.

— Vous ne m'avez jamais offert de cadeau.

— C'est donc une première : devine qui sera exposée pour le Salon des Arts ?

J'avais complètement oublié cet événement, où une personne dans chaque domaine peut exposer. Il se trouve, d'après Yamamoto, que ce sont toujours des élèves ayant été choisis pour le Salon des Arts qui ont remporté les Césars Lycéens. Elle assure que ce n'est qu'une coïncidence, mais le mythe est là et j'y crois.

Même si je n'ai jamais cru que cela m'arriverait à moi.

On dirait que le monde conspire pour nous faire passer plus de temps ensemble, Bảo et moi, comme s'il voulait se faire pardonner nos six ans de séparation. Ce dimanche, Mẹ est partie chez une amie pour l'aider à jardiner ; elle en rapportera des fruits et des ragots à gogo. Elle pourra se vanter de ma sœur toute la journée. Cela signifie que Ba va passer sa journée à visiter ses amis dans leurs restaurants ou leurs cafés.

J'ai toujours cru qu'un premier rendez-vous serait quelque chose d'épuisant, avec des papillons dans le ventre qui ne cesseraient de voltiger. Un temps où deux amoureux apprennent à être seuls ensemble. Mais Bảo et moi, on ne connaît que ça. Du coup, je ne ressens pas de sentiment particulier en l'attendant.

Jusqu'à ce que je le voie arriver, avec ses cheveux encore mouillés, sa chemise à carreaux, son jean large. Il m'envoie un sourire radieux dès qu'il me voit.

— Je ne savais pas que tu en ferais un reportage, dit-il en pointant mon appareil photo. Je dois signer un droit à l'image ?

— Je collecte les souvenirs, tu le sais bien ! (Je prends un cliché de lui à la sauvette.) Ça fait une éternité que je ne me suis pas servie de ça.

— Je veux bien te servir de modèle. Je ferais un super mannequin.

— D'après qui ?

— Personne. Personne ne me l'a jamais dit.

— C'est bien ce que je pensais.

On rit. Je vois quelque chose passer derrière lui. Une famille avec ses enfants qui doit se rendre à un anniversaire, car les petits ont les mains pleines de ballons colorés.

— Ne bouge pas.

— Quoi ? s'étonne-t-il.

Je capture la scène. Son visage heureux est entouré de ces bulles colorées, bleues, jaunes et rouges.

— Si c'est une abeille, je te préviens, je cours.

— Mais non, regarde.

Je lui montre le cliché.

— Oh, sympa.

Une décharge électrique passe entre nous, si puissante qu'on doit regarder ailleurs.

— On va où ? demandé-je.

Un escadron de vieilles dames asiatiques nous passe devant. Visières collées au visage, lunettes de soleil extra-larges et crème solaire indice 80, elles marchent en agitant les bras comme des moulins. Je ne peux m'empêcher de me demander si elles font partie de notre clientèle. la nouvelle se répandrait à la vitesse de la lumière.

Et tout pourrait se déliter en un clin d'œil.

— Si j'en juge par ton air, me répond Bảo, interrompant le fil de mes pensées, tu te dis que notre premier rendez-vous ne devrait pas se dérouler si proche de nos maisons.

— Y'a des espions partout.

— C'est exactement ce que Việt m'a dit. Alors... j'ai pensé à un lieu qui pourrait te plaire. Tu me fais confiance ?

Je mêle mes doigts aux siens.

— Allons-y.

CHAPITRE 33

BẢO

Un doute me prend tandis que je conduis. Ai-je vraiment choisi le bon endroit pour une sortie en amoureux ? Tandis que je menais mes recherches, l'univers a dû me prendre en pitié, car il m'a envoyé une publicité qui tombait parfaitement à pic. C'était assez loin, et assez créatif pour plaire à Linh.

J'étais assez sûr de moi jusqu'à ce que j'en parle à Việt.

— Mais, tu es censé l'impressionner, pas te couvrir de ridicule, non ?

On était dans la cuisine, et Eddie et Trần ont commencé à me donner des conseils de rendez-vous galants, certains à la limite du légal, et d'autres qui auraient pu être sympas dans les années quatre-vingt-dix.

Je jette un timide regard vers Linh. Elle porte un chemisier à fleurs avec un jean et semble relax. Elle croise mon regard et m'envoie un sourire des plus gracieux, comme si on ne s'était pas vus depuis des semaines.

Je me gare, elle descend et pousse un cri de surprise.

— Poterie ?

Elle se précipite vers moi et m'enlace, l'air ravi.

— Comment as-tu pensé à ça ?

— Oh euh, tu sais... j'aime bien les... céramiques.

— Menteur, dit-elle en me tirant par la main.

Nous nous essayons au « tour de potier », comme nous indique notre instructrice. Je me contente de regarder Linh commencer à pétrir l'argile délicatement entre ses doigts. Le disque doit tourner à vitesse régulière, mais j'ai beau essayer, je n'y arrive pas : mon tas de terre s'affaisse à chaque fois. Éclats de rire à côté de moi. Linh fait semblant de ne pas avoir quitté son tour des yeux.

— Oh, ça va, dis-je, faussement vexé.

— J'ai rien dit !

— Je peux lire sur ton visage.

Elle se lance et réussit à donner à la matière la forme qu'elle souhaite, sans à-coup, avec des gestes mesurés.

— Et bien sûr, tu es aussi douée pour la poterie.

— Non, je me débrouille, c'est tout. Ma tante, par contre, est céramiste de métier.

— Celle qui vit au Viêtnam.

— Oui. Cela fait des années que je ne l'ai pas vue ! Elle va bientôt venir, pour les expos de ses amis. Ma mère s'inquiète déjà : elle s'est toujours prise pour la grande sœur !

— Tu crois que ta tante sait ce qui s'est passé entre nos mères ?

— C'est très bien ! s'exclame l'instructrice, à Linh ou à quelqu'un d'autre – on ne fait pas attention.

— Le contraire serait très étonnant ! Ma mère et ma tante étaient toujours ensemble. Si ma mère et la tienne étaient amies, alors ma tante l'a côtoyée aussi, c'est certain.

— Tu pourras en parler avec elle ?

— Oui. J'y pense.

Elle rejette une mèche en arrière, étalant de l'argile sur sa joue au passage. J'attends un peu, mais elle ne le remarque pas, bien entendu.

Notre instructrice passe et examine notre travail. Linh a créé une petite tasse à thé. Moi, j'ai donné naissance à un cylindre. Du genre de ceux qui restent quand on a déroulé tout le papier toilette.

— Oh, tu en as déjà fait, non ? s'exclame la dame.

— Un peu, oui.

— Et toi… dit-elle en considérant mon œuvre. Eh bien, merci d'être venu aujourd'hui.

Elle s'éloigne. Linh fait de son mieux pour ne pas éclater de rire tandis que j'essaie de conserver ma dignité.

— J'ai fait de mon mieux.

— Je n'en doute pas ! C'est super amusant pour moi, mais… tu dois t'ennuyer à mourir ! Tu aurais pu choisir autre chose de plus intéressant pour toi.

— Mais j'ai choisi cet endroit en espérant que ça te plaise. Et puis, je ne pourrais jamais décrire par « ennuyeux » un moment que je passe en ta compagnie.

— Oh, et quel mot emploierais-tu, Monsieur le Poète ?

— Je n'ai pas assez de vocabulaire pour répondre à cette question.

Je ne serai jamais lassé de cette expression, mi-amusée, mi-attendrie, sur son visage. Elle pose sa main sur la mienne.

— Merci. C'est très sympa. La prochaine fois, on ira où tu voudras.

« La prochaine fois. »

Je ne lâche pas sa main avant que notre instructrice nous dise qu'il est temps de déposer nos œuvres sur une étagère.

— On échange ? me demande soudain Linh.

— Mais… regarde ce que j'ai fait.

— Je m'en fiche. C'est unique. C'est toi qui l'as fait. (Elle m'adresse un sourire éblouissant.) Alors je l'aime.

— O.K., mais on doit poser une marque dessus alors.

Je retourne nos poteries, et sous chacune, je grave « *LM+BN* ». Ce qui me vaut un baiser de sa part.

CHAPITRE 34

LINH

Si je devais choisir un seul endroit pour représenter la Californie, en tant que lieu où des gens naissent, vivent et laissent leur héritage à leur famille, ce serait Huntington Beach. Ici, les gens savent jouer avec les couleurs, et laissent exprimer leur personnalité. Du hip-hop résonne des radios, des musiciens jouent. Bref, c'est un lieu vivant.

Quand nous étions petites, Evie et moi, nous aurions pu passer des jours entiers à jouer à la plage. Nos parents, effrayés par le soleil, nous tartinaient de crème solaire et nous forçaient à rester sous le parasol la plupart du temps, et nous avions droit à des leçons sur les caries si on demandait des barbes-à-papa. Mais aujourd'hui, je suis heureuse de pouvoir profiter de tout ça.

Bảo me tend sa main, et je la prends.

— J'aime ton visage, aujourd'hui, me dit-il.

— Je crois qu'on appelle ça un *non sequitur*.

— Tu parles ma langue. (Il me prend par la taille.) Ce que je veux dire, c'est que tu as l'air sereine. Tu n'as pas ce trait entre tes sourcils.

— Cette ride n'est pas toujours là. Mais c'est vrai que j'ai un souci en moins : j'ai envoyé ma candidature pour la Gold Key, ouf ! Mais il me reste l'autre souci.

— Oui, à propos de nos mères... et ce que ta tante pourra t'en dire.

— Je sais qu'on doit leur demander. On doit savoir. Mais une part de moi est réticente à rouvrir les blessures du passé. J'ai peur que ça change tout.

— C'est effrayant, je sais. Mais je crois que nous serons obligés de nous y confronter quoi qu'il arrive. Si on veut vraiment que ça fonctionne. (Il me montre nos mains enlacées.) Je déteste devoir me cacher pour te voir, pour t'embrasser.

— Moi aussi.

Ce sentiment, mêlé à l'angoisse constante d'être reconnus, est devenu de plus en plus lourd à porter.

— Mais tu sais comment nos parents sont... surtout avec le passé. Et si, en posant des questions, on compliquait tout ? Entre nos parents ? Entre nous ?

— Si on ne commence pas à poser ces questions... Tu te souviens de ce que nous a raconté Chef Lê ? À propos de toutes ces questions qu'il veut poser à sa mère même s'il sait qu'il ne peut pas le faire ? Parce qu'elle n'est plus là ?

— Mais ce n'est pas encore trop tard.

— Ça pourrait être nous, un jour. Un jour, ils ne seront plus vraiment là. C'est ce qu'il va se passer l'année prochaine : on part à l'université et ils continueront leur vie. L'occasion de se parler et de poser des questions disparaîtra.

Il fait presque nuit alors qu'on rentre, main dans la main. La sienne, propre ; la mienne tachée de peinture malgré mes tentatives pour la nettoyer. Je m'en excuse auprès de lui, mais il hausse les épaules.

— C'est une main. Elle est bien dans la mienne. J'ai l'impression que c'est la mienne.

Il l'attire à son visage pour l'embrasser, satisfait de me voir rougir.

— Et puis, tu ne serais pas toi, sans tes mains colorées.

L'océan s'en va et vient, juste à nos pieds.

— Quoi ? lui demandé-je.

— Rien. C'est juste...

Nos lèvres se rencontrent et je me sens vibrer tout entière à son contact. Le regard qu'il porte sur moi me réchauffe instantanément. Je le ressens dans son entièreté et me presse plus fort contre lui. Il laisse échapper un petit gémissement. Une vague vient se briser à nos pieds et je manque de perdre l'équilibre, mais il me retient au dernier moment. On rit comme des enfants qui joueraient à s'ébattre dans l'eau, sous un soleil couchant, au son des guitares. C'est un jour parfait.

La sonnerie d'un téléphone me réveille. J'entends murmurer dans le couloir, puis une exclamation, et puis plus rien. Ai-je rêvé ? Parfois, il m'arrive de rêver que j'éteins la sonnerie de mon réveil, que je descends, prends mon petit-déjeuner et pars au lycée. Puis j'entends une porte de placard que l'on claque et je me réveille complètement. J'arrive dans la cuisine en me frottant les yeux. Mẹ lave la vaisselle, les épaules tendues.

— Tu es déjà debout, lance-t-elle.

Je lance un regard à Ba pour savoir ce qui l'a mise dans cette humeur, mais il est intensément plongé dans son exemplaire de *Người Việt*. Je sens que quelque chose ne va pas.

— Qu'est-ce qui se passe ?

Mẹ ferme le robinet.

— J'ai reçu un appel. On a encore répandu des rumeurs sur nous.

— Des rumeurs ? répété-je, les nerfs à vif. Sur quoi ?

— *Con chuột* ! s'écrie mon père. Des rats !

— Hein ? Mais on n'a pas de rats au restaurant !

— Cet horrible restaurant... murmure-t-il. Cette *femme* !

Il se lève et va passer quelques coups de fil qu'on ne peut entendre. « *Cette femme.* » Parle-t-il de la mère de Bảo ? Jusque-là, elle n'avait répandu que des rumeurs triviales, sauf celle sur Bác Xuân, plus méchante. Mais des rats, c'est terrible. Serait-elle capable d'une telle cruauté ?

— Une cliente m'a appelée et m'a dit de faire attention, que le fait qu'on ait changé nos nappes serait un signe, selon certaines, qu'on est envahis de rats. Selon les Nguyễn !

— C'est pas possible. C'est idiot.

— C'est comme ça que les rumeurs fonctionnent. On en a déjà parlé.

— Oui mais des rats ? Personne ne va y croire.

— Ce sera difficile de les convaincre qu'il n'y en a pas.

— Mais comment on va faire ?

— Va à l'école. Ce n'est pas ton problème.

— Ça va aller ?

— Oui. Ba est en train de téléphoner à l'inspection sanitaire. Ils veulent un rendez-vous mais on essaie d'arranger la situation. Est-ce que ça va aller ?

Elle ne me répond pas, attendant seulement que Ba revienne.

CHAPITRE 35

BẢO

Ce matin, Linh m'a écrit de la rejoindre dans la salle d'art avant les cours. Le soleil s'étire à travers les rideaux, projetant de grandes ombres au sol. Je mets quelques secondes à la trouver. Elle est assise face à une toile vierge, les mains vides.

— Pourquoi il fait noir, ici ? lui demandé-je en me penchant pour l'embrasser.

Ses lèvres restent immobiles. Je la dévisage, soudain très inquiet.

— Est-ce que tout va bien ?

— Tes parents ont lancé une nouvelle rumeur à propos de notre restaurant.

— Quelle rumeur ?

— Rats.

— Hein ?

— Ils disent qu'on a des rats au restaurant.

— Et tu crois que ça vient d'eux ?

Elle ne répond pas, mais je comprends que c'est le cas. Et ça m'énerve.

— Mes parents ne feraient pas ça. C'est impossible. Je sais qu'ils sont parfois méchants, mais ça ? Non, ce n'est pas eux.

Je connais mes parents. Et une rumeur comme celle-là, ma mère ne la répandrait pas. Elle ne voudrait tout de même pas détruire le commerce de quelqu'un juste à cause d'une querelle du passé. Si ?

— C'est une cliente qui l'a dit à ma mère, m'apprend Linh.

Soudain libérée de ce qu'elle devait me dire, elle se serre contre moi.

— Je ne fais que répéter ce que j'entends, me dit-elle. Je ne sais pas si c'est vrai. Mais mes parents sont en colère. C'est très grave.

— Elle n'aurait pas fait ça, insisté-je.

— Je suis désolée.

Ses excuses ne me touchent pas. Comment réagirait-elle si j'attaquais sa mère ?

— Je ne fais que répéter, me dit-elle. Et je suis bien obligée de me demander ce qui est vrai ou ne l'est pas, mais je n'en ai aucune idée ! Et quand on est arrivés au restaurant, elle...

— *Je vais leur parler*, dis-je en lui coupant la parole.

Je suis en colère. Contre cette accusation, mais aussi contre tout ce qu'ont fait mes parents dans le passé envers Oh Mai Mai, et qui rend cette accusation si réaliste aujourd'hui.

— Je vais juste leur demander.

— Je suis désolée ! Je veux ne pas y croire, mais je suis complètement déboussolée ! Et en colère ! Et...

Je la prends dans mes bras pour tenter de nous calmer, tant l'un que l'autre.

— J'en ai *tellement* assez de toutes ces histoires, Bảo, murmure-t-elle contre ma poitrine. Comment est-ce que ça pourrait marcher ?

Je veux penser que mes parents sont des gens bien. Ils ont réussi malgré leur passé douloureux. Ils ont des amis, des connaissances. Ils n'iraient pas jusqu'à assassiner la concurrence. Si ?

— Je vais leur parler, répété-je une nouvelle fois, comme si cela allait tout résoudre.

Les heures de cours se succèdent dans un flou artistique. Mes pensées sont occupées par Linh, les rats, mes parents. Même Ali me laisse tranquille en journalisme : Linh a dû lui parler. Puis je reçois un message de sa part : l'inspection sanitaire va passer malgré leurs efforts pour expliquer qu'il s'agit d'une rumeur : ils doivent fermer pour un jour.

Un jour entier de chiffre d'affaires aux oubliettes.

Quand j'arrive au restaurant, Mẹ est à sa table habituelle, entourée de son groupe d'amies. Ba n'est pas là, probablement est-il allé visiter les maris de ces dames. Si leurs rires m'ont toujours paru énervants, aujourd'hui, ils sont insupportables. On dirait un groupe de hyènes devant un festin. Elles fêtent quelque chose.

— Mẹ, je peux te parler ?

— Oh, bonjour, con. Tu as faim ? J'ai préparé du phở, il n'y a qu'à le réchauffer.

— J'ai pas faim. J'aimerais te parler en privé.

Je sens le regard de la Générale et des autres nous suivre à la cuisine. Mẹ s'y déplace comme si tout était normal : elle rectifie un assaisonnement ici, remue le bouillon comme si elle s'apprêtait à me servir du phở malgré tout.

— Mẹ, j'ai entendu dire qu'il y avait des rats. Pas ici, mais dans le restaurant d'en face. Tu en as entendu parler ?

Quelque chose passe dans son regard, que je ne sais pas reconnaître. Elle me répond, d'une voix parfaitement égale :

— Oui, j'en ai entendu parler.

— Mais ils n'ont pas de rats.

— Comment peux-tu le savoir ?

Je m'adosse contre le mur. J'ai entendu le défi dans sa voix, et ça confirme mes pires craintes. Linh avait raison. Ma mère ne me répond pas, et cela ne veut dire qu'une chose.

La rumeur. Elle l'a répandue.

Ma migraine revient me déchirer le crâne, et c'est peut-être pour cette raison que je me mets à lui demander, plus fort que j'en avais l'intention, plus fort que je ne lui ai jamais parlé avant :

— Pourquoi tu t'en prends toujours à *eux*, Mẹ ? Pourquoi tu veux les anéantir ? Hein, ce ne sont pas des humains comme nous ? Ils sont comme toi, ils font leur job pour gagner de quoi manger, pour payer des études à leur aînée, pour payer celles de Linh aussi, et ils vont peut-être tout perdre à cause de cette rumeur !

Elle ouvre la bouche, la referme, la rouvre à nouveau.

— Comment sais-tu tout ça ?

— Tout quoi ?

— Linh ? On dirait que tu la connais.

On y est. Je me souviens encore de ma petite amie, tremblante de colère et d'inquiétude dans mes bras. Je ne vais plus prétendre que nous sommes étrangers l'un à l'autre.

— On est amis depuis quelques mois.

Et même bien plus que ça.

— *Gì* ?

Elle me demande de me répéter.

On entend ses amies éclater de rire dans la salle, mais ça n'allège en rien la tension entre nous. Mẹ n'en croit pas ses oreilles.

— On a fait des devoirs ensemble. Les articles pour le journal. Nous étions partenaires. J'écrivais les textes, elle faisait les dessins.

— Comment est-ce possible ? Je t'ai dit de ne jamais les approcher. Jamais leur parler.

— Ce qui n'a aucun sens ! Comment pourrais-je les éviter ?

— Ce serait très facile, si tu m'écoutais !

— Eh bien, je suis désolé, mais je ne t'écoute pas. (Ma voix gagne en assurance : je suis allé aussi loin, je ne vais pas reculer.) J'aime bien Linh. On a beaucoup en commun tous les deux. Nos familles ont des trajectoires similaires. Et c'est l'une des plus gentilles personnes que je connaisse. Et je ne sais pas ce que tu as contre sa famille.

— Qu'est-ce qu'elle a dit ? À propos de notre famille ?

Je suis pris au dépourvu. Je ne pensais pas que ce serait sa première question après ma déclaration.

— Qu'est-ce qu'elle pourrait avoir à dire à propos de notre famille ? rétorqué-je.

— Laisse tomber.

Elle se retourne rapidement, et se met à crier sur un cuisinier qui vient de se pointer, écouteurs dans les oreilles. Elle lui ordonne de nettoyer un plan de travail qui n'en a pas besoin. Je peux sentir sa colère, qui m'englue comme du goudron. J'en fais partie, j'en suis la cause.

— Qu'est-ce qu'ils savent sur nous ? Qu'est-ce que tu me caches ?

— Ce ne sont pas tes affaires, dit-elle en s'affairant à déplacer des casseroles.

Le cuisinier, conscient que quelque chose se passe ici, nous a rapidement laissés seuls.

— Qu'est-ce qui est arrivé au Viêtnam, Mẹ ? Que sait Bác Xuân ?

Elle lance une casserole sur la cuissinière avant de m'attraper par la veste et de me tirer à l'extérieur, dans l'allée, au milieu des sacs de poubelles et des cartons piétinés.

— Comment peux-tu... *Et pourquoi* ? Pourquoi poses-tu ces questions ?

— Parce que j'essaie de comprendre tout ce bazar ! hurlé-je. Tous ces secrets, ces petits jeux, et ces réactions, à la simple mention de la famille de Linh ! Peut-être aussi que j'essaie de me convaincre que ce n'est pas toi qui as fait ça. Ça ne peut pas être toi, Mẹ. C'est trop cruel.

— Cruel ?

Quelque chose brille sur sa joue. J'en ai le souffle coupé. Une larme. Bientôt suivie d'autres, comme des flocons de neige. Je détourne le regard, déchiré.

Tu l'as fait pleurer ! *C'est toi qui as fait ça* !

Si elle pleure, c'est qu'elle se sent coupable !

— Ce n'est pas moi qui l'ai dit. C'est Dì Nhi. Mais elle l'a dit dans ce restaurant. Ce n'était pas censé sortir de ces murs, c'était une plaisanterie. Je vais lui parler.

Cet aveu n'aide en rien.

— Qu'est-ce que ça changera ? Tout ce qui sort de sa bouche prend vie. Tu aurais dû l'arrêter. La contredire. Maintenant le restaurant des Mai est en danger.

— Con, tu dramatises la situation. C'est juste une rumeur, comme les autres, elle va passer. Mẹ ne comprend pas pourquoi con est si...

— L'inspection sanitaire va passer chez eux. Ils doivent fermer une journée. Imagine si ça vous arrivait, Mẹ. Linh est exactement comme moi. Elle a peur. De ce qui pourrait arriver à *ses* parents, à *leur* restaurant. C'est leur unique moyen de subsistance.

Je ne supporte plus d'être à côté d'elle. Je lui tourne le dos et m'apprête à rentrer, quand sa voix m'arrête.

— Ton oncle est mort à cause de cette famille. Mon frère est mort... à cause d'eux. Ce sont des assassins.

Sa voix se brise. Je me retourne, tentant désespérément de trouver les mots, mais elle me passe devant et part se terrer dans sa cuisine. Je reste stupéfait.

Quoi ?

C'est quoi ce délire ?

CHAPITRE 36

LINH

Ça me fend le cœur de voir mes parents effrayés. Ce ne sont plus les parents puissants qui m'ont élevée envers et contre tout, mais des étrangers qui ont l'air soudain plus vieux qu'ils ne le sont.

L'inspecteur est passé. Vietnamien aussi. Il a tendu la main à mes parents pour les saluer avant de regarder la salle. C'était tellement humiliant. Est-ce qu'il jugeait notre façon de vivre ? J'avais envie de lui crier que ce n'était qu'une cruelle plaisanterie. Mais j'ai dû supporter en silence de le voir ouvrir les placards, fouiller nos affaires, inspecter chaque faille, vérifier sous les tables, s'arrêter sur chaque marque sur les murs.

Même si l'inspection sanitaire a émis un avis favorable, je remarque que la rumeur a fait des dégâts. Pas beaucoup, mais tout de même. Des clients qui venaient tous les jours ont cessé de nous voir jusqu'à ce que Ba, usant de son charisme, aille les chercher en leur promettant des réductions quand ils repasseraient. Des faveurs que mes parents utilisent si peu d'ordinaire sont utilisées pour contrebalancer les effets négatifs de la rumeur. Heureusement, elle n'a pas endigué le flot de nouveaux clients.

Je ne sais pas comment la discussion de Bảo avec sa mère s'est déroulée, mais il m'a promis qu'elle parlerait à Dì Nhi, la véritable coupable. Il ne m'a rien dit de plus. Parfois je le surprends les sourcils froncés. Ce n'est pas son genre de rêvasser. Quelque chose le préoccupe. Je serais très triste que sa relation avec sa mère se détériore à cause de cette histoire. Même si – oui, même si – elle a sa part de responsabilité dans cette rumeur. Mais je ne veux pas la diaboliser. Tout comme je n'aimerais pas que Bảo diabolise la mienne à cause de ses préjugés.

J'ai l'impression qu'il est distant. Même si on passe plus de temps ensemble, au restaurant de Chef Lê. Moi, j'adore peindre en hauteur sur mon escabeau. Les soucis ne peuvent pas m'attraper. Je suis distante, moi aussi.

La même distance me sépare de mes parents en ce moment. Je les vois rarement le matin, et le soir, ils sont déjà au restaurant. Dì Vàng sera là dans quelques jours. Il sera impossible d'évoquer tout ce que j'ai entendu de Bác Xuân.

Bizarrement, Bảo ne semble plus si motivé à traquer la vérité à propos du passé de nos familles. J'ai l'impression qu'on manque de temps. Qu'on est chacun poussé dans une direction différente, mais que l'on ne s'en rendra compte qu'une fois arrivés à destination.

CHAPITRE 37

BẢO

Ma mère se fait discrète depuis deux semaines. Quand elle me parle, elle fait comme si elle ne m'avait pas jeté cette bombe à propos de la famille de Linh, responsable selon elle d'un meurtre. Elle ne me reparle même pas de Linh, ne cherche pas à savoir si j'obéis à sa demande de ne plus la voir ; je ne le ferai pas, de toute façon.

Je ne peux pas en parler à Linh pour l'instant, car je sais que Mẹ ne voudrait pas que cela se sache. C'est quelque chose dont elle ne veut même pas parler à son groupe d'amies. Elles continuent de venir, de m'ignorer, de rire bêtement. Lorsque je ne suis ni au lycée ni au travail, je trouve refuge chez Chef Lê. J'observe l'œuvre de Linh prendre vie peu à peu. À la demande de l'artiste, il n'est plus autorisé à passer derrière le rideau : elle veut le surprendre. Mais Saffron a le droit. Elle est venue avec son fils de dix mois, Philippe, calé contre sa hanche. Il l'étranglait en tirant sur son foulard, mais elle n'y faisait même pas attention.

— Il va adorer ! Vraiment !

De son côté, Chef Lê veut fermer le restaurant le soir de la présentation de l'œuvre. Il va inviter des amis à lui, ce sera comme un vernissage, une occasion de lancer la carrière internationale – ou du moins, à Fountain Valley – de « Miss Mai ». Elle a tenté de protester, mais que peut-on faire face au Chef Lê ?

CHAPITRE 38

LINH

C'est le grand soir, le moment de dévoiler ma fresque. Chef Lê a envoyé des cartons d'invitation à Bảo et moi, et aussi à Ali et Việt, nous conseillant simplement de nous habiller « chic ». Mais de la part d'un homme toujours vêtu de T-shirts comiques sous sa veste de chef, je me demande ce que ça veut dire.

Je ne travaille pas ce soir. Mes parents m'ont laissé une note. « *On rentre tard. À manger dans le frigo.* » Je me suis décidée pour une robe noire sans bretelles avec un gilet bordeaux que je pique dans le placard de ma mère. Tant que j'y suis, je jette un regard curieux à la boîte de vieilles photos par terre. Mes parents ont toujours dit qu'ils en feraient de beaux albums. Bien sûr, ils n'ont jamais eu le temps : ça a été repoussé au week-end, aux vacances, à l'année prochaine… et maintenant, à quand ils prendront leur retraite. Au moins, mon père a commencé. Par contre, il en a eu marre alors qu'il était à peine arrivé aux photos d'Evie à quatre ans, et moi à trois. Mes parents conservent les photos de famille dans des boîtes à chaussures pleines à craquer, mais les photos plus anciennes, du Viêtnam, sont conservées dans des albums aux pages en plastique. Beaucoup de clichés maritimes, car Nha Trang est connue pour ses belles plages.

Sur l'une des photos, je vois ma mère en maillot une pièce, étendue sur le sable, lunettes de soleil emmêlées dans ses cheveux. Derrière elle, ma tante, qui l'a peut-être poussée. Elles ont cinq ans de différence mais affichent le même sourire. C'est tellement fou de se dire qu'autour d'elles, le pays changeait. Et pourtant, elles étaient heureuses. La photo suivante a dû être prise le même jour, mais elles sont debout cette fois. Pareil pour les suivantes. Je n'ai jamais vu ma mère aussi radieuse.

Et je m'arrête, souffle coupé.

Bảo est là, sur cette photo, à côté de ma tante. Mais c'est impossible. Ça doit être parce que je pensais à lui. Bien sûr, ce n'est pas lui. Cette photo a été prise bien avant sa naissance. L'homme a les cheveux plus longs que Bảo ne les a jamais eus. Et je comprends, avec la photo suivante, comment c'est possible. Je la reconnais à côté de non-Bảo. Je ne l'ai croisée que quelques fois, brièvement, y compris celle où je la fuyais, au supermarché. La mère de Bảo. Cela confirme ce que m'a appris Bác Xuân. Elle et ma mère, qui se haïssent si fort, s'étreignent comme deux sœurs sur cette photo. Ce garçon doit être l'oncle de Bảo, celui qui est mort en mer.

Mẹ m'a raconté que ma tante avait eu un amoureux. Qui était mort.

Tout s'éclaire.

C'est lui !

Ma tante et l'oncle de Bảo étaient ensemble. Jusqu'à... jusqu'à quoi ? Qu'il parte, et que sa famille en veuille à la nôtre pour ça. Qu'a répondu ma famille pour se défendre ?

Et comment toute cette histoire en est arrivée là aujourd'hui ?

Je prends le bus : je ne suis clairement pas en état de conduire. J'ai glissé les photos dans la poche de ma robe, je les sens à travers le tissu, elles me rappellent leur existence. Nos parents – nos mères, au moins – se connaissent depuis longtemps, et étaient même amis ! Ma tante faisait aussi partie du groupe. Est-elle au courant que les Nguyễn ont un restaurant en face du nôtre, que nos familles se haïssent ? Comment a-t-on pu croire qu'il s'agissait d'une simple affaire de concurrence, alors que ça semble être une affaire terriblement plus complexe ?

Que vais-je dire à Bảo, alors que tout est déjà si difficile ?

Un groom m'accueille à l'entrée du restaurant de Chef Lê ; il me fait signe de le suivre lorsque je lui donne mon nom. La salle baigne dans une ambiance chaleureuse, du jazz est diffusé en fond. Ali, vêtue d'une robe noire et rehaussée de talons vermeils, me fait de grands signes frénétiques. Việt est à côté d'elle, tout en retenue comme d'habitude, une main dans la poche. Et Bảo… son apparence est tellement soignée, comme on dit dans les vieux livres ! Il est tout en noir, et l'espace d'une seconde, je le vois plus âgé. Un autre Bảo. D'une autre époque.

Il me soulève dans ses bras et dépose un baiser sur mon front.

— Tu es encore plus excité que moi, on dirait ! lui dis-je en resserrant ma queue-de-cheval.

— C'est normal, c'est la révélation ! Ta fresque ! Ton œuvre !

— Je suis tellement nerveuse.

Il me caresse la joue.

— Ne t'en fais pas.

Il est si enthousiaste, si fier. Pour un moment, il a oublié nos histoires de famille. Je décide de remettre les photos à plus tard.

— Une artiste de génie expose une œuvre digne des plus grands dans un restaurant local, titre déjà Ali. Linh ! Je n'en reviens pas, tout ceci est… Je n'ai pas les mots !

— Pour une fois, pointe Việt, qui me félicite lui aussi. Vous avez remarqué ? On doit avoir vingt ans de moins que la moyenne des invités.

C'est vrai. Ils sont tous d'horizons et de styles différents, ce qui ne m'étonne pas puisque ce sont des amis de Chef Lê.

— Miss Mai ! s'exclame celui-ci en galopant vers moi à travers la foule comme un chiot. Tu es prête ?

— Vous avez invité tant de monde !

— Quoi ? Mais c'est la plus petite réunion que j'aie jamais organisée ! Je ne voulais pas t'impressionner. Trêve de bavardages ! Ta peinture est superbe, tout Orange County doit en profiter !

Chef Lê me traîne jusqu'au rideau, et je le suis, mes amis après nous.

— Chers amis ! Vous savez que ce restaurant est mon bébé, et à quel point j'aime le montrer ! Je souhaite que chacun ici se souvienne de la raison pour laquelle il est là. Moi, je veux me souvenir pourquoi je suis devenu chef, et tout ce que mes parents ont fait pour moi. Surtout ma mère… (Il s'éclaircit la gorge, et un vieux monsieur, probablement son père, lui tapote le dos.) J'aimerais tant que Mẹ soit encore parmi nous, et j'espère que, de là où elle est, elle sait qu'elle n'a plus à s'inquiéter pour le petit gamin que j'étais.

La salle est plongée dans un silence respectueux.

— Enfin, j'étais pas *si* petit, hein, vous savez. (Les rires reprennent dans la salle.) Quoi qu'il en soit, tout est important pour moi dans ce restaurant, tout est pensé ! C'est un restaurant vietnamien à cent pour cent, et j'espère que ça se ressent dans la déco. Mais cette colonne… Ah là là, j'arrivais pas à l'habiller, non de non ! C'est pourquoi j'ai le plaisir de vous présenter cette artiste, qui est arrivée ici avec un jeune homme un jour – et, croyez-le ou non, ils n'étaient qu'amis quand ils ont débarqué, mais vous savez, j'ai pas pu m'empêcher de m'en mêler.

— Hem. Euh, Chef Lê ? intervient Bảo.

— Oui, oui. Alors, pour faire court : je suis la raison pour laquelle ils sont ensemble aujourd'hui et ils me doivent gratitude éternelle.

La foule est hilare. Je coule un regard embarrassé vers Bảo, mais il n'est pas gêné le moins du monde : ses yeux expriment une immense tendresse.

— Donc voilà : je vous l'avais bien dit, hein les jeunes ? En tout cas, ils ont publié un papier dans leur journal, et je peux vous dire, c'était le meilleur qu'on n'avait jamais écrit sur moi. Et j'ai découvert le talent immense de Linh.

Il me fait signe de me placer à côté de lui. Je me sens encouragée par les applaudissement.

— Vous êtes prêts ?

Il dévoile la colonne. Je suis aveuglée un instant. Je n'ai encore jamais vu ma fresque avec autant de recul. Toujours de très près, la travaillant avec mes plus fins pinceaux. La foule s'approche, bruissante de murmures. Bảo glisse sa main dans la mienne et la serre. Chef Lê fait le tour en montrant les détails à ses invités. C'est une peinture de lui et de sa mère, inspirée des photos qu'il m'a données. Je l'ai représenté alors qu'elle l'embrassait pour son premier jour d'école ; debout sur un tabouret tandis qu'il aide ses parents à cuisiner la pâte pour faire des *bánh bao* ; ou encore une scène qui date de l'an dernier... lui et sa mère, ensemble en cuisine. C'est un hommage à leur histoire commune, un souvenir de tout ce qu'elle lui a donné, et bien plus.

Des gens m'entourent pour me féliciter.

J'entends des exclamations.

— C'est une lycéenne qui a fait ça ?

— On peut passer des commandes ?

Je ne peux pas m'empêcher de baisser la tête, mais je sens la joie s'emparer de mon corps.

— C'est magnifique, me chuchote Bảo à l'oreille, tandis qu'il m'enlace par-derrière.

Je me laisse aller contre lui. Un jour, dans le futur, des gens viendront voir mes œuvres et ressentiront le même émerveillement que j'ai pu ressentir devant les œuvres des autres.

J'aimerais rester ainsi pour toujours.

* * *

— Si ma carrière d'écrivain ne décolle pas, je veux être ton agent.

— Désolée, Ali a déjà pris la place.

— Je serai ton attaché de presse, alors. J'écrirai les meilleurs articles.

— Tu ne connais rien à l'art.

— Mais je connais quelques détails te concernant, me répond-il d'un air malicieux.

Il a garé sa voiture dans ma rue, à quelques mètres de chez moi. Il se penche pour m'embrasser, et reste immobile, malgré sa ceinture qui le retient.

— Bon, je ne te retiens pas. Tu dois être épuisée. C'est fatigant d'être une star !

Il me fait rire, mais il a raison : je suis crevée. Je me glisse hors de la voiture et me rends compte que les photos sont tombées sur mon siège. Je tente de les rattraper avant Bảo, juste pour repousser tout ça jusqu'à demain. Mais il les voit.

— Qu'est-ce que c'est ?

— Regarde.

Ses yeux se posent sur le personnage qui lui ressemble tant. Il semble perdu.

— C'est mon oncle.

— Oui. Et nos mères. Et ma tante. Bảo, ton oncle et ma tante étaient ensemble pendant un temps.

Il lâche le volant et passe ses mains dans ses cheveux.

— Que sais-tu de ton oncle ?

— Il est mort. Il a essayé de s'enfuir par bateau, mais il est mort. Ma mère n'aime pas en parler, ça la fait souffrir, je pense.

— C'est normal, c'était son frère.

Nous avons plein de nouveaux éléments, mais le nœud de l'histoire continue de nous échapper.

— Je crois, dis-je, que ton oncle et ma tante devaient se marier. Mais ton oncle est parti. Je ne sais pas pourquoi.

Bảo serre les lèvres. Il semble se décomposer.

— J'ai parlé de toi à ma mère, m'annonce-t-il.

— Quoi ?

— Je lui ai dit qu'on était amis, et qu'on avait travaillé ensemble, pas plus, même si je pense qu'elle a deviné. Mais elle ne m'en parle pas. Par contre, elle m'a dit quelque chose… je ne pouvais pas t'en parler, j'avais peur de tout gâcher. Je ne voulais pas qu'il y ait une autre raison pour qu'on ne soit pas ensemble.

— Bảo ? (Je glisse ma main dans la sienne) Tout va bien, d'accord ? Tu peux me parler.

Je me fiche du fait qu'il ne m'ait rien dit immédiatement. J'ai fait la même chose avec la photo. On ne voulait pas gâcher notre relation. Et maintenant, même si on n'a pas toutes les pièces du puzzle, on est plus proches de la vérité.

— Ma mère a dit que c'était de la faute de ta famille si son frère était mort. Elle vous a traités d'assassins.

Je suis muette de stupeur. Je vois les papillons de nuit danser dans la lumière des lampadaires. Les reflets de la télévision du voisin qui tournoient derrière ses volets. La lumière de la cuisine, chez mes parents, est restée allumée, comme d'habitude.

— Assassins, murmuré-je.

Quel horrible mot. Complètement surréaliste.

Je ne comprends pas. Ma mère et ma tante auraient-elles joué un rôle dans la mort de son oncle ? Étaient-elles avec lui lorsqu'il est parti en bateau ? Est-ce qu'il s'est noyé ? Et où était la mère de Bảo ?

— Elles n'auraient pas...

Je ne peux terminer ma phrase. Tué. Assassiné.

— Linh, je ne peux pas te dire ce qui s'est passé. Ce ne sont que les mots de ma mère. Mais bon sang ! C'est tellement fou ! Je ne sais plus quoi penser !

— Moi non plus, Bảo.

— On doit leur parler. Il nous faut la vérité. Qu'on puisse au moins savoir.

Je ne peux qu'acquiescer.

Demain. Demain, nous saurons tout.

Bảo et moi nous embrassons encore quelques fois, respirons ensemble pour retrouver un semblant de sérénité. Puis on se quitte et il repart. Je ne sais pas comment je pourrais dormir cette nuit.

Les rideaux du salon s'ouvrent, dévoilant deux silhouettes face à moi.

Mes parents sont là.

Cette soirée a vu passer tant d'émotions contradictoires. Le bonheur que j'ai pu ressentir en présentant mon œuvre s'évanouit lorsque j'entre chez moi. Les chaussures de mes parents sont au niveau de la porte, presque collées au mur. J'ai l'impression qu'il fait plus froid que d'habitude, mais c'est peut-être la peur, parce que j'avais dit à mes parents que je serais à la maison, et qu'ils sont rentrés avant moi, et que je n'y étais pas. Je les entends chuchoter, mais ils se taisent quand j'apparais dans la cuisine. Ma mère est occupée à l'évier, mon père épluche une clémentine. Ils ne me regardent pas.

— Je suis désolée. Je me suis rendu compte que je devais finir un projet et je n'ai pas vu le temps passer et... (Je me hais pour ces mensonges.) Je suis vraiment désolée.

Ma mère ne se retourne pas, mon père regarde son téléphone.

— Je suis vraiment désolée, répété-je horrifiée par le ton de ma propre voix.

— On s'en fiche que tu sois rentrée tard, affirme Mẹ. Ce n'est pas le plus important.

Sa voix est humide, comme si elle venait de pleurer. Ba se lève brutalement, comme s'il allait quitter la pièce en coup de vent. Mais il s'avance vers moi à pas lourds.

— Tu vas nous dire ce que tu faisais ? Ou tu vas encore mentir ?

Oh, non.

Il me plante l'écran de son téléphone sous le nez. Sa messagerie est ouverte, avec une photo envoyée il y a trente minutes. Une photo de Bảo et moi, devant la colonne, juste après le tomber du rideau. Je me souviens d'un flash à ce moment précis. N'importe qui aurait pu prendre cette photo pour l'envoyer à mon père.

— La personne qui met les publicités dans notre newsletter était là, elle m'a envoyé ça, nous disant à quel point on devait être fiers de notre fille ! (Il secoue la tête.) J'aurais dû lui demander : « Quelle fille ? Quelle fille peut mentir à ce point à ses parents ? »

Je me sens gelée des pieds à la tête. Je dois expliquer tant de choses, me défendre, mais je ne sais pas par où commencer. Comment raconter que j'ai rencontré Bảo ? Expliquer que je veux être artiste, et pas ingénieure ? Que j'étais à ce vernissage, pas à la maison ? Les mots s'échappent de ma bouche :

— Mẹ, je sais que tu ne veux pas que je parle aux Nguyễn.

— Bảo. Tu le connais, assène mon père.

— On est amis. Bons amis. Je ne pouvais pas savoir que...

— Ce n'est pas seulement à propos de ce garçon et de sa famille. *Con này nói láo từ hồi nào tới giờ*, intervient ma mère, qui projette sa colère sur Ba.

Elle jette ses gants contre l'évier, sa voix tremble de rage, comme une flamme brûlante entre nous.

— C'est les mensonges ! Tous les mensonges ! Depuis quand tu vois ce garçon ? Depuis quand tu fais cette peinture ? Depuis quand tu nous mens sur *tout* ? *Tại sao mày dám làm như vậy tới cha mẹ* ?

Comment oses-tu ?

Comment oses-tu nous mentir à nous, tes parents ?

— Je ne savais pas comment vous en parler, dis-je d'une voix faible. De tout ça. Mẹ, Ba, j'ai toujours voulu être une artiste. Mais je ne pouvais pas vous le dire, parce que vous disiez toujours plein de choses sur Dì Vàng et sur le fait que ce style de vie serait difficile. Vous n'auriez jamais été d'accord. Et quant à Bảo... j'ai appris à le connaître, et c'est quelqu'un de bien, quoi qu'ait pu faire sa famille envers la nôtre. Et plus je me lançais dans la peinture, plus je passais de temps avec Bảo, moins je pouvais vous parler.

— Et tu as cru que tu pourrais continuer à nous cacher tout ça à tout jamais, termine Ba.

— Non !

Je secoue la tête. Ce n'est pas ça. Mais qu'est-ce que je veux dire ? Qu'est-ce que je *peux* dire ?

— Non, je voulais juste trouver un moyen de…

— Donc tu ne nous fais pas confiance, m'interrompt Mẹ. Nous, tes parents.

Je suis tellement fatiguée.

— Non. C'est pas ça. Pas du tout.

— Tu as menti à propos du garçon.

— Oui.

— Tu as menti à propos de la peinture.

— Oui.

— Tu n'étais pas à la maison ce soir.

— Oui.

Tant de mensonges.

— Je voulais que tu aies une bonne vie, déclare Mẹ d'une voix devenue triste qui me trouble encore plus. Une vie en sécurité. Une vie heureuse. C'est pour ça que je t'ai élevée comme ça. Mais je ne te reconnais plus. Et tu n'as jamais pensé à nous en nous mentant.

— C'est faux, Mẹ.

— Demain, me coupe Ba, tu rentres à la maison immédiatement après les cours. Plus de peinture après les cours. Fini de voir *thằng đó*.

— Je ne peux pas…

— *Cha mẹ nói sao, con phải làm*, assène Ba d'une voix qui n'admet aucune contradiction.

— Je ne comprends pas !

Je me mets à crier et à pleurer en même temps. Je me déteste, je ressemble à un bébé. Une gamine.

— Je ne suis pas la seule à mentir, il me semble ? (Je sors les photos de ma poche d'une main tremblante.) Et ça ? Vous ne m'aviez jamais dit que vous connaissiez les Nguyễn ! Que vous étiez amis ! (Je claque la photo au centre de la table.) Et vous ne m'avez jamais expliqué pourquoi ils clament que vous êtes des assassins !

Ma mère ne regarde même pas l'image.

— Je n'ai rien à te dire, affirme-t-elle. Il y a des choses que seuls les adultes doivent savoir. Ça en fait partie. Tu es une enfant, con. *Nhiều thứ con không cần biết*. En parler ne fait que faire de la peine. Tout ce que j'ai fait en Amérique, c'est pour mes enfants. Pour que vous ayez une bonne vie. Que vous n'ayez plus besoin de nous. (Elle écrase avec rage une larme qui roulait sur sa joue.) *Ba mẹ nói thì con phải nghe*. L'art ne mène à rien, con. Je le sais, je l'ai vu avec ta tante. *Nó sẽ làm của con rất là nghèo khổ*. Et je ne peux pas te laisser être pauvre. Pas après tout ce que Mẹ, que *ma famille*, a traversé.

La vue de ses larmes me déchire de l'intérieur. J'aimerais qu'elle m'écoute, mais elle tremble de colère. Ses cheveux s'échappent de ses barrettes. Et ses yeux... Je détourne les miens. C'est la première fois qu'elle doute de mon amour pour elle.

Elle s'enfuit de la cuisine, et j'entends la porte de sa chambre claquer. Je me prépare, attendant que mon père se mette à me crier dessus, lui aussi. Il me regarde, mais il est calme. Je voudrais qu'il crie, ça voudrait dire qu'il ressent *quelque chose*, mais il reste froid comme la glace. J'ai dépassé le stade des reproches. Je suis sans intérêt.

Il reprend la photo et me tourne le dos.

— Si tu n'es pas capable d'honorer tes parents et de les écouter, après tout ce que nous avons fait pour toi, alors nous avons tout raté. Nous avons échoué en tant que parents.

— Je ne voulais pas autant mentir, dis-je faiblement.

Il part sans se retourner.

Le lendemain, je me réveille avec les joues tiraillées et les yeux secs d'avoir tant pleuré. J'arrive dans la cuisine vide et m'asperge le visage d'eau froide. Pas de mot, pas de petit-déjeuner. Je ne sais pas ce qui fait le plus mal : les cris de la veille ou ce matin silencieux. Sans promesse de pardon.

La marche jusqu'au lycée est longue et douloureuse. Je garde la tête baissée parce que si je croise quelqu'un que je connais, je devrais sourire pour être polie mais ce n'est pas quelque chose que je peux actuellement faire.

Bảo est à mon casier, son sac à dos sur une épaule. Il n'a pas besoin de me regarder deux fois pour froncer les sourcils. Je sais pourquoi. J'ai vu mon reflet dans la glace.

— Qu'est-ce qu'il s'est passé ?

Son regard inquiet me blesse plus qu'il ne m'aide.

— Je ne peux pas. Pas maintenant.

Je ne comprends pas tout de suite pourquoi ma vision se floute, pourquoi mes affaires me tombent des mains. Bảo m'a prise dans ses bras.

— Qu'est-ce qu'il y a ? demande-t-il encore.

Je murmure des choses qu'il ne peut entendre contre sa poitrine. Il m'entraîne vers une salle vide. Tout le monde nous voit, c'est atroce, ils doivent croire qu'on se sépare et ils vont jaser pendant les cours.

Je raconte tout à Bảo, serrée contre lui. Les horribles mots, la colère. Si seulement je pouvais revenir en arrière. Un jour plus tôt. Au début de l'année.

Même si ça voulait dire ne pas m'être rapprochée de Bảo ?

CHAPITRE 39

BẢO

Je ne sais pas quoi faire d'autre que serrer Linh dans mes bras. De temps à autre, je dépose un baiser sur le haut de son crâne. Et je la serre encore plus fort. Elle tremble, sa voix est brisée, elle a besoin de plus, mais je ne peux que lui apporter mon soutien physique.

— Ils ne m'avaient encore jamais regardée comme ça. Surtout ma mère. Comme si je lui avais brisé le cœur. J'ai été trop brutale, je pense. J'avais pas besoin de leur mettre la photo sous les yeux.

— Ne crois pas ça. Tu as fait ce que tu pouvais. Tu retenais tout ça depuis trop longtemps.

Je ne dirais pas que parler de Linh à ma mère a amélioré les choses, mais ça ne les a pas aggravées. C'est juste gênant. Je suis plus troublé par le fait qu'elle fasse comme si on n'avait jamais eu cette conversation, comme si elle espérait que j'oublierais tout cela.

— Mais maintenant, tout est fichu ! s'écrie-t-elle en montrant les murs autour de nous, comme si nous étions dans un champ de ruines. J'ai tout dit, mais tout est affreux, désagréable et...

— Tu as tout dit. Tu n'as plus besoin de mentir maintenant.

Ce n'était probablement pas la bonne chose à dire, je le vois à son expression.

— C'était ça le problème. Depuis le début. Et tu m'avais prévenue, tu l'avais vu immédiatement : je suis une menteuse.

— Eh, ne dis pas ça. Je suis un menteur aussi. Et les parents dérapent parfois. Ils disent des choses qu'ils ne pensent pas. Ça m'est arrivé de me disputer avec mes parents. Toi aussi, j'imagine que ce n'est pas la première fois.

— Mais pas comme ça, Bảo, jamais comme ça.

Elle a l'air tellement abattue.

— Je sais que ça fait mal, Linh, mais ça va s'arranger.

— Comment, Bảo ? Dis-moi comment. Parce que je ne pense pas que je puisse continuer comme ça. Défendre ce que j'ai pu faire. Et ce qu'on s'apprête à faire. Raviver les blessures du passé...

Je tente de lire entre les lignes. Essaie-t-elle de me dire qu'elle veut abandonner ?

— Tu ne veux plus savoir ? lui demandé-je en prenant ses mains. Tu ne veux plus de nous ?

Elle ne bouge pas.

— Oh.

Je n'aurais jamais cru qu'un silence pouvait blesser à ce point. Cette expression sur son visage : vide.

— Je ne crois pas que je puisse continuer, Bảo.

— Tu as peur, Linh, c'est tout.

— Depuis qu'on a commencé tout *ça*... J'ai l'impression que ma vie m'échappe.

— Alors quoi ? Tu penses que nous aurions mieux fait de ne jamais nous rapprocher ? De ne jamais nous parler ?

La sonnerie du premier cours déchire le silence entre nous.

— Peut-être, Bảo. Peut-être.

CHAPITRE 40

LINH

Les lycéens se précipitent dans leurs classes, agités comme toujours, et bientôt les profs s'emploieront à les calmer. Toutes les salles sont pleines de vie et de bruit. Je ne sais pas où je vais, jusqu'à ce que je m'arrête devant la salle d'histoire, où Ali est assise.

Elle me voit à travers la fenêtre de la porte et un sourire est prêt à apparaître sur son visage. Alors qu'elle est sur le point de me saluer, elle s'arrête. Puis elle lève la main.

— Madame Dubois ?

— Oui, Allison ?

— Je peux aller aux toilettes ?

— Tu aurais dû y aller avant ! On vient juste de...

— Merci !

Elle prend son sac, s'empare du badge toilettes collé sur le tableau, et fonce dans le couloir. Elle m'entraîne plus loin, et me prend par les épaules.

— Linh ?

Et je pleure.

CHAPITRE 41

BẢO

Je ne sais même pas ce qui s'est passé en classe, je me suis juste relevé et suis sorti quand la cloche a sonné. Je ne me sens pas moi-même tandis que je ressors.

Linh ne veut pas de nous.

Je ne sais même pas comment je réussis à m'installer au cours suivant. Criminalistique. Việt débarque et me propose un paquet d'Orbit. Il s'inquiète quand il voit que je ne réagis pas. Il agite la main, me forçant à le regarder.

— Qu'est-ce qui ne va pas, mec ?

Je ne sais plus ce que j'ai dit, ni comment je l'ai dit, mais je lui ai tout raconté. Le prof, comme d'habitude, est en retard. Nos voisins regardent une vidéo qui les fait pouffer de temps à autre.

— Tu crois vraiment qu'elle était sérieuse ?

Il mâche son chewing-gum lentement et écorne son devoir. Et je me souviens que j'ai oublié le mien. Super.

J'ai déjà été éconduit, dans le passé. J'ai déjà déçu mes parents et les décevrai encore longtemps. Mais quand ça vient de Linh, ça fait juste extrêmement mal.

Je pensais qu'elle avait vu quelque chose en moi. Et je voulais croire en ce qu'elle avait vu. Je voulais qu'on découvre la vérité ensemble.

Monsieur Lynch entre, visiblement affligé d'une terrible gueule de bois. Il mâchouille un « *B'jour* » qui fait se tordre de rire mes camarades. Je m'en fiche.

Je pose ma tête contre la table. J'en peux plus.

Je me fiche de tout.

CHAPITRE 42

LINH

Je fais ce qu'on m'a dit : je sèche le boulot et je rentre à la maison, la tête sous mon oreiller. J'essaie de tout oublier, atténuer les scènes de la veille et de ce matin qui ne cessent de me hanter. Je veux dormir, mais mon téléphone vibre.

— Tiens, Linh ! s'exclame Dì Vàng lorsque l'image se stabilise à l'écran, comme si ce n'était pas elle qui m'avait appelée. J'arrive à Cali dans cinq heures !

Je dois réunir toute mon énergie pour lui sourire et prétendre que sa venue me réjouit. Je n'y arrive pas, visiblement.

— Qu'y a-t-il ? m'interroge-t-elle en se penchant en avant. Tu pleurais ?

Quelle façon d'accueillir ma tante aux States, après sept ans.

Je lui raconte tout. Les mots sortent de moi comme un torrent indomptable. Peut-être que l'écran rend l'échange plus facile. Ou que c'est parce qu'elle ressemble à ma mère, et que je souhaiterais tant tout lui expliquer. Je commence avec Bảo, le soir où il est venu à ma rescousse. Avec *lui*, pas en disant qu'il est le fils de nos ennemis jurés ou qu'il est le neveu de son ancien fiancé. Je lui dis qu'il est juste un garçon qui m'a aidée alors qu'il n'avait pas à le faire. Je lui dis qu'il a un talent pour l'écriture ; je raconte comment notre relation s'est formée, et aussi comment j'ai commencé à m'investir dans l'art.

Je lui raconte nos rendez-vous amicaux, puis amoureux. Je lui raconte la joie quand ma fresque a été révélée au public ; que des étrangers l'ont appréciée, applaudie. Puis, j'en viens au moment où tout s'est écroulé, face à mes parents, lorsqu'ils ont compris que je leur avais caché tant de choses. Et je n'avais aucune excuse véritable à leur opposer. J'aurais dû le savoir. Je me persuadais que mentir était la seule façon. Et si je m'étais trompée ?

Je termine mon récit sur cette question. Ma tante, qui sirote un café à Auntie Anne, me regarde avec sérieux.

— Ça ne s'annonce pas bien, tout ça, Linh.

— Je sais.

— Je ne comprends pas tout encore, mais je pense que c'est le mensonge qui a le plus blessé ma sœur. Elle t'aime, Linh. Elle se sent mal d'avoir été mise à l'écart de ta vie.

— Ce n'est pas ce que je voulais faire, dis-je misérablement.

— Oh, je le sais bien.

— Pardon, je t'ai tout balancé avant même que tu atterrisses ici.

— Ça me permettra d'y réfléchir pendant mon dernier vol ! Bon, parle-moi de ce garçon. J'ai eu ton âge, je me souviens... (Un sourire furtif passe sur son visage.) Il a l'air *đàng hoàng* !

J'inspire. C'est le moment. Je ne peux pas m'arrêter là.

— En fait, tu connais Bảo. Plus ou moins. Tu connais sa mère. Et son oncle. Il est mort.

Ses lèvres s'entrouvrent.

— *Trời ơi*.

Elle se souvient. Le soleil dans son visage efface son expression. J'entends les premiers appels pour embarquer.

— Dì Vàng...

Je lui présente mes excuses, sachant qu'elle ne va pas arrêter d'y penser pendant son long vol, et que je ne peux plus rien faire pour empêcher ça.

Elle est choquée mais réussit à se reprendre.

— Cela fait si longtemps, mais je crois qu'on doit y faire face. Une bonne fois pour toutes. À tout à l'heure.

* * *

La route jusqu'à l'aéroport est insoutenablement longue. La musique est une cassette que mes parents nous passaient, à Evie et moi, pour qu'on s'endorme dans la voiture. C'était à l'époque où ils n'avaient pas encore le restaurant, où ils travaillaient à des heures convenables. Le week-end, ils nous emmenaient dans un parc d'attractions ou visiter la famille. Parfois, ma mère tendait sa main en arrière, pour nous chatouiller ou pour deviner si c'était ma main dans la sienne, ou celle de ma sœur.

« *Tay của ai vậy* ? »

Elle faisait semblant de réfléchir en nous pressant les doigts. Bien sûr, elle pouvait nous voir dans le rétroviseur, mais à l'époque, on pensait qu'elle avait un superpouvoir de supermaman.

Dans la salle d'attente, mes parents sont assis à trois sièges de moi. Toutes les cinq minutes, Ba se lève, s'étire les jambes, va observer les avions. La moquette voit passer des centaines de voyageurs de tous horizons, vêtus de tous costumes. Les visages fatigués s'étonnent, rient et sourient lorsqu'ils retrouvent leurs familles. Puis la plus colorée de toutes les femmes apparaît. Ses cheveux sont rassemblés en une pile au sommet de son crâne, par commodité et non pour le style que ça lui confère. Son foulard, sa chemise et son pantalon offrent des nuances de vert, de jaune et de rose qui se mêlent incroyablement bien.

Elle est là.

Elle crie en nous voyant, choquant ou amusant les passagers autour d'elle. Laissant tomber son sac, elle court vers nous. Elle nous serre très fort contre elle, moi et ma mère, qui a soudain retrouvé une étincelle de vie.

— Tu as maigri ! s'exclame Dì Vàng en tripotant les épaules et les côtes de ma mère.

— Comment tu es habillée, encore ? s'exclame ma mère, exactement comme le fait Evie quand mes tenues ne lui plaisent pas.

— C'est la dernière mode, au Viêtnam ! Je t'ai apporté le même foulard.

— Tu n'aurais pas dû.

— D'accord. Je le donne à Linh, alors. (Elle se tourne vers moi, bras grands ouverts.) Regarde-toi, toute grande ! Toute jolie !

Mẹ demande à Ba d'aller ramasser le sac de ma tante. Et là, je ne sais pas pourquoi, je me mets à pleurer. Peut-être la fatigue, ou la mauvaise énergie à la maison, ou parce que je ne m'attendais pas à ce que ma tante me tienne si longuement contre elle. Ou parce que ça me rappelle la façon dont Mẹ me serrait contre elle. Dì Vàng me serre encore plus fort.

CHAPITRE 43

BẢO

Je suis reconnaissant envers Việt d'être ce qu'il est. Il ne me presse pas. Il me laisse pleurnicher et me débattre avec mes émotions. Au boulot, il continue de me parler des séries qu'il regarde, et il se fiche que je ne l'écoute pas. Quand on a des cours ensemble, il se contente de faire le travail à ma place, me conseillant de noter ceci ou cela.

Mais, ce matin, je crois qu'il en a assez. Il m'a appelé, mais je n'ai pas réagi, alors il m'envoie un coup dans l'épaule. La douleur me réveille d'un coup.

— Regarde. Quelqu'un a découvert ça et en a fait des captures d'écran.

Je tourne son ordinateur portable vers moi. Apparemment, Jared, le gars qui a accusé ma mère de l'arnaquer a posté des critiques sous différents pseudos sur différents établissements. Mais c'est toujours le même contenu :

Saleté d'étrangers ! S'ils veulent travailler ici faut qui parlent anglais mais ils peuvent pas autant qu'ils rentrent chez eux.

Le même message apparaît dans les commentaires à propos du restaurant de mes parents. Ma première pensée va à la grammaire, première victime de ce tas d'immondices. Je pense à Jared, dont la voix haineuse pourrait tout à fait sortir des choses identiques, mais ça pourrait être un autre. Je l'imagine, perclus de haine derrière son écran parce qu'il n'a rien de mieux à faire, avec sa femme qui tente de le convaincre de ne pas appuyer sur « poster ». Il l'ignore, et elle secoue la tête, impuissante.

Rentrer où, exactement ? Où iraient les parents de Linh et les miens ? Leur vie s'est déroulée ici, et le pays qu'ils ont quitté n'a plus rien à voir avec celui qu'ils ont connu autrefois. Pourquoi quitteraient-ils l'endroit où ils vivent ?

Ce type ne comprend rien à rien.

— Il a laissé ça partout, me prévient Việt.

Tous les commerces du quartier y ont eu droit : salons de manucure, les boutiques qui vendent des *bánh mì*... Jared, ou qui que ce soit, s'est défoulé sur les commerces vietnamiens.

— Tu crois que beaucoup de personnes l'ont lu ?

Il hausse les épaules.

— Espérons que non, pour son propre bien.

Mais la communauté ne l'a pas raté. Ça s'est répandu encore plus vite que sur Internet, via le bouche-à-oreille. Qui en a entendu parler en premier ? Le groupe de Mẹ. Son cercle, s'est réuni dans un box, les mots de Jared imprimés sur des feuilles placées sur leur table. Mẹ, lunettes sur le nez, en lit une en fronçant les sourcils.

— Vous êtes au courant, alors ?

— De quoi, Bảo ?

— Des critiques.

Elle pince les lèvres, ce qui répond à ma question.

— C'est ridicule. Raciste.

Elle marche à grands pas vers la cuisine, où elle se fait un café. Je réalise que Ba est là aussi, à une autre table, avec les maris. Ils parlent aussi des critiques.

— *Con muốn cà phê không* ? demande Mẹ.

Mais elle n'attends pas ma réponse et commence à me préparer un café. Je prends conscience que c'est la première fois qu'on est en tête à tête depuis que je lui ai parlé de Linh. Tout est redevenu comme autrefois. Je m'assois avec elle.

— Qu'est-ce qu'on va faire contre ça ?

Elle ne répond pas tout de suite, occupée à préparer les boissons.

— Faire ?

Mes parents n'ont jamais été du genre à faire du tapage. Leurs commentaires, ils les réservent pour l'intimité, le soir, dans la sécurité de notre foyer. S'ils veulent partager leurs complaintes, ils le font avec des gens qui leur ressemblent – d'autres Vietnamiens qui ont fui le pays pour les mêmes raisons qu'eux, qui lisent le même journal sur une patrie qu'ils ont un jour connu. Je me demande si c'est à cause de toutes les épreuves qu'ils ont traversées ; au fait qu'ils auraient pu être punis s'ils avaient dit un seul mot contre le gouvernement communiste. Ils ont vu leurs amis, leurs familles, être punis pour avoir fait cela.

Cela pourrait être à cause de toutes ces raisons. Mais je ne saurai probablement jamais si c'est vraiment le cas.

— C'est ridicule ! tenté-je à nouveau.

— Et alors ?

— Il étale ces horreurs sur tous les commerces de notre communauté ! On doit faire quelque chose !

— Pourquoi ça te préoccupe autant ? Qu'est-ce qu'on pourrait faire ?

La colère me prend par surprise. C'est trop facile ! Comment peut-on s'en tirer sous couvert d'anonymat ?

— Ce n'est pas notre bataille, comme disent les Américains.

Je secoue la tête. Je l'ai entendue dire ça trop souvent. Ces mots nous concernent tous. Je ne peux plus la laisser dire des choses pareilles.

— Ces mots ont des conséquences. Oui, je sais, tu crois qu'ils n'ont pas de pouvoir, surtout si, par exemple, on les dit au sein d'un groupe d'amis. Mais parfois, les mots gagnent. On ne peut pas se laisser faire sans réagir.

Ma mère semble soudain bien plus vieille qu'elle ne l'est.

— Je ne laisserai pas passer ça.

Je suis fatigué.

De tous ces ragots, de toutes ces rumeurs qui reviennent, qui forcent certains à se cacher, et font toujours du mal en apparaissant au grand jour. Quelqu'un doit parler pour nous. Même si ça fait mal.

Ce soir-là, au lieu de dormir, je suis face à mon écran d'ordinateur. Je fixe la page blanche quelques secondes, pose mes doigts sur le clavier, et, soudain, me mets à taper à la vitesse de la lumière. Avec chaque lettre, j'espère effacer ces mots vils qu'on a osé appliquer à notre commerce, à ceux de notre quartier, à celui… des Mai. Nos familles sont toujours ennemies, apparemment, mais on vit dans le même quartier. Et Linh m'a toujours encouragé à écrire ce que je ressentais.

Je me redresse et m'étire. Ça fait une heure que j'écris. C'est la première fois que j'écris aussi longtemps sans que ce soit pour un devoir. C'est moi que je vois à l'écran, à travers les lignes, et je me sens plus léger.

La première personne à qui je souhaite le montrer, c'est Linh. Mais quand je me souviens de notre dernière conversation, j'abandonne. Alors je contacte la personne juste après elle en qui je peux avoir confiance.

J'hésite à donner mon texte à Ali le lendemain. Qui sait si elle ne va pas m'ignorer, si ce que lui a raconté Linh ne va pas la détourner de moi, par amitié ? Mais quand je lui ai écrit, elle m'a répondu qu'elle me verrait en salle de journalisme après le déjeuner.

Je me lève de table, et Việt m'adresse un signe de tête. Il est mon ami depuis si longtemps qu'il sait quand il faut se taire : je n'ai pas eu de résumé d'épisode de série policière depuis des jours, et même ses amis de cross sont moins ennuyeux que d'habitude.

Je tente, bien sûr, de repérer Linh. Elle mange avec des amis. J'espère qu'elle tournera la tête vers moi, mais elle ne me calcule pas. Je pars, le cœur lourd.

— Alors ?

— C'est pas trop mal jusqu'ici.

— Vraiment ?

— J'ai dit : « jusqu'ici ». La prochaine phrase sera peut-être nulle.

Elle continue sa lecture en silence, ajoutant quelques notes par-ci par-là.

— Linh m'a raconté ce qui s'est passé. Pas tout dans les détails, mais je vois l'idée.

Je me fige.

— Elle est dans un état de stress intense. J'imagine que tu sais qu'elle ne pensait pas ce qu'elle a dit. (Ali vient s'asseoir à côté de moi.)Tu sais, la particularité de Linh, c'est qu'elle a longtemps été seule. Pas en vrai, mais dans sa tête. Je suis journaliste, elle est peintre, et même si on est chacune dans un milieu créatif, elle n'a jamais eu personne au même niveau qu'elle. Mais toi, Bảo, tu l'as fait s'ouvrir un peu. Son art a changé. Il s'est transformé. Il s'est libéré. Je n'ai jamais vu Linh aussi heureuse que depuis que tu es entré dans sa vie. Et je t'en suis très reconnaissante.

Les mots se coincent dans ma gorge. Je ne m'attendais vraiment pas à ça.

— Et elle n'est pas la seule à avoir changé, ajoute-t-elle, presque pour elle-même. Tu es devenu l'écrivain que je voyais en toi… (Elle opine.) Linh est juste effrayée. Parce que tout ça *est* terriblement effrayant. Vos deux mondes ont volé en éclats. Laisse-la se reposer un peu. Et ne doute pas de ses sentiments. Ni des tiens.

Après quelques secondes, elle se glisse à nouveau dans la peau de la journaliste sans pitié qui me terrifie.

— Oh, et cette conversation restera entre nous, bien entendu.

Puis elle me lance un sourire.

Un vrai, un de ceux qu'elle réserve à Linh.

— C'est très bon. Ce que tu as écrit de mieux jusqu'ici.

— Vraiment ? répété-je, comme un disque rayé.

— À tel point que tu devrais viser plus large que notre journal. Ce n'est pas réellement à propos du lycée. C'est ta communauté. Ta maison. Et si tu veux des contacts, je connais les bonnes personnes.

Elle me terrifie encore, mais c'est la personne la plus apte à m'aider.

Et elle le fait.

NOUS SOMMES CHEZ NOUS

À toi qui as posté des commentaires haineux sur plusieurs restaurants de Little Saigon, à toi qui es venu dans le restaurant de mes parents et as insulté tout ce qu'ils ont de plus cher :

N'as-tu pas entendu tes enfants te supplier d'arrêter ? N'as-tu pas remarqué combien ta femme était gênée ? N'as-tu pas vu les regards stupéfaits des autres clients, alors que tu es parti sans payer ce que tu avais consommé ?

Il y aurait tant à dire sur toi. Je pourrais faire tellement de suppositions sur toi, et d'où tu viens.

Mais je ne le ferai pas, car je ne veux pas être comme toi.

Cependant, je peux te dire ceci : tu ne nous connais pas du tout. Alors je vais t'enseigner deux ou trois choses.

À Bolsa, tous les gens que tu as croisés – ceux que tu te permets d'insulter – ont vécu bien plus d'horreurs que tu ne peux l'imaginer. Ils ont vu leur cher pays être la proie du colonialisme, avant de se déchirer durant la guerre civile. Ils ont tout perdu, quitté tout ce qu'ils connaissaient, pour se lancer dans l'inconnu. Pour donner une chance à la liberté, une chance à leur famille et à leur futur.

Une main ne suffirait pas à compter les vies perdues pour chacun d'eux. Et pourtant, ces malheurs ont fait d'elles les personnes les plus courageuses et les plus fortes que je connaisse.

C'est triste que tu ne puisses pas le voir. C'est un triste rappel que – même si les gens de ma communauté représentent le rêve américain en bâtissant leur vie sur l'espoir et les rêves – des gens comme toi préfèrent répandre la haine et l'ignorance plutôt que d'accepter cette réalité.

Ton racisme est impuissant ici. Tes mots n'ont pas de sens à Little Saigon. Alors, quoi que ce soit que tu aies voulu accomplir, en vrai ou derrière ton écran, tu as échoué.

Une personne à qui je tiens beaucoup, l'une des plus talentueuses et passionnées que je connaisse, m'a encouragé à écrire sur ce qui me tient à cœur. C'est évident qu'il s'agit de ma communauté. C'est ma maison. Ma famille. Ce que tu as fait n'est pas sympa.

J'aimerais croire que, en lisant ceci, tu deviendras meilleur.

Mais, encore une fois, je ne veux pas faire de supposition.

Merci,

Bảo Nguyễn, fier fils d'immigrés vietnamiens.

* * *

Je ne réalise pas vraiment la portée de ma lettre ouverte jusqu'à ce matin, quand un couple de clients est entré au restaurant. La femme me rappelle quelqu'un ; elle doit venir de temps en temps, avec des amis plutôt qu'avec son mari.

— Ton fils est Bảo, oui ? demande-t-elle à Mẹ, avec qui je prépare les réservations derrière le comptoir.

Mẹ me regarde l'air de dire « *Qu'est-ce que tu as fait, encore* ? » mais la femme lui tend un journal, son doigt parfaitement manucuré pointant mon nom.

Mon article.

Il est dans l'édition de ce matin du *Người Việt*, avec une version traduite.

— J'ai appris pour ces commentaires désobligeants, et puis j'ai vu cette si belle réponse ce matin, et il a fallu que je vienne. Vous devez être si fière de votre fils !

— Euh... merci, dit-elle.

C'est la première fois qu'elle entend des éloges sur moi, ce qui la laisse éberluée.

— J'ai été très touchée en lisant cette lettre. Ces commentaires étaient nuls. J'ai mangé ici plusieurs fois et c'était toujours délicieux. Alors quoi qu'il arrive, vous avez mon soutien.

Ma mère les fait asseoir à une table et disparaît avec le journal sous le bras, ses grosses lunettes entre les mains. Je m'occupe des autres clients qui, à ma grande surprise, sont venus grâce à mon article.

Une heure plus tard, Mẹ réapparaît. Elle se poste à l'accueil, ne cherche même pas à me parler. Voilà, tout est là. Écrit et publié. Tout ce que j'avais à dire. Je m'approche d'elle et, avant que j'aie pu prononcer un mot, elle me lance :

— Tu as écrit ça ?

— Dạ.

— Tout seul ?

— Oui.

— Tu me mens ?

Sérieusement ? *Tu ne pourrais pas avoir un peu plus foi en moi* ?

— Je ne savais pas que tu ressentais tout ça. À propos des rumeurs surtout.

— Je hais les rumeurs lorsqu'elles sont mauvaises. Qu'elles blessent les gens.

— Tu parles des Mai.

Je suis déstabilisé, car elle ne semble pas en colère.

— Je pense chaque mot de ce que j'ai écrit. Ce n'est pas seulement à propos des Mai. Je ne pouvais pas laisser ce type s'attaquer à nous.

— L'article est bon. Très bon. (Elle pince mon menton entre ses doigts.) *Giỏi, con*.

Quelques minutes plus tard, elle pose le journal contre un mur comme pour tester la façon dont elle l'y accrocherait.

Le jour suivant, mon article est bel et bien accroché au milieu de notre mur de la gloire, composé de coupures de journaux élogieux. Il est encadré, ce qui est sûrement le résultat d'une faveur que ma mère a demandée à quelqu'un, pour que ce soit fait aussi rapidement.

Ali m'a raconté que mon article était devenu viral. Les gens le lisent et en parlent. Apparemment, c'est une histoire qui plaît, parce qu'on aime voir des personnes modestes se battre contre des salauds. Cela nous amène plein de nouveaux clients, qui viennent d'au-delà de Bolsa.

Un petit collectif se forme afin de réagir contre de futures attaques racistes, en chair et en os, ou en ligne. Un soir, en rentrant, je découvre ma mère et ses amies occupées à analyser des commentaires. La Générale – aussi curieux que cela puisse paraître – a pris la direction des opérations.

Je ne sais pas si cela aura pour effet de stopper la guerre des rumeurs, mais c'est déjà un changement. Et c'est un texte qui a tout provoqué. Le mien.

Au lycée, seuls mes camarades dont les parents ont un commerce dans les environs me parlent de l'article. Je n'avais jamais réalisé à quel point nous sommes nombreux. Certains sont venus échanger des *high-five*, ou me lancent juste « Super article ! » en me croisant. Même au déjeuner, Việt avait dû raconter l'histoire à ses amis sportifs car ils ont été sympas, plaisantant au sujet de ma nouvelle notoriété. Steve en a même oublié ses bananes.

J'ai cherché Linh. Je voulais juste savoir si elle avait lu mon papier. Si elle avait compris que c'était aussi un geste vers elle.

Il y a des prospectus partout pour annoncer le Festival des Arts qui approche, avec la photo de Linh dessus. J'aimerais tant lui dire que je suis heureux pour elle. Mais elle ne doit pas avoir envie de me parler.

Ali est devenue mon éditrice, si l'on peut dire : à chaque fois qu'on veut me contacter pour une interview, elle demande à lire et approuver les questions en aval. Je suis sûr à cent pour cent qu'elle s'est débrouillée pour ajouter des questions mentionnant le journal du lycée.

C'est pour cela que je suis devant le restaurant de mes parents, en ce moment même, le cou scié par le col de la chemise que Mẹ a tenu à ce que je porte. « *Đẹp trai* », a-t-elle dit ce matin en approuvant mon look, avec la ceinture de Ba en complément.

La journaliste et présentatrice me rappelle de ne pas gigoter parce que ça fait du son dans le micro.

— Il faut dézoomer, clame Ali au caméraman professionnel. Oui, voilà, parfait.

— Dis donc, je connais mon métier, tu sais.

Dès que la caméra nous filme, je suis tellement nerveux que je ne m'entends même pas parler. Puis la présentatrice pose des questions à mes parents, que je sens tout aussi mal à l'aise derrière moi.

— Vous devez être si fiers de votre fils, termine la journaliste.

Je me retiens de répondre : « Bof, fiers, c'est un peu fort. » Mais ma mère se tourne vers moi et, ses yeux dans les miens, acquiesce avec sérieux. Je me tiens bien plus droit, tout à coup.

— Bien sûr que je suis fière, répond-elle. Je me demande comment il a pu devenir aussi doué.

— C'est uniquement grâce à moi, assène mon père qui a soudain retrouvé son humour.

La présentatrice, ne sachant si c'est une plaisanterie ou s'il est sérieux, rit nerveusement.

Enfin, les projecteurs s'éteignent, l'interview est finie. Je crois que je ne m'en suis pas trop mal sorti. Ou alors j'ai juste fait pitié à la journaliste, qui m'a salué avec un « Bon travail » avant de remballer.

Plus tard, quand l'agitation retombe en salle, je remarque Ba en train d'astiquer le verre qui protège mon article, alors que je suis sûr qu'il est nickel.

— *Gì* ? me demande-t-il.

— Rien, réponds-je en m'empêchant de sourire.

— O.K., retourne donc travailler, arrête de paresser !

Je lance un regard à la fenêtre. Le restaurant des Mai est tout aussi complet que le nôtre, sûrement une retombée de mon article.

Et soudain je le vois.

Un éclat de longs cheveux noirs.

Elle me manque.

CHAPITRE 44

LINH

Il me manque. Il y a tant de choses que j'aimerais dire à Bảo, depuis que j'ai lu son article. Je suis si fière de lui.

J'aimerais être comme toi.

Tu dis la vérité sans craindre les conséquences.

Mais j'ai honte d'avoir fui. Pas seulement la dernière fois qu'on s'est parlé, mais encore avant. C'est toujours lui qui me remettait à flot, me rappelant que l'on ne peut ignorer indéfiniment des problèmes. Sinon ils finissent par vous étouffer.

L'atmosphère est moins tendue depuis que Dì Vàng est arrivée. Les nuits précédentes ont été pleines de rires et de joie. Comme si la dispute dans la cuisine n'avait été qu'un mauvais rêve. Mais je sais que, si elle n'était pas là, rien ne changerait entre mes parents et moi. C'est toujours horriblement tendu et plein de ressentiment. La plupart du temps, ma tante est en déplacement, car elle rend visite à des amis – peut-être Bác Xuân en fait-il partie – et dort peu à la maison. Elle va même rater mon exposition au Festival des Arts dans deux jours.

Ce soir, elle entre dans ma chambre, juste après sa douche. Ses cheveux sont parfaitement tressés, et elle porte un pyjama vert, le même que ceux qui remplissent mon tiroir à pyjamas, qu'elle m'a envoyés au fil des ans. Elle observe longuement mes œuvres – ainsi que la drôle de sculpture formée par Bảo lors de notre premier rendez-vous. Elle a été envoyée à la maison avant-hier.

— Tu es vraiment douée, ta mère me l'a toujours dit.

— Merci.

Je suis un peu timide en sa présence, car je ne suis pas encore complètement habituée à la voir en vrai, sans son masque de pixels.

— Je ne mens pas tu sais. Ta mère est fière de toi. Ton père aussi, même s'il ne l'avouera pas si facilement, tu sais comment il est.

Elle s'installe confortablement dans le lit sans pour autant avoir l'intention de dormir.

— Alors, comment vont les choses depuis que tu m'as tout raconté ?

— Rien n'a changé.

Elle tend la main et je tends la mienne, l'espace qui nous sépare n'étant qu'une illusion.

— Je suis désolée.

— Mẹ ne t'a rien dit ?

Mais elle secoue la tête. Je fixe le plafond. On entend l'arrosage automatique dans le jardin, le passage d'une voiture dans la rue fait passer des rais de lumière dans ma chambre. J'aimerais lui parler de l'oncle de Bảo, mais je ne sais pas si elle en a envie.

— Je te raconterai tout, Linh.

Je redresse la tête, surprise. A-t-elle lu dans mes pensées ?

— Je te le promets. Mais j'ai encore besoin d'un peu de temps. Ma sœur ne sait même pas que tu m'as tout révélé. Cela viendra.

Exactement les mots de Bác Xuân.

— Mẹ me parle toujours de toi comme d'une héroïne de tragédie, comme si ton art était une punition divine.

— Je l'étais, à bien des égards, après tout ce qui est arrivé. Mais ce que ta mère ne comprend pas… ou que tu vas peut-être réussir à lui faire comprendre… c'est que, pour nous, la tristesse fait partie de l'inspiration. Quand les autres préfèrent la garder sous clé pour ne la déverser qu'en certaines occasions, pour nous, elle devient un moyen d'expression. Et c'est la même chose avec toutes les émotions. On les sublime, et ainsi, on peut en accueillir de nouvelles.

J'acquiesce, me rappelant que ma peinture a toujours été le moyen de retrouver une forme de sérénité, même quand tout bascule autour de moi.

— On a tous perdu quelque chose de précieux, à cette époque, ajoute doucement ma tante.

Je crois que Ba en a ras les chaussettes de la tension entre Mẹ et moi. Surtout maintenant que Dì Vàng, en visite chez un ami à San Francisco, n'est plus là pour faire diversion. La mauvaise humeur de Ba ne dure jamais plus de deux ou trois jours. Je l'entends piétiner à l'entrée de ma chambre alors que j'essaie d'écrire ma présentation pour le Festival des Arts. Contrairement à ma mère, il n'entre pas sans permission.

— Tu fais tes devoirs ?

— Un truc comme ça.

Ni un mensonge, ni une vérité.

— Viens manger. J'ai fait de la soupe. *Canh sườn bí*.

Sa spécialité.

— Mẹ ne rentre pas ?

— Travaille tard ce soir.

Même s'il était très en colère, j'imagine que Ba ne me laisserait pas mourir de faim. Il retourne à la cuisine, où il a déjà installé mes couverts. Il remplit nos deux bols de riz. J'ai l'impression qu'il veut me parler. Sûrement me dire, encore une fois, à quel point je l'ai déçu. Je me ratatine.

Il s'assoit sous la lampe qui éclaire mal, et qui fait ressortir ses cheveux blancs – il en a beaucoup plus qu'avant. Et j'ai l'impression qu'il n'est pas rasé.

— Mẹ et Ba sont déçus, con, me dit-il. On ne savait pas qu'on t'élevait de cette façon. Nous mentir et penser qu'on ne s'en apercevrait pas...

Je me mords les lèvres. Argumenter n'a servi à rien avec ma mère.

— Ce n'est pas que ça. Tu nous as blessés.

Je me tortille sur ma chaise. Je crois que je ne l'ai jamais entendu dire ça. Mon père, blessé ? Impossible. C'est un roc. Une de ces statues antiques qui traversent le temps sans une égratignure. Je murmure un « désolée », puis je le dis en vietnamien, mais il ne m'écoute pas.

— Mais je me dis que Mẹ et Ba auraient dû comprendre plus tôt que tu n'étais pas dans ton état normal. Tu semblais… plus triste que d'habitude. Je l'ai remarqué ici, dans cette cuisine, ce soir-là. (Il me montre ma place et se penche en avant.) *Ba không muốn* con soit triste.

Ba ne veut pas que tu sois triste.

— Et tu es heureuse, là !

Je remarque alors qu'il tient quelque chose dans sa main. L'impression de la photo où nous apparaissons, Bảo et moi, devant ma fresque. Était-ce seulement deux semaines plus tôt ? La jeune fille à l'image est si fière, elle rayonne de bonheur dans les bras de Bảo tandis qu'ils admirent son œuvre. Ba a raison, je suis heureuse sur la photo. Mais pourquoi me montre-t-il ça maintenant ? Va-t-il me sermonner au sujet de Bảo ? On ne peut pas se méprendre sur la nature de notre relation à la façon dont nous sommes enlacés. Mais Ba l'ignore complètement.

— On veut que tu sois heureuse, mais on veut pas que tu souffres.

— Pas comme Dì Vàng, dis-je.

Il secoue la tête.

— Pas comme nous. *Khi Ba tới nước này*. Quand je suis arrivé ici, mon anglais était pas très bon. Toujours pas très bon. Mais au Viêtnam, je pouvais parler debout devant toute la classe. Mes professeurs me disaient que je deviendrais un grand homme d'affaires ! Que je rendrais les gens pauvres, tellement ils achèteraient ce que je vends. (Il sourit à ce souvenir qui le rend fier.) Après m'être échappé, après être venu ici, j'ai voulu essayer. La publicité, le marketing. J'ai toujours aimé ça, et j'ai suivi une formation, avant ta naissance.

J'ai soudain l'image de Ba qui me vient, assis dans une salle de classe. C'est une des photos dans les boîtes à chaussures. Je savais qu'il n'avait pas de diplôme, mais je ne savais pas qu'il avait essayé.

— Mais à cause de l'anglais, on trouvait que j'étais impoli. Je ne pouvais même pas discuter avec mes camarades. C'était dur, j'ai commencé à haïr ça. À haïr ce que j'aimais faire. Je pensais que ça ne m'arriverait jamais. Je sais que d'autres auraient persévéré. Ta mère par exemple, parce qu'elle est forte. Moi, je ne l'étais pas. Et puis, Evelyn est née. Et puis toi. Et ce n'était plus le temps d'aller à l'école. On avait trop à faire, on devait survivre.

Je tends la main vers la sienne. Je le comprends soudain si bien. Il a fait ce qu'il voulait, il a essayé de toutes ses forces, et n'y est pas arrivé, mais ce n'est pas un échec.

— Il est toujours temps de retourner à l'école, Ba.

— Oh, maintenant, je suis heureux avec le restaurant. Et d'ailleurs, je fais de la publicité.

C'est vrai. Il a un don pour attirer les gens, un véritable charisme.

— Mais j'ai peur pour toi, con. L'art sera une voie difficile.

Je retiens ma respiration. Est-ce qu'il saisit la nuance du « sera » ? Pas une hypothèse, mais un futur. Je m'y accroche avec espoir, et presse sa main dans la mienne.

— Ba, je sais que ça sera difficile. Mais je *peux* le faire. Je le fais déjà. Ne crois-tu pas que je suis assez forte ?

— Bien sûr que si ! répond-il immédiatement. Tu es forte, con. Tu es Linh Mai !

— Ba, je sais que je peux le faire. J'en suis capable. Parce que je vous ai, toi et... et Mẹ. Vous avez survécu pour Evie et moi.

Je me demande ce que Mẹ penserait de notre conversation. Ressent-elle la même chose que mon père ? Est-elle seulement effrayée à cause de son histoire, au Viêtnam et après ? En fermant les yeux, je peux la voir, dans cette cuisine, des larmes sur les joues. Quand elle est arrivée, à mon âge, elle n'avait rien de ce que j'ai moi : des opportunités. Et c'est grâce à eux.

— Ba, tous ces sacrifices que vous avez endurés, que vous avez dépassés... c'est terminé. Vous méritez de vivre, désormais.

Il fixe la table, cligne des yeux pour se retenir de pleurer. Je ne l'ai jamais vu pleurer, et ne le verrai probablement jamais, mais le voir ainsi provoque mes propres larmes. Je comprends si bien, maintenant. Il est là, fatigué ; il regrettera toujours la vie qu'il n'a pas pu avoir. On reste immobiles, jusqu'à ce qu'il me serre la main.

— Ça te rend vraiment heureuse, la peinture ?

— Oui.

— Tu es *sûre* que tu veux pas devenir ingénieure ?

Je ris maintenant, à travers mes larmes.

— Parfaitement sûre.

— *Thôi,* dit-il après s'être éclairci la voix. *Đừng khóc nữa. Rửa mặt đi, xong xuống ăn cơm.*

Je ris de plus belle. *Lave-toi la figure*. C'était ce qu'on me disait, petite, lorsque j'avais pleuré après avoir été grondée. Je vais à la salle de bains, m'asperge le visage d'eau et me regarde dans la glace. J'ai le visage rougi, mais pour la première fois depuis des jours et des jours, je me sens légère.

Je retourne à la cuisine où m'attendent un bol de riz et le *canh bí*. Je goûte ce dernier.

— Pas assez salé.

— Tu as qu'à le préparer toi-même, si c'est si facile ! se défend-il.

On n'entend plus que nos baguettes qui tintent contre les bols. Ba termine le sien et reprend la parole.

— Ce garçon qui habite en face. Celui qui a écrit l'article dont tout le monde parle. (Il montre Bảo sur la photo.) Tu le connais.

J'avale péniblement ma salive. Je ne veux pas d'une nouvelle dispute. Je ne la supporterai pas. J'acquiesce.

— C'est ton ami ?

J'acquiesce.

— *Bạn trai* ?

Petit ami. Plus maintenant. Je l'ai blessé. Je lui dois des excuses, à lui aussi.

— On… on ne s'est pas vus depuis quelque temps. Et je ne sais pas si on se reverra.

— O.K., me répond-il simplement.

Peut-être qu'il pense que c'est une conversation que je dois avoir avec Mẹ, ou peut-être a-t-il atteint sa limite d'émotion pour la soirée : c'est la première fois que je le vois ainsi.

Bảo me manque toujours.

J'ai été si dure avec lui, je l'ai fait souffrir, même si c'était involontaire, et il a quand même écrit cet article qui nous défend tous, notre communauté, ma famille incluse.

Tu as vraiment le chic pour tout gâcher, Linh.

À la maison, tout n'est pas redevenu rose, mais au moins, ça n'a pas empiré. Ba essaie de nous rabibocher, mais ce n'est pas facile : ma mère peut s'avérer très têtue. À chaque fois qu'elle me tourne le dos ou détourne le regard, ça me fait super mal. Je lui ai menti. Ça prendra du temps pour que les choses redeviennent comme avant. Mais il y a quelque chose que je peux essayer de réparer dès maintenant.

Je m'arrête devant le porche du restaurant de Bảo. La porte s'ouvre et Việt en sort. Je me fige, ne sachant pas comment il va réagir.

— Alors ? me dit-il. Tu as lu l'article ?

— Oui. C'était génial. Je suis tellement fière de lui.

— Il le sait ?

On est tous deux au courant que Bảo et moi ne nous sommes pas reparlés depuis ce jour horrible, au lycée.

— Je ne vais pas y aller par quatre chemins, Linh. Je t'apprécie en tant qu'amie.

Et voilà, je sens que je suis encore sur le point de pleurer. Le meilleur pote de Bảo est aussi devenu quelqu'un en qui je peux avoir confiance, et c'est un soulagement de constater qu'il me parle toujours.

— Alors je te dis ça d'ami à amie, O.K. ? Si tu n'aimes vraiment plus Bảo, et que tu ne veux plus sortir avec lui, alors je cautionne à cent pour cent.

Chaque fibre de mon corps hurle « NON ! »

— Mais si tu lui as dit ça parce que tu as peur… Essaie de comprendre que lui aussi a peur. Il sait que tout semble être contre vous.

— Je suis désolée.

— Il a fait tout ça pour toi, tu le sais. (Il hausse les épaules, attitude typique Việt.) Maintenant, c'est entre toi et lui. Si tu veux mettre un terme à votre relation, fais-le proprement. (Je ne bouge pas d'un cil.) Est-ce ça que tu veux ?

Non, mille fois non.

Mais ce n'est pas ce que je lui réponds.

— La mère de Bảo est là ?

— Oui, répond-il, un large sourire sur son visage, comme si j'avais fait le bon choix.

La clochette qui sonne à l'entrée me fait grimacer, tout comme le mur qui a vu des jours meilleurs. Bảo m'en avait parlé. Sa mère est postée au comptoir, de grosses lunettes sur le nez. Elle n'est pas aussi effrayante que dans mon imagination, mais je suis intimidée.

Sa réaction est étrange. On dirait qu'elle voit quelque chose que je ne vois pas. Quoi que ce soit, cela disparaît en un clin d'œil. Elle fait le tour du comptoir. Va-t-elle me demander de partir ?

— Tu es l'une de leurs filles. Tu es une Mai.

— *Dạ, chào cô. Tên con là* Linh.

Je me suis dit que me présenter en vietnamien serait poli. Elle acquiesce. Et attend que je continue.

— J'ai lu l'article de Bảo. C'était très courageux de sa part de défendre la communauté.

— C'était bien, oui.

— Il écrit tellement bien. Je suis sûre que vous êtes fière de lui.

— Tu sais qu'il écrit ?

— Nous sommes amis. Nous ne nous étions jamais parlé avant le début de cette année et… nous nous sommes rapprochés.

— Amis, répète-t-elle comme si elle entendait ce terme pour la première fois.

— Oui.

Voilà. C'est dit.

— En tout cas, reprends-je, je suis très touchée par ce qu'il a fait. Je ne sais pas… je ne peux pas savoir tout ce qui s'est passé pour que vous nous haïssiez. (Je me dépêche de terminer quand je la vois prête à me couper.) Et je sais que ce n'est pas mon histoire, et je l'accepte. Mes parents n'approuveraient probablement pas que je sois ici, mais… (Je respire.) Mais eux aussi ont été très touchés par l'article de Bảo. Et ils sont fiers que quelqu'un ait pris la parole pour les défendre. Alors… merci.

Je m'approche d'un pas, et elle ne recule pas. Elle me fixe, ne sachant comment interpréter ma visite. Je déroule un papier que je tiens dans la main.

— C'était vraiment gentil de sa part, surtout après que…

Je me tais. Inutile de donner à sa mère une raison supplémentaire de me haïr. C'est tellement irréel d'être seule face à elle ; j'ai l'impression de rêver. Cela fait tellement longtemps que l'on travaille l'une en face de l'autre, sans jamais que nos chemins se croisent. Je montre le mur en piteux état dont Bảo m'a souvent parlé.

— J'aimerais faire quelque chose pour vous. Je suis peintre.

— Une artiste ? s'enquiert-elle avec un air hébété.

Je ne m'attendais pas à cette réaction : on dirait qu'elle ne me croit pas.

— Euh, oui, c'est comme ça qu'on a commencé à travailler ensemble, Bảo et moi. Et j'ai une vision pour ce mur. Il est très bien comme ça, avec les photos et tout, mais…

Je me mords les lèvres et me contente de lui montrer mon dessin. C'est une fresque que je lui propose. Nha Trang vue du ciel. La mer, les rues animées avec les mobylettes. C'est une ode à la ville d'où ils viennent. Ils conserveraient les photos des gens pour compléter ce paysage. Un beau souvenir, même si tout n'était pas rose. Je lui montre des parties de mon dessin, tout en examinant ses mains, rougies comme si elle venait de les laver à l'eau chaude.

— Je pourrais peindre ça ici.

— Mais pourquoi ?

— Bảo m'a dit que la prochaine chose que vous désiriez, pour le restaurant, était de rhabiller ce mur. (Ma voix se met à trembler.) Il vous aime tant. Vous êtes sa maman. Je… je voudrais m'excuser auprès de Bảo, mais je ne sais pas comment m'y prendre. Il est la personne la plus honnête que je connaisse. Bien plus que je ne le suis. Parce qu'il se soucie des gens. C'est ce qui le rend si spécial. Je tiens beaucoup à lui.

Je m'arrête là avant de m'effondrer en larmes, et me colle une expression courageuse.

— Alors, merci de m'avoir écoutée. Et n'hésitez pas à m'appeler si je peux vous aider.

— Pourquoi tu ne lui dis pas tout ça toi-même ?

— Parce que, réponds-je avec un sourire triste, il avait raison : j'ai encore peur.

CHAPITRE 45

BẢO

La porte s'ouvre, le carillon sonne au passage d'un nouveau client. Je lui lance un « Bonjour et bienvenue » avec un sourire de circonstance avant de me rendre compte que ce n'est pas un client comme les autres.

Le père de Linh. Ça fait des années que je le vois nous observer par la fenêtre de son restaurant. Il se tient debout, bras croisés dans le dos, à la vietnamienne. Je sens des vagues de désapprobation émanant de lui, mais c'est plus traditionnel, chez les pères de notre communauté, que personnel.

— *Tên con là Bảo* ?

— *Dạ. Chào, Bác.*

Il acquiesce, acceptant ma tentative de parler vietnamien. Il lance un regard circulaire autour de lui. Je pourrais presque entendre la voix de ma mère, si elle était là, s'affolant de sa présence.

— Ton article est très bien, continue-t-il en anglais en brandissant le journal ouvert sur ma lettre. Tu nous as bien défendus.

Nous.

— Tu es un écrivain ?

Si je réponds de manière hésitante, il me prendra pour un dégonflé.

— Oui. Je veux continuer dans cette voie à l'université.

Il secoue le journal sous mon nez, mais, Dieu merci, pas de manière menaçante.

— Je pense que ce sera très bien pour toi.

— M... Merci.

Le silence retombe, et je tente de ne pas me liquéfier sous son regard perçant. Je me demande s'il sait, pour Linh et moi.

— Tu es l'ami de Linh.

Ça, au moins, ça n'a pas changé. Enfin, je l'espère.

— Oui. Euh... Vous voulez parler à mes parents ?

— Non, non. Ne dis pas que je suis venu ici. (Un coin de sa bouche se relève.) J'aurais des problèmes !

Ah, les femmes vietnamiennes savent faire régner la terreur.

Il me salue, tourne les talons et retraverse la rue en courant. Je reste comme deux ronds de flan, me demandant si je n'ai pas halluciné. Serait-ce possible que mon article ait réussi à créer un pont par-dessus nos failles ? Le pardon peut-il naître ainsi ?

Je plonge la main dans ma poche pour attraper le flyer du Festival des Arts. Je le serre dans mes mains et traverse la rue à mon tour.

CHAPITRE 46

LINH

Je me suis échappée pour me rendre au Festival des Arts. Enfin, pas vraiment : en réalité j'ai tout fait pour que mes parents se rendent compte de mon départ. J'ai marché à pas lourds dans le couloir, j'ai fait tinter mes clés. Mais ils n'ont pas réagi. C'est terrible quand ils n'essaient même pas de savoir où je vais.

L'auditorium n'est pas rempli à ras bord, comme lors des grands événements sportifs, mais je suis tout de même surprise que tant de gens soient là. Je vois, dans un coin, mes œuvres, théâtralement exposées derrière un ruban. Je repère aussi des camarades qui exposent leurs travaux, comme Eric et Spencer.

J'ai manqué de recul à cause de tout ce temps passé le nez collé contre la toile. Maintenant que je vois mes œuvres ainsi alignées, je comprends l'histoire qu'elles racontent.

C'est moi qui ai fait tout ça. Et même si je suis venue seule ce soir, j'en suis fière.

Je n'ai jamais autant souri, tandis que les visiteurs passent et me posent des questions sur mes toiles. Ali m'a promis de venir aussi, mais celui que j'aurais voulu voir, c'est Bảo. C'est de ma faute s'il n'est pas là, je l'ai repoussé, alors je l'accepte.

Mes sourires ne sont que temporaires, et s'effacent aussitôt que les spectateurs continuent leur tour. Un de mes camarades pose avec ses parents devant ses travaux. Ils ont l'air si fiers de lui. Je sens mes yeux chauffer. J'aimerais tant que Ba et Mẹ soient là, mais je n'ai pas réussi à leur parler de ce festival, même si Ba est plus ouvert maintenant. J'aurais dû être honnête avec eux depuis le début. Peut-être alors auraient-ils été fiers de moi, pour une fois.

La foule se raréfie, les exposants commencent à remballer leurs toiles.

— Linh ! s'écrie Ali, que je ne vois pas venir avant qu'elle me serre à mort dans ses bras. Quelle expo magnifique ! Comment tu te sens ?

Je l'imagine horrifiée si je lui répondais honnêtement que je me sens plus seule que jamais, même si les gens ont réagi très positivement à mon travail. Ceux dont l'avis m'importe le plus ne sont pas là.

Yamamoto aussi passe me voir et me serre contre elle. Elle m'assure que, si je ne remporte pas la Gold Key, elle ira en personne secouer les membres du jury. Je me force à sourire. Et puis je *le* vois.

On se dit quelque chose comme « Salut », suivi de bégaiements gênés. Ce sera toujours comme ça entre nous, maintenant ?

— Tu es très élégant, lui dis-je. Tu fais très professionnel.

— Merci, j'essaie d'impressionner quelqu'un.

Mon cœur s'emballe, mais je ne dis rien. Mes yeux se posent sur le bouquet qu'il tient à la main.

— Ma mère m'a dit que tu veux peindre une fresque sur le mur.

J'accepte les fleurs.

— Elle avait l'air choqué quand je suis venue la voir.

— Elle pouvait à peine parler quand je suis rentré. Ce n'est pas commun. J'aimerais que tu me fasses une visite, c'est possible ?

Il ne me tourne pas le dos. Il est là, et sa présence m'offre un peu d'espoir. C'est tout ce dont j'ai besoin pour l'instant. Je glisse ma main dans la sienne, chaleureuse, et l'entraîne au milieu des chevalets. La plus ancienne toile me représente, attendant que mes parents finissent les préparations de la veille pour le lendemain. Une autre me représente à mes dix ans : je fais des bulles dans mon verre d'eau. Sur la suivante, Mẹ passe la tête par la desserte et s'adresse à Ba, qui est au comptoir.

Puis c'est la façade de notre restaurant, le soir du Jour du Phở, qui fut un véritable succès. Les lumières des lampadaires se reflètent dans les flaques d'eau. J'attire Bảo à la toile qui montre notre première entrevue dans la salle d'art. L'éclairage est doux, je suis assise de dos, et on devine sa présence par son sac à dos et ses chaussures qui dépassent d'une table.

Tous ces souvenirs sont sortis de moi la semaine dernière. Je les ai peints dans un état de concentration extrême dont je me souviens à peine : je n'avais plus le sens du temps qui passe, et peut-être était-ce cela que je cherchais. M'évader. J'aimerais tant que mes parents voient ça, comprennent à quel point mon art est entremêlé avec leur existence – qu'ils comprennent comment il s'en nourrit.

Je ne peux pas être une artiste sans eux.

Bảo se penche sur la toile de la salle d'art. Il n'a pas lâché ma main, toujours tachée de couleurs. La sienne est parfaitement propre. J'aime cette vision.

— Je croyais savoir ce dont tu étais capable, mais… c'est encore mieux. Je suis incapable d'en choisir une, je les aime toutes !

J'ai l'espoir fou d'avoir aperçu une étincelle dans ses yeux, la même que lorsqu'il s'apprêtait à m'embrasser ou à me caresser les cheveux. C'est le moment de le lui dire.

— Je suis désolée, Bảo. Plus que je ne pourrai jamais le dire. La fresque, c'est pour me faire pardonner pour ce que je t'ai dit.

— Linh, tu n'as pas à…

— Ton article était honnête. Tout le contraire de moi. J'avais peur de dire la vérité à mes parents, alors j'ai menti, et les mensonges se sont accumulés. Je t'ai fait du mal. J'ai fait du mal à mes parents. Et maintenant, même si tout ça, c'est tout ce dont j'ai toujours rêvé… je me sens vide. J'ai trop fait de mal pour pouvoir profiter de ce moment.

Il renonce à me contredire et me prend dans ses bras. Je me rends compte à quel point ça m'avait manqué. Je presse mon nez contre son épaule, réconfortée par son odeur familière.

— J'avais mal. Je ne savais plus comment gérer tous ces secrets et ces révélations. Mais je t'ai menti, Bảo. Je nous veux. Je nous ai toujours voulus.

— Je crois que je le savais. En tout cas, j'avais bon espoir.

Il prend mon menton entre ses doigts, me caresse la joue.

— Merci d'être si courageux, Bảo Nguyễn.

— Hem, hem !

On se retourne en catastrophe sur Ali, qui est réapparue pour nous enlacer tous les deux par surprise.

— Roméo et Juliette enfin réunis ! Ah, tu m'en aurais voulu, Linh, si je ne l'avais pas laissé te voir.

— Me laisser ? s'étonne Bảo.

Mais elle l'ignore.

— Je dois admettre qu'il est moins niais que je le pensais. Lui et moi, on va peut-être révolutionner le journal du lycée !

Elle ne peut pas voir la grimace de Bảo, qui me fait tordre de rire.

— Alors ? Ils sont là ? demande-t-elle mystérieusement à Bảo.

— J'y venais, lui répond-il presque timidement. Linh, je sais que tu souhaiterais que des personnes importantes pour toi soient ici en ce moment, et que tu penses qu'elles ne sont pas là. Mais elles sont là. Elles sont dehors.

— Hein ?

Des personnes ?

Je me rue vers la sortie, laissant une nuée de pétales derrière moi. Je parcours le long couloir où des familles sont encore en train de deviser gaiement autour de ce qui est exposé là. Et, au bout, je trouve ma tante, seule. Elle m'accueille avec un sourire.

— Dì Vàng !

Je la prends dans mes bras avec tant de fougue que son sac à main dégringole de son épaule et tombe par terre.

— Tu es surprise ?

— Carrément choquée ! Comment...

— Ha ha, j'avais prévu de venir depuis le début ! J'ai menti au sujet de la visite d'un ami, car je voulais te faire une surprise. (Elle regarde derrière moi, dans l'auditorium ; je suis son regard.) C'était lui, n'est-ce pas ?

Je ne trouve pas les mots, et acquiesce en silence.

— Il ressemble à son oncle comme deux gouttes d'eau.

Sa voix est légère mais je sens qu'il y a encore toute une histoire qu'elle ne m'a pas encore racontée. Elle secoue la tête et me pousse vers l'extérieur.

— Qu'est-ce que...

— Vas-y ! Moi je vais à l'intérieur, il paraît qu'une grande artiste expose ses œuvres. Des gens t'attendent dehors. Sois la personne honnête et courageuse que tu es.

Je sors d'un pas hésitant. Sens la fumée de cigarette. Ils se sont bien habillés pour l'occasion. Mon père a rentré son polo dans un pantalon serré par une ceinture. Il ne me fait pas face, a les mains croisées dans le dos, et regarde le ciel comme s'il attendait un signe. À côté de lui, ma mère, qui a toujours privilégié les motifs floraux, porte une robe rouge et blanche que je n'avais jamais vue. L'a-t-elle achetée exprès pour mon exposition ? Cette idée me réchauffe le cœur.

— Ba, Mẹ. (Je serre les fleurs contre mon cœur. Elles sont rudement amochées maintenant.) Je ne savais pas que vous viendriez.

Je m'avance vers eux à pas hésitants, d'autant plus qu'ils ne bougent pas. On dirait des statues.

— On a appris aujourd'hui pour cette exposition. Con nous l'a pas dit directement, m'accuse Mẹ.

— Comment vous avez su, alors ?

— Quelqu'un a glissé un flyer sous la porte, répond Ba.

— Ali ?

— Peut-être, répond-il d'un air évasif en me fixant droit dans les yeux.

J'imagine que c'est sa façon à lui d'être subtil. C'était donc Bảo.

— Après ce qui s'est passé, je pensais que vous ne voudriez pas venir.

— Con pensait ? Et comment con pouvait penser ça ? s'écrie ma mère, véritable feu de rage dans sa robe écarlate.

Ba se tourne vers elle, et lui dit de baisser d'un ton en vietnamien. Il est de mon côté aujourd'hui, mais il ne peut pas faire de miracles : c'est à moi de m'expliquer. De leur dire toute la vérité.

— Mẹ, je ne veux plus te mentir. Je sais que je l'ai fait, à propos de mon art, de Bảo aussi, et de notre... amitié. Sur le moment, je pensais que c'était nécessaire. (Ma voix se brise.) Je suis peintre. C'est ce que j'aime faire, rien ne me rend plus heureuse. Quand le monde devient trop dur à supporter, c'est dans ma peinture que je trouve refuge. C'est comme cuisiner pour toi, Mẹ. Tu n'as jamais l'impression d'être complètement absorbée lorsque tu cuisines ?

Elle croise les bras sans rien dire, les yeux braqués sur le sol.

— Mais je voulais toujours vous rendre fiers, et vous montrer que tout ce que je fais, c'est *pour* vous, pas contre vous.

— Il y a d'autres moyens de nous rendre fiers, rétorque-t-elle. Comme ne pas mentir.

— Je n'ai pas voulu mentir. Mẹ, je t'en prie. Je dessine *grâce* à toi. Parce que ta façon de nous élever le mieux possible m'a toujours inspirée. Parce que tu travailles si dur, que tu n'as pas de temps pour toi. Je dessine pour vous deux. Parce que tout ce que vous avez fait me permet d'être heureuse. Je regrette que vous n'ayez pas connu ça dans votre jeunesse. Vous avez été si courageux pour qu'on vive heureuses. J'y crois, parce que je suis heureuse. Et j'aimerais vous le montrer. Vous voulez me suivre ?

Je prends sa main, et elle ne la retire pas. Ça me rappelle ce jour à Huntington Beach. Je la tenais par la main, pour que je puisse voir l'artiste et, qu'elle aussi, le voie. J'entends Yamamoto saluer mes parents. Ils sont confus, ont du mal à croire ce qu'ils voient. D'autres parents heureux de découvrir le travail de leurs enfants.

Ce qui m'étonne le plus, c'est l'expression d'émerveillement sur leur visage. Je ne l'avais pas vue depuis des années. Je reprends la main de ma mère et lui montre une toile que j'ai peinte en me souvenant à quel point tout semblait plus simple, quelques mois plus tôt. On nous y voit tous les trois, assis dans la salle, à la fin du Jour du Phở. Ma mère se penche. J'espère qu'elle remarque l'expression que j'ai peinte dans ses yeux, cette satisfaction malgré la fatigue. J'espère qu'elle voit que je suis assise à côté d'elle, épaule contre épaule. J'espère qu'elle voit Ba, qui se tient bien droit. Et surtout, qu'elle comprend à quel point on est forts, tous ensemble, en tant que famille.

— J'aime particulièrement cette toile, annonce Yamamoto.

Ma mère, plus étonnée qu'horrifiée, louche sur les tatouages qui couvrent les bras de ma prof.

— Pourquoi ? demande mon père.

— Parce qu'avec les années j'ai appris à connaître Linh, Monsieur Mai et Madame Phạm, et que je sais à quel point elle tient à vous et à votre avis. Quand je l'ai vue revenir ici il y a quelques minutes, son visage était illuminé à l'idée de vous montrer ses œuvres. Mais aussi parce que vous êtes là pour la soutenir. Voilà Linh, sous vos yeux : l'artiste, et ce à quoi elle tient le plus, termine-t-elle en montrant mes peintures.

— Être une artiste... dit ma mère doucement, c'est dur.

Je me demande si elle est gênée d'exprimer une opinion face à une enseignante.

— Oh, pour ça, oui ! D'ailleurs, j'ai pu discuter avec votre sœur, et elle en sait quelque chose !

Dì Vàng est en pleine conversation avec des inconnus à l'autre bout de l'auditorium.

— Mais dans tout ce que nous aimons, il y a toujours un peu de tristesse, et un brin de souffrance, vous ne pensez pas ? C'est, pour moi, ce qui donne son prix à l'art. Souffrir pour l'exprimer, sortir les émotions de soi, se délivrer des fardeaux, reprendre le contrôle de sa vie... et renaître, à la fin.

Elle se tourne vers moi maintenant.

— Et c'est exactement ce que Linh fait. C'est un honneur pour moi d'être sa prof. J'espère que vous avez conscience que votre fille est unique.

* * *

Yamamoto s'éloigne, replonge dans la foule. Mes camarades et leurs parents viennent me rendre visite et pour la première fois ce soir, je me sens connectée, je baigne dans l'atmosphère chaleureuse. Je ne perds pas des yeux mes parents, qui observent les travaux des autres exposants. Ma tante les rejoint et leur explique tout ce qu'elle sait à propos des différents médias utilisés par mes camarades. Ali interviewe tous les artistes sur qui elle met la main. Bảo s'est éclipsé pour me laisser seule avec mes parents.

Ils reviennent vers moi et se dirigent vers la sortie. Je les suis, prise en sandwich entre ma mère et ma tante. Nos semelles grincent sur le lino. J'ai envie de reprendre la main de Mẹ dans la mienne.

Sa voix me fait sursauter.

— Désormais, con, plus de mensonges ! *Đừng nói láo nữa nghe không* ?

J'opine.

— L'art, c'est ce que tu veux ? Ça te rend heureuse ?

La même question que Ba m'a posée.

— Extrêmement heureuse, Mẹ.

On s'arrête devant la voiture.

— Mẹ *còn* en colère, dit-elle calmement.

— Je sais, Mẹ, plus jamais je ne...

En une fraction de seconde, je me retrouve écrasée contre elle, ses bras ne me laissant aucune échappatoire.

— Tu sais que tu es ma vie, con, murmure-t-elle dans mes cheveux.

Mes yeux se remplissent de larmes. Mon père me tapote le dos. Je me revois, petite, alors qu'ils me portaient dans mon lit.

— Ne pleure pas ! s'enthousiasme Dì Vàng, mais je ne sais pas à qui elle parle.

Dans la voiture, Mẹ tend sa main en arrière. Je lui donne la mienne et lui demande à qui elle appartient.

— Quel drôle de jeu ! s'amuse ma tante.

Mẹ et moi échangeons un sourire dans le rétroviseur. Ma famille passe le reste du voyage à dévaloriser les autres artistes, même si je pense qu'ils sont talentueux. Mon père les a qualifiés de « *dở quá* ».

— Et moi, Ba ? ai-je demandé par espièglerie. À quel point je suis meilleure ?

Sa réponse me surprend. Il me lance un sourire étincelant dans le rétroviseur et s'exclame :

— *Một trăm* pour cent !

CHAPITRE 47

BẢO

Quand approche le Tết, à Little Saigon, les rues deviennent impraticables. Les quelques officiers de police qui n'ont pas grandi ici semblent éberlués de constater notre penchant pour la musique dansante, les démonstrations d'arts martiaux, et les chars couverts de fleurs. Des drapeaux vietnamiens et américains flottent à chaque poteau.

L'air est empli de suaves odeurs de bananes grillées (je crois), et la rue grouille de passants de tous les âges. Des petits courent dans tous les sens, dans leur *áo dài* tout neuf, et les parents les suivent d'un air angoissé en tenant à la main les mini *khăn đóng* de leur progéniture. Rien à faire : à leur âge, la haine des chapeaux est universelle. De vieux papas cherchent leurs femmes des yeux. Elles les ont probablement abandonnés pour rejoindre des amies. C'est jour de repos aujourd'hui. Je me prends quelques ballons flottants sur la tête. Une version dansante de *Xuân đã về,* une chanson qui célèbre l'arrivée du printemps, est diffusée d'un char sur lequel Miss Teen Viêtnam California est perchée, saluant la foule avec grâce.

— Elle est si maigre ! juge Mẹ en tenant son sac contre elle.

Elle lance un regard meurtrier à un groupe de jeunes filles qui l'ont bousculée pour prendre le char en photo. Bien que Mẹ déteste la foule, elle ne manque jamais les célébrations. Ça doit lui rappeler le pays, et elle ne manque jamais de retrouver des amis.

Il y a aussi la loterie, qui peut faire gagner entre cinq cents et cinq mille dollars. Quand j'ai demandé à Ba pourquoi ils participaient, alors qu'on a si peu de chances de gagner, il a répondu qu'il fallait bien trouver quelque chose pour me payer mes études.

Et il a dit ça sans une once d'humour.

Des chars traditionnels passent, dont un décoré par un fleuriste. Ils lancent des bouquets dans la foule. Mẹ tape mon père sur l'épaule.

— Regarde toutes ces fleurs ! s'écrie-t-elle.

Elle n'est pas la seule Asiatique d'âge moyen à s'extasier devant les plantes. Avec une agilité qui me surprend, elle se précipite et attrape un bouquet qu'elle brandit au-dessus de sa tête. Ba lance une plaisanterie mais il n'en est pas moins fier d'elle.

Puis je vois l'éclat de longs cheveux noirs, de l'autre côté de la rue. Linh est là, souriante, elle se penche à la clôture pour mieux voir le spectacle. C'est ma petite amie. Ma vraie petite amie.

Comment ça, y'en a des fausses ? rétorque une voix qui ressemble étrangement à celle de Việt dans ma tête.

Comment peut-elle être aussi belle ? Elle a tressé ses cheveux qui s'agitent tandis qu'elle tape dans ses mains. Ses parents et sa tante sont à ses côtés. Je m'approche du défilé, recevant quelques coups de coude au passage, et lui fais de grands signes, crie son nom.

Elle me remarque. Son regard paniqué semble dire : « Qu'est-ce que tu fiches ? »

Je tente de lui transmettre que tout va bien, maintenant, nos parents savent qu'on se voit. Et puis je me souviens que je ne suis pas télépathe. J'entends mes parents s'inquiéter de ne plus me voir. Je m'approche enfin de leur clôture. Ses parents ne m'ont pas remarqué, mais sa tante, oui. Instantanément, son visage se décompose. Je n'ai jamais vu personne pâlir aussi vite. Puis ses yeux glissent sur moi, pour se poser – je m'en rends compte en tournant la tête – sur mes parents, qui m'ont suivi.

Tout le monde se fige.
Et soudain, la tante de Linh s'enfuit en courant.

CHAPITRE 48

LINH

Je n'aurais jamais imaginé que Bảo se pointerait devant notre portail. Encore moins qu'il pourrait entrer dans ma maison. Mais il est là, assis à côté de moi dans le salon, comme si tout était normal.

— Tu vas bien ? me demande-t-il en coinçant une mèche de cheveux derrière mon oreille.

Je jette un regard paniqué à mes parents. Ba est dans son fauteuil ; il n'a pas l'air particulièrement réjoui mais ne montre pas de signe excessif de désagrément. Ma mère, qui a fait entrer Bảo, s'inquiète pour ma tante. Celle-ci s'est précipitée dans la chambre de mes parents, où elle s'est enfermée à double tour. Dì Vàng ne répond à personne, pas même à ma mère qui la supplie à travers la porte.

— Que se passe-t-il ? Tu vas bien ?

Enfin, la porte s'ouvre et Dì Vàng revient vers nous, les yeux rougis mais sereine.

— Pardonnez-moi, j'avais besoin de me retrouver seule un moment. (Ses yeux scannent la pièce, s'arrêtent sur Bảo.) Je t'ai vu au Festival ds Arts, mais seulement de loin. Te voir si près, en plein jour… Tu ressembles tant à ton oncle.

— Oui, on me le dit souvent.

— Que vous a-t-on dit d'autre ?

Je réponds pour Bảo et moi, rassemble tout ce que nous savons du passé de nos familles au Viêtnam. Je parle de la photo que j'ai trouvée. C'est à ce moment que Bảo raconte à quel point savoir que nous étions ensemble a déconcerté sa mère. Il ne dit rien sur les accusations qu'elle a portées sur ma famille.

Mẹ, assise dans son coin, semble très nerveuse. Ba s'est placé devant la fenêtre et nous observe.

Ma tante se tourne vers sa sœur.

— Je savais déjà qu'ils étaient ici.

— Comment ?

— Est-ce important ? Dis-moi plutôt pourquoi tu ne m'as pas parlé de toute cette histoire avec les Nguyễn.

— Je ne voulais pas te faire de peine en ravivant des souvenirs qui doivent être oubliés.

— C'était il y a longtemps, répond Dì Vàng en secouant la tête. Je suis une adulte maintenant.

— Tu l'aimais. Et il t'a abandonnée. C'était de sa faute. Et celle de sa famille. C'était impardonnable.

— Sais-tu pourquoi il m'a laissée ? Il allait hériter des affaires de ses parents.

— Et alors ? C'était une bonne chose, pas une raison pour t'abandonner. Il aurait pris soin de toi.

— Ah oui, parce que j'étais destinée à n'être qu'une artiste sans un sou.

— On sait tous que c'était difficile. Tu ne peux pas le nier. C'était la réalité. La famille nous a aidés, et a pris soin de nous.

— Mais je suis là, et je vais bien. Tu n'as pas à me protéger. Ni à l'époque ni maintenant.

— Tu te mens à toi-même. Tu étais triste lorsqu'il t'a quittée. Je pouvais à peine parler à sa famille après ça. Comment aurais-je pu ? Ce sont eux qui l'ont convaincu de trouver un meilleur parti !

— Ils ne sont pas fautifs, répond Dì Vàng.

— Ah bon ? Et comment tu le sais ?

Ba marmonne quelque chose, probablement à Mẹ de se calmer, mais elle le fait taire d'un regard.

— Parce que c'est moi qui lui ai dit de partir.

Le puzzle que j'ai eu tant de mal à tenter de recomposer sur mon histoire familiale explose. Je ne comprends plus rien. Mon regard passe de l'une à l'autre : c'est à qui reparlera la première. Ba ne dit rien.

— Hein ? dit finalement ma mère.

— Ce que personne ne sait, personne à part moi et l'oncle de Bảo, c'est que nous n'avons jamais été ensemble.

— *Gì ? Nói lại*, dit ma mère, abasourdie.

— Nous n'étions qu'un couple de façade. Il aimait Huyền.

— Huyền ? s'exclame ma mère avec dégoût.

Maintenant je me demande ce que cette femme a bien pu faire pour que ma mère ne l'aime pas à ce point.

— Oui, Huyền.

— Qui était-ce ? demandé-je.

— Une fille de notre quartier, explique rapidement ma tante. Mais sa famille était si pauvre que celle de Cam n'aurait pas approuvé leur union.

— Hum, marmonne ma mère. Parce qu'ils sont pleins de préjugés.

Bảo se raidit à côté de moi. C'est la première fois qu'il est indirectement insulté par ma mère.

— On peut dire pareil de la nôtre ! s'exclame ma tante. La sécurité financière, hein ! C'est bien la seule raison pour laquelle notre mariage était approuvé ! Or Cam était mon meilleur ami. Il était amoureux d'une de mes amies, alors j'ai fait en sorte qu'ils puissent se voir. (Elle s'assoit, maintenant que son secret n'en est plus un.) Puis nos familles ont parlé mariage, et nous avons été entraînés dans les préparatifs, on a fait de notre mieux. Et puis la famille de Huyền est partie la première. Cam est devenu si triste. Même moi, sa meilleure amie, je ne pouvais plus en tirer un mot. Alors je lui ai dit de partir la rejoindre. La vie était déjà devenue difficile à cause du Viet Cong, tu te souviens de ça. Et vivre avec un cœur brisé ? Non. C'était trop. Je lui ai dit de la retrouver, et, où qu'elle soit, de bâtir leur vie ensemble. (Elle soupire en tremblant.) Je ne pouvais pas savoir qu'il perdrait la vie en chemin.

Je regarde Bảo qui reste bouche bée. Il est comme moi, il vient tout juste de sortir d'une pièce sombre pour entrer dans la lumière de la vérité. Notre passé, notre présent, trouvent enfin une explication.

— Ce n'est pas possible, proteste faiblement Mẹ.

— Et pourtant, c'est la vérité.

— Pourquoi n'as-tu rien dit ?

— Comment aurais-je pu ? Nous formions le couple parfait ! Et Mẹ et Ba... (L'entendre parler ainsi de mes grands-parents lui donne un air enfantin.) Ça les rendait si heureux.

— Mais, et la famille de Cam ! Ils pensent que tu es coupable ! Tu te souviens, ils ont crié sur toi ! Sa sœur t'a dit des choses affreuses !

— Elle venait de perdre son frère.

— Ce n'est pas une raison pour te traiter de sans-cœur ! D'inutile !

C'est donc là que les choses ont commencé à mal tourner ?

Je me souviens de la réaction épidermique de Mẹ quand elle a vu la photo de Bảo et moi. Sa colère dépassait le stade de la raison. Des mots impardonnables ont été prononcés. Je peux à peine imaginer ce qui a été dit entre nos familles.

— Ma famille ne connaît pas la vérité, n'est-ce pas ? intervient Bảo. C'est pourquoi ils vous en veulent toujours.

Mẹ le regarde avec stupeur, comme si elle venait tout juste de se souvenir qu'elle l'avait fait entrer.

— Ce qui a été dit était blessant. Mais ce n'était pas moi qu'ils blessaient. Ce sont *eux* qui étaient blessés. Ils avaient perdu un fils. Un frère. (Dì Vàng se tourne vers mes parents.) Si vous me perdiez, ne réagiriez-vous pas de la même façon ? Vous chercheriez quelqu'un à blâmer. Mais on ne peut pas vivre indéfiniment de la colère, et j'ai bon espoir, car Linh et Bảo semblent déterminés à réparer les erreurs du passé.

— Bảo est génial, dis-je, et sa famille tient à lui autant que vous tenez à moi.

Il presse ma main dans la sienne et m'adresse un adorable sourire. Je ne rougis pas cette fois.

— Il a écrit un article pour nous tous.

Ma tante acquiesce et je vois qu'elle l'apprécie réellement.

— Il a su écrire ce qu'il pensait, passer au-dessus des préjugés.

Bảo, gêné, prend la parole.

— Vous ne voudriez pas parler à mes parents ?

— Non, répond ma mère. C'est trop. Non non non, je ne veux pas les voir. C'est trop, ce qui est arrivé.

— Tout ça parce que je n'ai pas dit la vérité, pendant toutes ces années ! s'exclame Dì Vàng. C'est moi la responsable, il est temps que tout cela cesse. On y va.

— Mais…

Elle se tourne vers Bảo.

— Appelle tes parents.

C'est lui qui l'a suggéré, mais il n'a plus l'air d'être si sûr de lui.

CHAPITRE 49

BẢO

Ma mère fait les cent pas dans le restaurant en aplatissant les plis de sa robe, la même qu'elle portait devant la caméra le jour de l'interview. Elle peste à qui veut l'entendre que ça ne se fait pas, de venir à l'improviste ; que vraiment, les Mai n'ont aucun savoir-vivre.

Même s'ils ont appelé et prévenu de leur visite.

Et que je l'ai prévenue que Dì Vàng serait là aussi.

Et que c'est ma mère qui a décidé de l'heure.

Incapable de rester en place, je rejoins mon père à la cuisine, qui verse du *chanh muối*, de la limonade salée, dans six grands verres. Les citrons sont emballés pendant des mois avant qu'on y ajoute un peu de sucre, de l'eau et des glaçons. J'en salive d'avance : je n'en ai pas bu depuis l'enfance.

— La grand-mère de Linh préparait les meilleurs thés au citron, m'apprend-il. Après l'école, on allait tous chez elle pour en boire.

— Oh, dis-je.

Je ne sais comment recevoir ce souvenir, un des nombreux qu'ils ne m'ont jamais racontés en raison de la haine qu'ils vouaient à toute une partie des gens de leur passé. J'emporte les verres pour les placer sur la table.

Les portraits de famille, en noir et blanc, nous observent. Comme toujours, depuis aussi loin que je me souvienne. Ils me rassurent. Quoi qu'il arrive aujourd'hui, ils seront nos témoins.

J'attends, les yeux rivés vers la rue, et étrangement, je me sens serein. Quelque chose a changé, depuis que ma mère a laissé Linh entrer dans notre restaurant.

— Ils arrivent.

— Et alors ? répond ma mère, qui se précipite pourtant hors de la cuisine avec la vaisselle.

— Comment ça se passe ici ? me demande Linh, une fois à l'intérieur.

Nous restons en arrière tandis que les adultes vont s'asseoir à table.

— C'est complètement insensé. J'ai vérifié : ma mère n'a pas d'arme sur elle.

Elle rit nerveusement. Je serre sa main, lui caresse le dos, mais notre attention à tous les deux est captée par ce qui se passe dans la salle. Cette scène complètement irréelle : nos deux familles réunies. Mẹ nous a observés du coin de l'œil, mais n'a rien dit.

Elle est debout à côté de Ba.

— Cela fait longtemps, dit la mère de Linh.

— Oui, répond la mienne avant de se tourner vers la tante de Linh. Je ne savais pas que tu étais là, Dì Vàng.

Sa voix est tremblante. Ba nous invite à nous asseoir, ce qu'on fait tous en même temps. Chaque famille fait face à l'autre, Dì Vàng est assise en tête de table. Je ne sais plus quoi faire de mes mains. Linh m'adresse un timide sourire et me caresse la cheville du bout du pied.

— Tu comptes rester longtemps en Amérique ? reprend Mẹ.

— Oui, quelques semaines. Cela fait longtemps que je souhaite venir. Pour l'instant tout se passe à merveille, répond-elle d'une voix enjouée.

— Que fais-tu maintenant, au Viêtnam ?

— Je suis toujours artiste. Sculptrice. Je fais des vases et des bijoux.

Elle plonge la main dans son sac et en tire un dragon rouge couvert de points jaunes, qu'elle pose sur la table. Mẹ n'y touche pas mais Ba le prend dans ses mains. Il approuve solennellement.

— C'est un beau dragon.

Mais il le repose sur la table, un poil plus près de la tante de Linh.

— Et pourquoi ai-je apporté un dragon, le savez-vous ?

Je suis confus et fasciné à la fois. Des émotions passent à toute vitesse sur le visage de ma mère.

— L'année du dragon. L'année de Cam.

Mẹ s'éclaircit la gorge, regarde la sculpture et dit :

— Pourquoi es-tu venue ?

— J'étais surprise de vous voir à la fête. Linh m'a parlé de vous mais je ne m'attendais pas à vous voir, et j'ai fui. Je me suis souvenue de notre dernière conversation. Ce qu'on s'est dit. Et maintenant je pense qu'il est temps d'oublier tout ça.

— Que peut-on dire de plus ? demande ma mère.

Dì Vàng prend une grande inspiration.

— Je sais que vous me tenez responsable de la mort de Cam. Que je l'aurais blessé, ce qui l'aurait poussé à fuir le pays. Et je suis coupable, oui, mais pas de la façon dont vous le pensez.

Mẹ se penche en avant.

— Cam n'a jamais été amoureux de moi. C'était une autre qu'il aimait.

— Essaies-tu de dire qu'il était infidèle ? s'enflamme Mẹ, prête à défendre l'honneur de son frère.

Mais Dì Vàng reste calme, droite, les épaules carrées. Même si je ne la connais pas depuis longtemps, elle me plaît. Je comprends que, même dans le passé, elle a toujours su tenir tête à ma mère.

— Je te raconte la vérité. Ma vérité, et la sienne.

— Ce n'est pas sa vérité, car il n'est plus là.

— Il était amoureux de Huyền, tu te souviens d'elle ? La petite-fille de la femme qui vendait du poisson les samedis matin. Les plus frais ! Nous admirions tous les magnifiques coiffures de Huyền.

Ma mère confirme, les yeux perdus dans les souvenirs :

— Elle nous disait que c'était son grand-père qui tressait ses cheveux, car sa grand-mère avait les mains qui sentaient le poisson.

— Oui, Huyền... une gentille fille, intelligente et très belle. Mais pauvre, et ses parents l'avaient abandonnée. Cam s'est épris d'elle, et comme il était mon ami, je l'ai aidé à la rencontrer, à passer du temps avec elle.

— Mais pourquoi ? souffle ma mère.

— Parce que je l'aimais. Et je voulais qu'il soit heureux avec elle.

— Mais vous étiez fiancés ? demande Ba.

— Oui : ça nous a dépassés. Nos familles se sont lancées à corps perdu dans cette union, et nous n'avons pas réussi à leur dire la vérité. Cam était si triste. Mais il s'est résigné.

— Si c'était le cas, vous vous seriez mariés ! lance cruellement Mẹ.

— Je lui ai dit de partir. De la rejoindre. Il aurait passé une vie misérable sans elle, dans ce qu'était devenu notre pays. Même si l'élue de son cœur n'était pas partie, il aurait fui un jour ou l'autre.

— Et il en est mort.

— Je ne l'oublierai jamais. Mais je me dis aussi : qui contrôle les tempêtes ? Qui ouvre les océans ? Oh, je regrette tant de choses. Je me dis, qui sait, si j'avais été capable de me faire aimer de lui, si j'avais été suffisante à son bonheur ? Mais c'est impossible. L'amour ne se contrôle pas. Pas plus que la mer qui vous l'a arraché. Me l'a arraché. Nous l'a tous arraché.

Sa voix se brise.

Linh et moi ne nous quittons plus des yeux.

— *Không bao giờ em không nhớ* Cam.

Pas un jour ne passe sans que je pense à Cam.

Un silence s'abat sur la salle, lourd. Le tic-tac de l'horloge semble assourdissant. Nous reprenons peu à peu notre respiration. Nous sommes au bord d'un précipice.

Soudain la tante de Linh se penche et prend la main de ma mère, qui se laisse faire.

— Cam n'est plus. Mais je pense qu'il serait en colère de voir comment nos familles se sont tourné le dos. Nous étions si proches ! Nous étions une famille. Nous avons souffert ensemble. Tout ce qui s'est passé depuis, toute cette rivalité sur des années… C'est Linh qui me l'a appris, tout récemment.

— C'est normal, pour des restaurants, d'être en concurrence, se défend Mẹ.

— Notre concurrence n'est pas normale, rétorque la mère de Linh.

— À quoi t'attendais-tu ? Ta mère a toujours été la meilleure cuisinière et elle t'a tout appris ! Bien sûr, que ça m'a intimidée de savoir que tu t'installais en face de nous !

Je n'aurais jamais imaginé voir ma mère admettre l'infériorité de sa cuisine.

— Nous ne savions pas que le restaurant en face était le vôtre quand Bác Xuân nous l'a vendu. Ce n'était pas pour la compétition, juste pour faire vivre nos filles.

— Qui ont merveilleusement bien réussi, intervient Dì Vàng avec un sourire à Linh qui la fait rougir. Et je peux voir que vous-mêmes avez parfaitement éduqué ce jeune homme, on est tous d'accord là-dessus.

Je ne sais plus où me mettre. Linh m'envoie un coup de pied.

— Mais n'est-ce pas fatigant, à la fin, toute cette compétition ? Quand aurez-vous réellement gagné ?

Personne ne répond, parce que la réponse est évidente. Jamais. Il n'y a pas de fin dans ce marathon éternel. Ma mère doit penser la même chose. Elle regarde le mur avec les photos. Peut-être parle-t-elle avec son frère en cet instant.

— Je me demande, dit-elle enfin, si Bác Xuân n'a pas essayé de nous rapprocher en vous vendant ce restaurant.

— Il a bien raté son coup, abonde la mère de Linh.

— Il s'est toujours mêlé de ce qui ne le regardait pas !

— Exactement !

— *Ông tò mò*, souligne Dì Vàng. C'est bien comme ça que notre mère l'appelait tout le temps, non ?

— Mes parents lui donnaient des noms bien pires, nous apprend Mẹ.

Je suis choqué : n'est-elle pas en train de sourire ? Linh a la même expression que moi. Elle l'a remarqué.

— *Thôi, không nói nữa*, dit mon père en s'étirant les épaules.

— *Mình làm gì được bây giờ* ? demande celui de Linh.

Qu'est-ce qu'on fait, maintenant ?

Nos pères sont tombés d'accord les premiers. Maintenant chacun regarde son assiette en silence. Dì Vàng boit une gorgée avant de dire :

— *Chua quá, chị*.

Trop acide.

Ça y est, tout va s'écrouler. Mais elle sourit.

— Il y a des choses qui ne changeront jamais !

— C'est la faute de votre mère, bougonne Mẹ. Elle n'a jamais voulu me donner la recette.

Nos familles ont tant à rattraper. Linh et moi sommes exclus de leur conversation. On s'en fiche : ça y est, tout est dit, la vérité est exposée. On sort s'asseoir dans la rue, non loin de l'endroit où on a partagé un premier rire ensemble.

Elle pose sa tête contre moi.

— Est-ce que c'est un rêve ?

Je ris avant de déposer un baiser au sommet de son crâne.

— Si c'en est un, espérons qu'il dure très longtemps.

— Tu crois que tout ira bien maintenant ?

Elle regarde le restaurant où sont toujours nos parents.

— Leur passé est si douloureux, il le restera toujours. Mais on peut aller de l'avant, j'en suis certaine.

Je serre sa main dans la mienne.

CHAPITRE 50

LINH

Les Nguyễn et les Mai ne seront peut-être jamais aussi proches qu'ils l'ont été dans le passé. Mais ils s'entendent bien maintenant, et tout est clair entre eux. La fête du Nouvel an lunaire s'est bien déroulée.

La mère de Bảo et la mienne s'échangent désormais leurs recettes, et on en profite tous à la maison. Parfois elles se rendent visite dans leurs restaurants respectifs. Nos pères s'entendent comme larrons en foire, on croirait des frères. Ma tante appelle souvent la mère de Bảo, que celle-ci le veuille ou non.

Je sais que tout ira bien. Chaque moment ensemble, chaque rire efface les torts du passé.

Chef Lê ne s'attendait probablement pas à ça quand il a invité nos *deux* familles à manger à son restaurant. Il s'est excusé, me disant qu'il voulait le faire plus tôt, mais que son fils, Phlippe, était tombé malade.

Il a dû cuisiner sous le regard terrible de nos deux mères, mais il en a eu une, lui aussi : il a su s'en tirer avec brio. Je pense qu'elles ont même été impressionnées. Peut-être même qu'elles veulent mettre la main sur ses recettes.

Je regarde Bảo, en train de se battre contre sa mère qui insiste pour lui faire avaler un autre bol de riz. Ma propre mère me prévient de la présence des arêtes dans le *cá chiên*, poisson que j'ai pourtant mangé toute ma vie. Nos pères, silencieux, sont contents de ne se préoccuper que de leur propre bol de riz.

Bảo essaie de faire rire le fils de nos hôtes, assis sur les genoux de son père, mais Philippe n'en a rien à faire. Parfois, le petit tourne la tête vers sa mère, assise à côté de lui, et lui sourit.

Ali a dit que ce serait le « dîner du siècle ». Elle me répète qu'elle va bientôt écrire un roman, une histoire d'amour sur fond de familles vietnamiennes qui se déchirent. Je ne sais pas comment elle va faire ça mais je me dis qu'une fois la détermination trouvée, elle peut faire tout ce qu'elle veut.

Bảo et moi ne nous cachons plus, même si nous tentons de rester discrets ; nos parents nous répètent vaguement que nous ne « devons pas nous fréquenter avant le mariage », et Ba continue à parler de Bảo comme de mon « ami ».

Ça arrivera. Comme le reste.

Le repas se termine sur les rires de tous les convives aux pitreries de Chef Lê. Des cure-dents sont distribués et un petit moment de silence s'installe pendant que les adultes nettoient leurs dents.

Un serveur s'approche et dépose l'addition sur la table.

— Et merde, souffle Chef Lê.

C'est le meilleur moyen de commencer une guerre entre deux familles vietnamiennes : qui va payer ? Chef Lê s'esquive, bientôt suivi de Saffron et Philippe.

— Je m'en occupe, tonne Mẹ de sa voix autoritaire.

— Oh, non, laisse-moi ça, répond la mère de Bảo.

— *Thôi, được rồi*. Je t'assure, c'est à moi de régler ça.

Qui va gagner ?

Bảo me murmure à l'oreille :

— On sort ? Avant qu'elles s'entre-tuent ?

Nos parents ne remarquent même pas notre départ.

Dehors, on se retrouve dans une allée, du même genre que celle qui est située derrière notre restaurant.

— La dernière fois qu'on était tous les deux dans une allée, tu m'as presque renvoyé chez moi.

— Vraiment ? dis-je.

— Et maintenant ? Que vas-tu faire ?

Je le plaque contre le mur et lui applique le plus gros smack sur les lèvres. Ça nous fait rire.

— Linh ?

— Hum ?

— Tu as encore de la peinture dans les cheveux.

— Et alors ? réponds-je en haussant les épaules.

Il tend les mains, enroule ses doigts par les passants de ceinture de mon jean et m'attire contre lui. Son pouce me caresse la joue, son regard est tendre.

Cette fois, on s'embrasse pour de vrai.

REMERCIEMENTS

J'ai tellement de personnes à remercier. Ba, je te sais gré de ton amour muet, du confort et des encouragements que tu m'apportes. Je n'oublierai jamais ta patience quand je fouillais dans les rayons de la bibliothèque publique de Cheshire – et quelque temps après, quand je recevais toutes mes pénalités de retard. Mẹ, tu es la personne la plus forte que je connaisse ; sans toi, je serais perdue. En grandissant, je comprends de mieux en mieux ta force et tes sacrifices. Je crois bien que mon amour des récits est né avec toi, ces nuits où tu me racontais ton enfance, blottie entre moi et Chị An, nos deux lits poussés l'un contre l'autre.

Ba, Mẹ, je vous aime, je vous aime, je vous aime. Je n'arrive pas à m'imaginer autrement que votre fille. Je crois qu'aucun de vous deux ne m'a jamais empêchée de lire et d'écrire, et j'en suis heureuse.

An, nos vies suivent des trajectoires différentes – *très* différentes, haha. Ton éclat, ta force et ton amour m'ont aidée à traverser tant d'épreuves. Tu es bel et bien ma grande sœur. Je t'aime, et je te souhaite le meilleur. Kevin, je suis contente d'être ta belle-sœur, et je n'imagine pas meilleur partenaire que toi pour An ! Je suis aussi fière d'être la tante de Calhoun.

Dan, tu es un être humain de la plus rare et précieuse espèce qui soit, et je t'aime de tout mon cœur.

Je voudrais aussi remercier ma famille étendue car, quand j'étais toute petite, nous vivions ou étions tout le temps ensemble. À présent, nous voilà éparpillés aux États-Unis et au Viêtnam. Pour autant, je ne prends pas leurs luttes, invisibles et silencieuses, à la légère : Dì Chín, Anh Bé, Chị Ty, Chị Quỳnh, Anh Sơn, Chị Như, Chị Nhi, Bon Bon, Tin Tin, Gigi, Anh Thông, Ben, Lilly, Eric, Ý Vy, Chị Huyền, Anh Thiện, Jasmine. Dì 10 Lớn, Cậu Đức, Chị By, Anh Hoàng, David, Noah, Sam et Hannah. Même si nous ne nous sommes rencontrés qu'une poignée de fois, je veux envoyer mon amour à la « mif » qui vit sur la West Coast (depuis plus de sept ans !) ainsi qu'à ma famille au Viêtnam.

Jen Ung, ce livre n'aurait jamais existé sans toi, et je pèse mes mots. Je t'admire en tant qu'éditrice, comme je t'admire d'être mon éditrice. Merci d'avoir supporté mes retards, merci de tes commentaires perspicaces, de ton enthousiasme. Tu m'as tant appris ; tu auras toujours une place au chaud dans mon cœur. Jim McCarthy, le plus incroyable des agents : je te serai toujours reconnaissante de m'avoir soutenue depuis le début. Tu es le meilleur dans ton secteur. À toute l'équipe éditoriale qui m'épaule, un grand merci : Mara Anastas, Liesa Abrams, Laura Eckes, Elizabeth Mims, Sara Berko, Brenna Franzitta, Mandy Veloso, Kathleen Smith, Caitlin Sweeny, Lisa Quach, Savannah Breckenridge, Nicole Russo, Lauren Carr, Jenny Lu, Lauren Hoffman, Anna Jarzab, Christina Pecorale, Victor Iannone, Emily Hutton, Michelle Leo et Stephanie Voros.

Je ne crois pas avoir assez de place pour remercier tout le monde dans ma vie, et j'ai bien peur d'oublier quelqu'un. Ne le prenez pas mal, s'il vous plaît, si vous ne figurez pas dans cette liste. Certaines et certains savent l'impact qu'ils ont eu, d'autres non (surprise !), mais je voulais vous remercier quand même d'avoir enrichi ma vie en tant que personne, autrice, et éditrice : Ali Famigletti (pas l'Ali de ce livre), je suis heureuse d'avoir trouvé en toi une âme sœur. Dès le moment où nous avons a eu cette connexion autour de *Fringe*, à Fairfield, ce jour où il neigeait, je savais que nous deviendrions amies pour longtemps. Eric Lynch, Spencer Colpitts et Clara de Frutos – regardez-nous un peu ! On est toutes et tous différents, et on a accompli beaucoup en grandissant. Je vous aime. Toute mon affection va à la famille Tran, Mariah Stovall (Beans !), Stephanie Jimenez (Beans !), Luigi DiMeglio, Melissa Bendixen, Lara Jones, Melanie Igelias Pérez, Wendolyne Sabrozo, Chelcee Johns, mes collègues d'Atria, Fiora Elbers-Tibbitts, Sean deLone, Nick Ciani, Daniella Wexler, Rakesh Satyal, Jhanteigh Kupihea, Amar Doel, Lindsay Sagnette, Libby McGuire, Dr Tommy Xie, Gretchen et Jeff Messer, Kelly et Stephen Barry, Rebecca Faith Heyman, Bryan Crandall, Caitlyn Cardetti, Steve Breslin et BTS (désolée, j'étais obligée).

Merci aux Hastings – mes « sœurs » de master : Ellyn Gelman, Stacey Holmes, Sam Keller, Kerry McKay, Alix Purcell, Sam Sullivan et Jessica Tumio. Je voue une reconnaissance éternelle à toutes les personnes qui ont enseigné au département d'anglais de l'université Fairfield et à la faculté des beaux-arts de Fairfield durant les années où j'ai suivi mon cursus : Elizabeth Hastings, Hollis Seamon, Eugenia Kim, Al Davis, Rachel Basch, Karen Osborn, Sonya Huber, Elizabeth Hastings, Carol Ann Davis, Baron Wormser, Susan Darraj Maddaj, Michael White et Bill Patrick.

Mes ami·es et professeurs de Cheshire : je pense que vous vous reconnaîtrez. Même si nous ne nous voyons plus autant qu'avant, je sais ce que vous devenez, et je suis fière de vous. Madame Yamamoto, vous avez quitté ce monde pendant que j'écrivais ce manuscrit. Je m'imaginais le jour où je reviendrais déposer un exemplaire de ce livre à votre bureau, le même que celui où notre classe, après la fin de l'année, a continué à partager des travaux et a accroché avec fierté ses lettres d'acceptation à l'université. Je voudrais vous remercier de m'avoir inspirée, et d'avoir été si bienveillante avec autant de personnes.

Merci à vous,

Loan

Photo © writerloanle.me

Loan Le est une autrice qui a écrit des nouvelles qui sont apparues dans des magazines littéraires tels que *CRAFT Literary* ou encore *Mud Season Review*. Elle est aujourd'hui éditrice pour la maison d'édition Atria Books. Quand elle n'écrit pas des romans pour les jeunes adultes, elle regarde des K-Dramas et écoute les musiques du groupe sud-coréen BTS. *Pour l'amour du phở* est son tout premier roman. Elle écrit actuellement son second roman *young adult* qui paraîtra en 2023.

Compte Twitter : @loanloan
Site internet : writerloanle.me

Young Novel

« Young Novel », c'est la collection *young adult* (à partir de 15 ans) des Éditions Akata. Elle regroupe des traductions d'œuvres internationales, aussi bien que des créations originales françaises. Les ouvrages sont proposés en couverture souple, au format unique de 140 x 205 mm.

Déjà parus

- *Je ne suis pas un gay de fiction*, de Naoto Asahara
- *Rendez-vous au Crépuscule*, de Tetsuya Sano
- *Fragments de Crépuscule*, de Tetsuya Sano
- *Mawaru Penguindrum*, tomes 1 à 3, de Kunihiko Ikuhara & Kei Takahashi
- *Pour trois jours de bonheur, j'ai vendu le reste de ma vie*, de Sugaru Miaki.
- *Ce qu'il n'est pas*, tomes 1 à 6, de Bingo Morihashi.
- *Nos mondes i-maginés*, de Tetsuya Sano
- *Tant qu'il le faudra*, tomes 1 et 2, de Cordélia.
- *Darius le Grand ne va pas bien*, d'Adib Khorram.

À paraître :

- *L'amour de A à Z*, de S.K. Ali (mars 2022)
- *Slay*, de Brittney Morris (mai 2022)
- *Tant qu'il le faudra*, tome 3, de Cordélia (2022)

« So Shôjo », c'est la collection de romans jeunesse (à partir de 13 ans) des Éditions Akata. Elle regroupe des œuvres connectées à l'univers des *shôjo* mangas (mangas « pour filles »). Les ouvrages de la collection « So Shôjo » sont proposés en couverture souple, au format unique de 130 x 190 mm.

<u>Également disponibles :</u>

- *orange*, tomes 1 à 3, de Yui Tokiumi, d'après l'œuvre originale d'Ichigo Takano
- *Le Pâtissier de mes rêves*, tomes 1 à 3, de Takafumi Nanatsuki
- *Run Away, courir pour toi*, de Mathieu Guibé

<u>À paraître :</u>

- *Le Pâtissier de mes rêves*, tomes 4 et 5, de Takafumi Nanatsuki (2022)

Loi n°49-956 du 16 juillet 1949 sur les publications destinées à la jeunesse,
modifiée par la loi n°2011-525 du 17 mai 2011 : février 2022.